KB097615

아라한의 버튼

아라한의 버튼
II
홍단 장편소설
고즈넉
이엔티!

차례

#1

열등감과 위버멘시, 은휘

들어본 적 있는가. 누군가 해악을 끼칠 때, 복수하지 않고 고요히 기다리다 보면 강가에 그의 시체가 떠밀려 온다는 말을. 노자(老子) 선생이 한 말치고는 빈틈이 있다. 운명이 권선징악에 따라 나쁜 인간들을 응징해준다면, 우리는 반드시 선량한 사람이어야만 한다. 그렇지 않다면 상대 역시도 강물 반대편에서 우리가 떠밀려 오기를 바라고 있을 뿐이다. 하지만 선량함은 모래알과 같기에 작은 미움 틈으로도 빠져나가 버리며 운명은 선량하지 않은 사람을 위해 대신 복수해주지 않는다.

그러니 우리는 살면서 한 번쯤은 아라한을 만나게 되리라.

* * *

은휘는 홀로 뚝섬한강공원 벤치에 앉아 어제와 비슷한 행동을 반복했다. 단정하게 정돈된 손톱이 휴대폰 액정 위에서 쉴 새 없이 춤췄다. 서늘하게 살결을 긁는 강바람에도 그녀의 얼굴은 잔뜩 상기된 채 붉어져만 갔다. 웃음기마저 사라진 눈동자가 30분째 휴대폰에 고정돼 움직이지 않았다. 날것의 단어들로 범벅된 마지막 댓글을 다 작성하고 난 후에야 깊은숨을 내쉬었다.

열중한 일을 마치고 올려다본 하늘의 색은 노을로 얼룩져 다소 복잡했다. 하나로 규정되지 않는 수많은 이미지를 보며 그녀는 전시회장에 내걸려 있는 작품들을 상기했다. 오늘은 그녀 인생에, 가장 중요한 전시회의 마지막 날이었다.

"절대 네가 우승하게 내버려두지 않아."

누군가의 얼굴을 떠올리는 행위만으로도 은휘는 울컥 치미는 분노를 느꼈다. 갑갑한 마음을 해소하기 위해 돌부리 하나를 쥐었고, 속 시원히 던져버리면 분이 좀 풀릴 것 같았다. 흙이 잔뜩 묻은 돌을 들고 벤치에서 일어나 강가로 향했다.

팔을 끌어 올려 던지려던 순간이었다.

"빠지려고 하는가?"

낯선 음성이었다. 은휘는 무의식적으로 음성의 출처를 향해 고개를 돌렸다. 2초도 안 되는 순간, 빠르게 훑어본 상대의 모습이 심상치 않았다.

어디서 구매했는지 촌스럽기 짝이 없는 개량한복, 엉성하게 길러져 어깨까지 닿아 사내치고는 긴 머리, 이 두 특징과 도통 조합이 되지 않는 힙스터 헤드셋, 그런 주제에 멋은 부리고 싶었는지 손등엔 연꽃 타투가 있었다. 한마디로 총체적 난국이었다. 트렌디한 도인 같기도 하고 아무거나 닥치는 대로 매칭한 광인 같기도 했다. 분명한 건 은휘가 좋아하는 타입은 아니었다.

"전 돌이나 던져볼까 하고 온 겁니다. 걱정 말고 가세요."

하긴, 한강에 빠지려는 사람이 한둘일까. 은휘는 남자의 걱정이 고맙진 않았으나 요즘 같은 세상에 당연한 노파심이겠다 싶어 이해하기로 했다. 돌을 던지는 폼을 잡는 것으로 그에게 자신은 강에 빠질 사람이 아니란 걸 보여주었다.

이쯤 되면 갈 법도 한데 남자는 한사코 옆에서 떠나질 않았다. 감시당하고 있다는 생각이 들자 은휘는 노골적으로 불쾌함을 드러냈다.

"왜 자꾸 보는 건데요? 안 빠진다니까요? 가던 길 가세요."

"그래?"

"네."

"그렇단 말이지, 흐음."

남자는 은휘의 날 선 목소리에도 아랑곳하지 않았다. 오히려 더 가까이 다가왔다. 신종 변태인가, 은휘가 혼잣말을 하며 뒷걸음질을 치자 남자가 손을 저으며 도망가지 말라는 신호를 보냈다.

남자는 콧대가 선명하고 깊은 눈망울을 갖고 있어 언뜻 보기에 미남 축에 속했다. 은휘는 속으로, 잘만 써먹으면 세상을 편하게 살 수 있는 얼굴을 가졌음에도 괴이한 차림새로 꾸민 그를 안타깝게 여겼다. 잘생겨도 미친놈은 미친놈. 똥 밟은 셈 치고 자리를 피하려고 했다.

그때 남자가 은휘를 향해 목소리를 바꾸어 말했다.

"누군가를 미워하고 있지 않으냐? 다 알고 있느니라."

훈계조였다. 은휘는 방금보다 더 겹겹이 싸인 불쾌함을 얼굴에 담았다. 거의 노려보는 수준이었다. 남자는 반응이 즐거운지 시종일관 미소를 띠었다.

"왜 이러세요?"

남자가 뭔가를 쑥 내밀었다. 연꽃 장식이 여기저기에 붙어 있는 황금색 버튼이었다. 살짝 조잡스러운 금빛은 관광지 기념품숍마다 진열된 싸구려 불상의 것과 닮아 있었다. 엉뚱한 개량한복과 어울리는 듯 어울리지 않았다. 한결 더 괴상해진 남자의 모습에 은휘는 할 말을 잃어버렸다.

버튼에서 음악이 흘러나왔다.

"볼레로?"

한눈에 보아도 교양과는 담쌓고 지낼 법한 광인인데, 그가 선곡한 음악이 라벨의 볼레로임이 의아했다. 절에서 볼 법한 색감의 버튼, 개량한복, 차라리 불경이 나오는 게 더 어울리는 모습이었다. 세상에서 제일 안 어울리는 것들로 치장하는 취미가 있는 걸까, 은휘는 눈살을 찌푸렸다.

"이 버튼이 뭔데요?"

"재미있는 버튼이지. **누군가에게 3천만 원어치의 불행**을 가져다준다. 눌러보지 않겠느냐?"

질문의 형식이었지만 질문이 아니었다. 도통 이해되지 않는 설명에 은휘는 버튼을 낚아채 여기저기 살펴보았다. 하단부에 연꽃 장식으로 뒤덮인 음각 글자가 보였다. 버튼의 이름인 듯했다.

"RMA? 왜 이건 영어죠? 볼레로는 왜 나오는 거고요?"

남자가 엉뚱한 표정을 지으며 버튼을 다시 회수하곤 말했다.

"이유 없는 현상은 없느니라. 내 선곡을 지적하다니."

말투가 불만조로 바뀌더니 그는 볼레로만 한 곡이 없다며 구시렁거렸다. 혼자 주절대는 옆얼굴이 영락없는 또래였다. 은휘는 눈앞의 광인이 자신에게 뭘 원하는 건지 갈피가 잡히지 않았다.

그가 소맷자락으로 버튼의 지문을 닦으며 말을 이었다.

"네 마음이 복수를 원하여 나를 불렀도다. 이 버튼의 타깃은 바로 네가 미워하는 사람이다. 그가 누구든지 3천만 원어치의 불행을 가져다주리라. 네가 할 일은 그저 버튼을 누르는 것뿐. 쉬운 일이 아니더냐? 이 쉬운 일로 상대에게 불행을 안겨줄 수 있도다."

은휘는 순간 마음이 쿵 내려앉았다. 미워하는 사람의 불행. 오늘 내내 바라던 일이었다. 그녀는 누군가를 치열히 미워하는 중이었다. 3천만 원어치의 불행이라면 분명 형편이 어려운 그 사람의 인생을 송두리째 흔들 수 있을 테니까.

하지만 미친 사람으로 보이는 당신이 무슨 수로? 잠깐의 정적 끝에 은휘가 내린 결론은 하나였다. '백 퍼센트 사이비 종교다!' 이제야 퍼즐이 맞춰지는 것 같았다. 사람의 힘든 마음을 이용하는 악질 종교, 은휘가 고개를 끄덕이며 혼자만의 확신을 만들었다.

"안 사요."

"돈을 지불하지 않아도 된다."

"안 가요."

"어디에 갈 필요도 없다."

"사이비인 거 다 알아요. 포교 수법이 최악이네."

"사이비라고 하기엔 내 헤어스타일이 꽤 괜찮지 않으냐?"

남자에겐 씨알도 먹히지 않을 장난기가 있었다. "뭐래." 역시 은휘에게도 먹히지 않았다.

분명 사이비가 맞는데 그는 모든 물음을 부인했다. 돈을 낼 필요도, 어둑한 장소로 따라갈 필요도 없다면 과연 이 남자는 무엇을 위해 버튼을 누르라고 하는 것인가. 정말로 오늘 처음 만난 사람이 미워하는 대상에게 불행을 가져다줄까? 말이 안 됐다. 오래전부터 운명은 은휘의 손을 들어주지 않았다. 이번에도 은휘는 운명같이 찾아온 남자를 믿지 못했다.

"아무 대가 없이 복수를 해줄 리가 없잖아요."

"걱정 마라. 너희 같은 중생을 모아야 나는 성불할 수 있도다."

또 또 또 이상한 말, 은휘는 대체 당신의 정체가 뭐냐고 소리라도 지르고 싶은 심경이었다. 그래서 이것저것 따져 물었다. 허나 남자의 표정에는 어떤 당혹도 피어나지 않았다. 한 수 앞을 내다보는 듯이 모든 의문에 빠른 답을 남겼다.

결론은 정말로 버튼을 누르면 3천만 원어치의 불행을 선사할 수 있다는 건데 은휘가 생각하기엔 이 상황이 아무리 적극적으로 임해봤자 실현될 리가 없는 인터넷 유머글 같았다.

'독방에서 한 달 버티면 1억, 할 건가 말 건가?'

'버튼 누르면 5백만 원 지급, 대신 생명 5분이 감소한다면?'

따위의 허무맹랑한 가정들 말이다.

은휘가 주변을 크게 두리번거렸지만 이상하게도 사람 하나 보이지 않았다. 주말 저녁 시간이었다. 한강에 아무도 없을 수가 없었다. 믿기 어려운 풍경이었다. 마지막으로, 왜 하필이면 3천만 원이냐고 물었을 때 남자는 유일하게 대답하지 않았다. 그저 버튼을 들고 은휘를 빤히 바라볼 뿐이었다.

그가 말한 '성불'이라는 단어로 미루어보아 이 세상 사람이 아닌 것 같기도 했다. 여기까지 생각이 전개된 후에야 은휘는 점점 형용하기 힘든 아우라에 압도되고 있음을 느꼈다. 마치 주술에 홀리는 듯이.

"복수를 원하지 않으면 누르지 말거라. 대신 네가 미워하는 상대를 불행하게 할 기회는 없도다."

미워하는 상대. 스물아홉이 된 그녀가 스무 살 때부터 미워했던 상대, 웬만한 걸 다 가진 자신에게 꾸준한 치욕을 선물해준 상대, 은휘는 그녀를 용서하지 않았다. 용서할 마음이 없었다. 중요한 전시가 끝난 날에도 홀가분해지지 못하고 작가 커뮤니티에 접속하여 미움이 범벅된 익명 글만 쓰고 있던 데는 이유가 있었다.

낯선 남자의 웃음이 심장을 꽉 움켜잡았다. 절절히 뛰는 중이었다. 은휘는 복수하고 싶었다. 누군가가 미웠다. 3천만 원, 아니 3억 원이어도 좋다, 상대가 감내해야 할 불행이 크면 클수록 은휘에겐 기쁨이었다.

"정말로 그 사람이 불행해져요? 대체 어떻게?"

"믿든 믿지 않든 원하면 누르거라."

"당신이 다 책임지는 거죠?"

남자는 그런 은휘를 향해 입꼬리를 좀 더 당겨주었다. 그 모습이 관대해 보이기까지 했다. 마치 부처와 마주하고 있다는 느낌이 들 정도로.

그의 얼굴 뒤 펼쳐진 한강이 노을의 끝자락을 간신히 쥐었다. 은휘는 왠지 어둠이 내려앉으면 이 남자가 떠나리란 직감이 들었다. 만약 누군가에게 복수를 하고자 한다면 사라지기 전에 버튼을 눌러야 한다는 조급함이 은휘의 몸을 뱀처럼 칭칭 감았다. 피부를 스치는 차가운 강바람이 그녀의 손을 간질였다. 홀린 듯이 버튼 가까이로 뻗었다. 남자가 고개를 끄덕였다.

은휘는 한 번 더 버튼을 바라보았다. RMA, 버튼 이름의 앞 글자가 더 있는 것 같으나 연꽃에 가려 보이지 않았다. 이름이 무슨 상관인가, 설명이 중요하지. 지금 전시 중인 그녀의 작품들처럼.

그녀가 검지와 중지에 살짝 힘을 줬다. 덜컥하는 작은 소음과 함께 버튼이 눌러졌다. 동시에 음악이 꺼졌다. 일순간 둘 사이에 적막이 채워졌다. 은휘가 흠칫거리며 놀란 기색을 내비치고는, 그제야 가장 중요한 질문을 남겼다.

"그런데 당신 누구예요?"

은휘가 버튼을 누르자 그는 서둘러 버튼을 회수했다. 목적이 끝나자 미련 없이 돌아섰다. 이제는 은휘가 의구심에 사로잡혀 자리를 떠나지 못했다. 세 걸음 정도 앞으로 나아간 뒤 남자가 돌아보지 않은 채로 답했다.

"나는 아라한이도다."

그럼 성이 '아'고 이름이 '라한'인가요, 물어볼 틈도 주지 않았다. 자신을 아라한이라고 말한 남자는 계속 앞으로 나아갔다. 은휘는 왠지 그 뒷모습에 눈을 뗄 수가 없었다. 정말로 당신이 한 말이 사실인지, 버튼 이름은 왜 르마인지, 그냥 블루투스 스피커인 건 아닌지, 대체 그 꼴은 무엇인지, 마지막으로 성불이란 어떤 의미인지.

머릿속을 단 하나의 느낌표 없이 오로지 물음표로만 채워 넣은 상대가 얄밉기도 했다. 먼발치까지 나아간 남자는 어느덧 그녀의 시야 속 작은 소실점이 됐다.

은휘가 뭔가를 알았든 몰랐든, 버튼을 누른 것만은 분명한 사실이었다.

***

대한미술재단으로부터 '올해의 작가상' 최연소 후보로 선정됐다는 통보를 받았을 때 은휘는 두 번 울었다. 그 첫 번째 이유는 29년 평생 미술에 퍼부었던 온갖 투자가 결실을 맺었다는 확신이 들어서였다.

운 좋게 부유한 집안에서 태어나긴 했으나 부모의 지원이 백 퍼센트 무상이라 생각한 적은 없었다. 아버지는 유능한 현대미술학과 교수, 어머니는 메이저 입시미술학원 강사였다. 텅 빈 거실에 홀로 앉아 있어도 집 안을 빼곡히 채운 그림들에 압박받으며 살았다. 부모는 인자한 얼굴로 매번 강요했다.

더 높은 성과를 만들기를, 자신들의 이름에 걸맞은 딸이 되기를.

그에 비해 성장은 더뎠다. 수년간 유학 생활을 했음에도 각종 공모전을 휩쓸지 못했다. 2등 혹은 3등이라는 애매한 수상과 더불어 사소한 업적만을 만들었을 뿐이다. 은휘가 스물일곱의 나이로 대학을 졸업했을 때, 아버지는 딱 한 마디를 남겼다.

"넌 언제쯤 돈값을 할 거니?"

그러니 절실했다. 이번에야말로 돈값을 톡톡히 해낼 기회였다. '올해의 작가상' 공개경쟁 전시가 오늘을 끝으로 막을 내렸다. 이 전시에서 1위를 거머쥐게 되면 그녀는 대한미술재단이 선정한 올해의 신인 작가로 추앙받는다. 은휘는 제대로 돈값을 해내기 위해 오늘까지 허투루 시간을 보내지 않았다.

대중 투표 부문에서 높은 점수를 따내고자 거금을 들여 투표 알바를 고용했다. 붓만 잡던 손이 부도덕으로 물들더라도 관계없었다. 실력이 부족하니 이따위 일도 서슴지 않아야만 1위를 거머쥘 수 있다는 걸 이제는 알았다.

눈물을 흘린 두 번째 이유. 하필이면 최연소 후보가 한 명이 아니었다. 끈질긴 악연인 금희도 함께였다. 학부 동기인 금희는 유달리 부족한 환경을 가진 친구였다. 은휘는 그녀가 자신보다 잘난 것이 티끌만큼도 없다고 여겼다. 딱 하나, 실력만 제외하고.

"은이랑 금이라서 항상 은휘가 2등인 건가?"

동기들은 매번 은휘를 눌러버리고야 마는 금희의 실력을 칭송했다. 이름에서부터 이미 판가름이 나지 않았냐며 눈치 없는 농담을 하기도 했다. 그때마다 은휘는 치가 떨리는 모욕감을 느꼈으나 겉으로 표현하지 않았다. 어금니를 갈 기세로 턱에 힘을 줘 간신히 버텨냈다.

"동메달도 못 딸 놈들한테 은메달이 조롱을 받다니, 세상이 참 재미있어. 그렇지?"

사력을 다해 미소로 맞받아쳤으나 모두가 웃음에 범벅된 살기를 느꼈다. 그 후로 다시는 누구도 은휘에게 농담을 하지 않았다.

그녀의 이름은 은혜 은, 빛날 휘를 써 '빛나는 은혜'라는 뜻을 가졌지만 고작 '기쁜 금' 따위의 의미를 가진 금희만 못했다. 왜 부모는 이딴 이름을 지어줘서 날 괴롭게 하는 걸까, 뿌리를 탓해도 소용이 없었다. 그녀가 은혜를 베푼 적이 없으므로 이름 또한 빛날 일이 없었다. 각종 시상식에선 오직 금희의 메달만이 눈부시게 빛났다. 은휘의 목에 걸린 빛은 대체로 회백색이었다.

"다음번에 잘하면 되지. 너무 서운해하지 마."

"위로 고마워."

"작품명에 임팩트를 줘야 해. 트렌디하게 바꿔보는 건 어때?"

더욱 약 오르는 점은 금희가 아무것도 가진 게 없는 주제에 시건방지기까지 하다는 것이었다.

금희는 생계를 유지하기 위해 학부 생활 동안 온갖 알바를 뛰었다. 입시 보조강사, 과외, 크로키 모델, 처지를 가리지 않고 달려든 덕에 그녀는 미술업계 동향을 읽는 속도가 남달랐다. 맞춰주지 않으면 돈을 벌 수 없었으니까.

금희는 고전회화를 탈피하여 MZ세대까지 아우르는 화풍을 완성했다. 교육으로 주입된 정통을 고수하는 은휘와는 완전히 다른 계열이었다. 금희는 경제적 상황이 갈수록 나빠져 결국엔 식당 알바까지 하게 됐으나 그런 상황이 이미 완성된 센스까지 무너뜨리진 못했다.

금희는 가진 재능을 숨기는 쪽이 아니었다. 지갑이 텅텅 비었을지언정 미술에서만큼은 자신감이 넘쳤다. 형편과 불일치하는 그 콧대가 은휘를 가장 열받게 하는 지점이었다.

"뭐라고? 작품명은 내가 작품에 쏟아 넣은 메시지 그 자체야."

"하지만 눈을 확 끄는 포인트가 없잖아."

"너 선을 좀 넘는다?"

"좋은 마음에서 한 소리야."

"야."

금희가 은휘에게 그나마 적용이 빨라 보이는 조언을 했을 때부터 둘의 마음은 본격적으로 엇나갔다.

은휘는 얼굴이 새빨개진 채로 들고 있던 아메리카노를 땅에 던져버렸다. 불쾌한 커피 액체가 금희의 다리에 튀자 둘의 관계에도 얼룩이 남았다.

"제대로 배워보지도 못한 네가 뭘 알아?"

은휘는 열이 뻗칠 수밖에 없었다. 감히 작품명을 지적하다니. 물론 작품명은 빙산의 일각이요, 금희의 눈에 은휘의 작품은 고칠 게 한두 가지가 아니었으나 2등을 위한 1등의 배려로 참았을 뿐이다. 허나 그 배려에는, 다리에 튄 아메리카노를 용인해주는 일까지는 포함되지 않았다.

"너희 집 재력으로 배운 게 그 정도라면 난 돈 굳었네."

이후로 둘은 더 이상 친구가 아니게 됐다.

차라리 금희가 가식적이어서, 착한 척이라도 했다면 은휘는 그녀를 용서했을지도 모른다. 하지만 쥐뿔도 없는 주제에 실력 하나 믿고 자신만만한 게 배가 아팠다. 실력이 뛰어나면 자연스레 당당할 수밖에 없단 사실을 은휘만 몰랐다.

고로 은휘의 세상에서 유일한 악역은 금희였다. 가족의 기대에 부응하지 못했다는 죄책감, 주변인의 평가로 인한 굴욕감, 최고가 되지 못한 현실이 주는 패배감, 모든 감정들이 금희를 향한 열등감 속에 버무려졌다.

'저 재수 없는 애만 없었더라면.'

은휘는 SNS 익명 계정으로 꾸준히 금희를 폄하했다. 출신이 별 볼 일 없다는 점, 집이 가난해 행색이 초라하다는 점, 작가가 될 자격이 없을 정도로 오만방자하다는 점까지 자신의 시선으로 할 수 있는 모든 말을 다 토해냈다. 이렇게라도 금희를 욕보이면 좀 살 것 같았다.

반면 금희는 은휘를 크게 의식하지 않았다. '올해의 작가상' 1위로 선발되길 바라는 절박한 마음은 그녀 역시도 마찬가지였으나 초점이 달랐다. 그녀가 원한 건 명예가 아닌 1위에게 수여되는 상금 3천만 원이었다. 금희는 어떻게든 가난을 타파하고 미술을 이어가고자 전시에 참여했고, 은휘는 오로지 승부욕으로 참가했다.

떠오르는 지난 일들에 이를 갈며, 은휘는 약속 장소로 향하는 동안 아라한의 말을 차분히 곱씹어보았다.

마침 그가 말한 게 3천만 원어치의 불행이었다. 이번 전시 상금과 딱 맞는, 시의적절한 액수였다. 자신이 1위를 하게 된다면 금희는 3천만 원을 얻지 못하고 업신여긴 상대에게 패배했다는 굴욕까지 얻는 셈이 된다.

모든 걸 꿰뚫어 보는 듯한 눈을 가졌던 아라한을 떠올리면, 이상하게 버튼의 효력이 진짜일 것 같다는 쪽으로 생각이 기울었다. 그의 아우라를 느끼지 않았던가.

은휘는 믿었다. 신이 있다면, 그 미친 장발남이 신이라면, 반드시 자신의 편일 거라고. 적어도 이번만은 말이다.

* * *

강남에 있는 K레스토랑은 은휘네 무리가 자주 찾는 장소였다. 집안이 든든한 젊은 아티스트들이 모이기에 안성맞춤이었다. 한도 넉넉한 신용카드를 긁기 좋은 가격대가 그러했으며, 질 낮은 대화를 프라이빗하게 나눌 수 있는 룸 시설 역시 그러했다. 종업원이 가장 끝 방의 문을 열자 먼저 도착한 이들이 모두 은휘를 반겼다.

"여기 올해의 작가님 되실 분이 오셨네요?"

"예비 위너. 네가 좋아하는 디저트 플레이스 케이크까지 준비했어."

은휘는 방금까지 머릿속에 가득 차 있던 아라한을 잠시 지웠다. 눈앞에 보이는 훌륭한 축하 케이크로만 시야를 채웠다.

"에이. 아직 모르는 건데 뭘."

부끄러운 듯이 옆머리를 쓸어내리며 표정을 숨겼으나 기쁨을 감추지 못했다. 이번 전시야말로 승산이 있었다. 은밀하게 고용한 투표 알바로 자신에게 표를 대거 몰았다. 외관이 찬란한 이 친구들도 전부 자신의 편이니 부족할 게 없었다. 자자, 기분 나쁜 금희는 잠시 잊자고, 은휘는 스스로를 격려하는 마음으로 주인공 자리에 앉았다.

"전시 잘 보고 왔어. 이번 주제가 〈인류〉였지?"

"응. 밋밋할 수 있는 주제지만 잘 풀어보려 노력했어."

"네 작품 중에 〈인간의 사랑〉 참 좋더라."

여기저기서 찬사가 이어졌다. 은휘의 표현력에 놀랐다는 둥, 인류애를 접목한 회화가 이 세상 것이 아니었다는 둥, 다소 과장이 섞인 칭찬들은 추상적이기만 했다. 어느 하나 명쾌한 표현이 없었으나 은휘는 어련히 친구들의 미적 소양이 떨어져서라고 판단했다.

칭찬을 배경음악 삼아 레드와인 한 잔을 채웠다. 잔을 흔들어 향을 음미한 뒤 한 모금을 들이켰다. 풍미에는 자리와 딱 맞는 기품이 있었다. 혀끝에 감도는 깊은 포도 향이 매끈하게 고민을 해체했다. 스테이크를 썰기 시작할 때쯤, 제일 요란 법석을 떨던 친구가 큰 소리를 냈다. 분위기를 돋우려는 목적이었다.

"금희가 출품한 〈위버멘시〉는 철학적인 척만 해서 밥맛이었어."

이윽고 기다렸다는 듯 각종 평가가 따라붙었다.

"맞아. 영상물이랑 그림을 섞어놔서 무슨 애니메이션 보는 줄 알았어. 유치해."

"전시회가 애들 장난도 아니고 눈길만 끌면 전부인가. 근데 위버멘시가 무슨 의미야?"

"Beyond man. '사람을 뛰어넘는 사람'이라는 뜻이래. 설명에 적어놨더라고."

비웃음이 담긴 표정으로 모두가 금희의 작품을 깎아내렸다. 은휘는 스테이크 한 덩이를 입 안에 넣었다. 묵직한 고기 육즙이 입동굴을 채웠다. 기름 향이 다 빠져나갈 때까지 어금니로 씹었다. 부드럽게 녹은 살점이 혀를 살짝 훑고선 목구멍으로 넘어갔다.

그때까지도 친구들은 금희의 작품 얘기만을 했다. 순간 은휘는 무언가 잘못됐음을 인지했다. 친구들은 어째 금희의 작품을 논할 때 더욱 신이 나 보였다. 작품명이, 해설이, 철학이, 어쩌고저쩌고. 추상적인 표현이 아니었다. 선명하고 분명한 감상이었다.

'내 작품을 칭찬할 때는 뜬구름 잡는 소리만 하고선?'

은휘는 미간을 찌푸렸다. 분명 비난의 형태였지만 친구들은 금희의 창작물을 흠뻑 즐기고 있었다.

욕이든 칭찬이든 대중의 관심을 끈다는 것 자체가 창작품의 가치를 대변했다. 학부 시절부터 금희는 재치 있는 시도를 많이 했기에 언제나 사람들의 시선을 사로잡았다. 역사상 큰 족적을 남긴 위인들의 자화상을 영상매체로 재해석한 〈위버멘시〉의 프리뷰를 감상했을 때 은휘는 열등감에 잠식당했다. 뜻까지 '초인'이라니. 겉으론 판타지 영화에나 나올 법한 단어라며 그녀의 식견을 깎아내렸으나 속내는 달랐다.

밤새 검색해도 모자랄 만큼 금희의 작품에는 다양한 기법과 철학이 담겨 있었다. 탐이 나는 재능이었다.

그에 비해 자신의 작품 〈인간의 사랑〉은 투박하기만 했다. 그저 사랑을 나누는 남녀를 고전회화풍으로 그려낸 작품에 지나지 않았다. 완성도를 끌어올렸다고 판단했으나 대중이 바라는 멋도 없고, 힙도 없었다. 한 폭의 그림에는 잘 다듬어진 철학 대신에 어떻게든 금희를 이기겠다는 욕망만 가득했다.

이걸 인정할 바에야 혀를 깨물고 죽고 싶었다. 아무튼 올해의 작가 후보에 자신도 오르지 않았는가. 그러니 내 작품에도 뛰어난 가치가 있다, 있을 거다, 있어야만 한다고 생각할 뿐이었다. 부들거리는 마음을 숨기기 위해 그녀는 악착같이 알바를 더 고용했고, 직접 더 많은 악플을 달았다. 결국 그녀가 승리를 예견하는 이유는 작품 덕이 아니었다.

오늘 같은 자리에서도 금희에게 관심을 빼앗기는 게 치욕이었다. 목에 은메달이 보이는 것 같았다. 와인 한 모금을 더 들이켜고 신경질적으로 잔을 테이블에 내리꽂았다. 쾅. 깨지지 않은 게 다행이었다.

"오늘은 내 작품 이야기만 하자."

순식간에 테이블 위에 무거운 기운이 감돌았다. 모두가 목소리를 삼키고 은휘의 눈치를 보았다. 심기를 더 거슬렀다간 즐겁게 놀자고 모인 자리가 얼음판이 될 분위기였다. 은휘 역시 빠르게 눈을 굴리며 모두의 시선을 캐치했다. 말 한마디 떨어지자마자 자신의 눈치를 보는 광경이 나쁘지 않았다.

은휘는 이런 식으로 부족한 자존감을 채웠다. 물론 살벌한 분위기 속에서 식사를 할 마음은 없었으니, 우매한 친구들을 위해 새로운 화젯거리를 던졌다.

"사실 내가 오늘 이상한 사이비를 한 명 만나고 왔거든."

모두 은휘의 이야기에 대단한 흥미를 보이는 척 연기를 했다. 싸늘했던 분위기가 인위적으로 반전됐다.

"조건이 걸린 버튼을 보여주더니 나한테 누르겠냐고 물어보더라?"

무리 중 가십거리에 유독 귀가 밝은 나경이 쏜살같이 끼어들었다.

"대박! 누르면 5백만 원 받는 대신 수명 5분 줄어드는 그런 버튼 아니야? 나 인스타에서 봤어."

참나, 은휘는 자기도 모르게 탄식을 뱉었다. 본인이 버튼을 보자마자 했던 생각과 똑같았다. 사람 머리가 다 거기서 거기라지만 하필이면 제일 멍청한 나경과 동일한 생각을 했다는 것이 자존심 상했다. 다행히 나경은 은휘의 반응을 보지 못했다.

"그런 버튼들이 다 진짜라면 난 벌써 빌 게이츠 빰치는 부자가 됐겠다."

"눈앞에 당장 가져오라 그래. 목숨 10년도 줄 수 있으니까."

"우리가 돈이 많긴 하지만 돈 나오는 버튼은 또 못 참지."

프라이빗 룸이 무의미한 설왕설래로 시끄러워졌다. 으레 친구들의 대화는 생산성이라고는 전혀 없는 방향으로 치닫기 마련이었다. 그들은 각자 자신이 본 말도 안 되는 가정들을 나열하며 토론을 이어갔다.

은휘는 인생에서 가장 중요한 전시가 끝난 날의 식사 자리임에도 무용한 대화 따위를 나누는 게 즐겁지 않았으나 금희 이야기를 하는 것보다야 괜찮다고 여겼다.

"돈을 주는 버튼이 아니고 내가 미워하는 사람한테 3천만 원어치의 불행을 가져다준대. 너희라면 믿기니?"

마치 자신은 버튼을 누르지 않았다는 듯이 코웃음을 섞어 설명을 덧붙였다. 냉소적인 표정으로 철저히 한 시간 전의 자신을 타자화했다.

"무슨 말도 안 되는 소리야?"

친구들은 그런 은휘의 뉘앙스에 적극 동조해줬다. 황당한 일이 다 있다며 대신 손사래를 치는 이도 있었다. 그 황당한 버튼을, 은휘가 진짜 눌렀다는 건 아무도 몰랐다.

"내가 너라면 눌렀어. 금희 엿 먹이고 싶잖아."

은휘가 스테이크 한 덩이를 포크로 찍다 멈칫했다. 기어코 나경이 은휘의 마음을 덮고 있던 얄팍한 천을 들췄다. 또다시 불청객 같은 침묵이 찾아왔다. 양옆에서 팔꿈치로 나경을 쿡쿡 찌르며 그런 말은 삼가라 말렸으나 머쓱해진 나경은 또 실언을 하고야 말았다.

"아니, 봐봐. 금희 걔가 오죽 얄밉니? 지난번 아트페어에서 기어코 너보다 한 점이라도 더 팔겠다고 발악하는 거 못 봐주겠더라. 버튼으로 금전적 손실 정도는 입혀줘야 너도 분이 풀릴 거 아니야. 내 말이 틀려?"

나경은 말실수를 만회하기 위해 여러 문장을 덧입히며 노력했으나 그럴수록 실언이 늘어만 갔다. 불리할 때는 침묵이 제일 좋다는 걸 영 모르는 눈치였다. 만약 이 순간 은휘가 나경을 고소할 수 있다면 나경은 틀림없이 사실적시 명예훼손죄로 처벌받으리라. 아트페어 사건은 볼드모트의 이름이었다. 금단의 규칙이 깨지자 은휘는 잊고 싶던 기억을 떠올리고야 말았다.

***

1년 전 한남동에서 국내 최대 규모 아트페어가 열렸다.

은휘와 금희는 아티스트 라인업에 등재된 서로의 이름을 보고서야 또다시 피곤한 경쟁이 되리란 걸 알아차렸다. 은휘는 오픈 전까지 작업실에서 밤을 새울 정도로 피나는 노력을 했다. 정말로, 그녀는 피가 났다. 코피를 줄줄 흘리며 몰두했다. 이전보다 질 좋은 작품이 완성됐다는 걸 확인하고서야 한숨을 돌렸던 그녀였다. 결과 역시도 우수했다. 출품한 작품은 한 점만 제외하고 모두 다 팔렸다. 마지막 한 점은 영광스런 업적 삼아 개인 소장으로 남겨두기로 했다.

주변 섹션에서 함께 참가했던 아티스트들이 모두 그녀에게 박수를 보냈다. 큰돈을 벌어 부럽다는 둥, 어쩜 그리 수완이 좋냐는 둥 갖가지 칭찬이 오가는 와중에 은휘는 확신했다. 이번 아트페어의 성적이야말로 금희를 이길 결과라고.

그녀는 없던 은혜를 베풀기로 했다. 옜다 선심 썼다, 자판기에서 제일 비싼 캔커피를 하나 뽑아 금희의 섹션으로 향했다.

'마무리는 잘돼가? 난 이미 끝나서.'

따위의 여유를 부릴 생각이었다. 전시한 층이 서로 달랐기에 영웅처럼 금희 앞에 등장할 계획을 짤 수 있었다. 승패에 쐐기를 박기만 하면 됐다.

금희의 섹션에 도착했지만 어디에도 금희는 없었다. 은휘가 캔커피를 만지작거리며 몇 번이고 섹션을 확인했다. B-17. 분명 금희가 있어야 할 구역이었다.

"죄송한데 여기 금희 작가 없나요?"

차라리 묻지 말았어야 했다. 세상에는 아는 것이 힘인 순간만큼 모르는 것이 약인 순간도 있었다.

"금희 씨 오전에 완판해서 일찍 철수했어요."

아랫입술을 깨물었다. 정말이지 피나는 노력을 했는데 결과는 피나는 패배였다. 그녀의 입술에선 얇은 핏줄기가 흘렀다. 아무리 독한 마음을 먹어도 이길 수가 없었다. 어찌 보면 당연한 결과였다. 금희 역시 그녀 나름대로 최선을 다해 아트페어에 임했으니까. 은휘가 피가 나는 노력을 했다며 스스로 흡족해하던 순간에, 금희는 평소처럼 묵묵히 죽을 각오로 돈을 위해 페어를 준비했다. 집착적인 열등감보다 고단한 생활을 청산하고자 하는 절박함이 승리에 먼저 닿았다.

금희는 개운한 마무리를 거두었다. 완판을 했음에도 은휘에게 이렇다 할 언급조차 하지 않고 깔끔히 철수했다. 승자의 여유이자 관용인 걸까. 은휘는 그것조차 치가 떨렸다.

'차라리 마구 자랑하고 기뻐했다면 덜 미웠을 텐데!'

그녀는 손에 쥔 캔커피를 그대로 쓰레기통에 던져버렸다. 금희에게 처음 화를 냈던 순간과 달리 이번에는 얼룩조차 튀지 않았다.

"은휘야. 한 점 빼고 다 판 걸 축하해!"

그날도 나경만이 눈치 없이 은휘를 축하했다.

* * *

그러니 지금, 은휘는 나경의 뺨이라도 때려야 속이 시원할 판이었다. 눈치가 없다 못해 교묘히 화를 돋우는 건 아닌지 의심이 들 지경이었다.

"에이. 분위기 왜 이래? 자자, 건배해."

친구들이 나경의 입을 틀어막고 서둘러 와인 잔을 들어 올렸다. 하지만 나경에겐 앞뒤 설명이 필요했다. 당최 왜 자신이 머쓱한 상황의 책임자가 된 건지 납득하지 못했다. 정말로 은휘에게 진솔한 말을 할 수 있는 건 자신뿐이라 믿었다.

"은휘! 너 기죽지 마. 내가 보기엔 네가 더 유능해. 알아? 그러니까 기죽지 마."

점입가경이었다. 기죽은 적 없거든? 아니, 기가 죽었다고 한들 좀 모른 척하면 안 돼? 은휘가 눈을 애벌레처럼 둥글게 찌푸리며 상대를 노려봤다. 나경은 끝까지 눈치가 없어 마지막 힘까지 실어버렸다.

"금희는 돈독이 올라서 요즘 레스토랑에서 알바한다더라. 우리는 이런 곳에 손님으로 오는데 걔는 알바? 안 봐도 은휘네가 이겼다니깐. 좋은 날이야 오늘! 표정 풀고 얼른 마셔. 잔 들라니까?"

나경이 은휘의 어깨를 두드리며 친히 오른손에 와인 잔을 쥐여주었다. 헛웃음이 나오는 광경이었다. 룸에 앉은 모두가 같은 생각을 했다. 이쯤 되면 나경을 막는 것보다 은휘의 분노를 억압하는 게 효율적이었다. 그들이 은휘를 추켜세우며 '오늘은 좋은 날'을 여러 번 강조했다. 누군가 음악이 필요하지 않냐며 휴대폰으로 서둘러 클래식을 틀었다.

하필이면 '유명 클래식'으로 검색했을 때 가장 상위에 뜨는 음악이 볼레로였다. 은휘는 오늘 하루 내내 금희를 향한 마음에서 벗어나질 못했다.

"그건 좀 끄면 안 돼?"

속상한 자신을 제외하고 모두가 즐거운 얼굴을 세팅했다. 억지로 끼워 맞춘 파티 분위기가 완성됐다. 은휘도 울며 겨자 먹기로 미소 지었다.

"아무튼 다들 고마워."

테이블 밑에 내려놓은 왼손은 여전히 떨렸다. 그녀는 집으로 돌아가는 택시를 타는 순간까지 요동치는 심장을 주체하지 못했다.

***

아버지 입에서 제일 먼저 나온 말은 "전시 마지막 날인데 왜 이리 늦었어."였다. 은휘는 출품작 철수라면 며칠 뒤 용역을 불러 진행할 예정이며 친구들과 축하 파티를 하느라 늦었다고 답했다. 작은 케이크라도 하나 없을까 싶어 냉장고를 열었지만 어제와 다름없는 찬거리만 가득했다.

두 번째로 들은 말은 "이번 전시에서 1위로 선정이 안 된다면 내 입장도 곤란하다."였다. 은휘는 한쪽 눈썹을 씰룩거렸다. 서로에게 지긋지긋한 대화였다. 아버지가 곤란할 게 뭐 있어요? 망신은 내가 당하는 건데요, 이 말을 하고 싶었지만 참았다.

"알겠어요."

간결한 대답은 부모를 위한 예의였다. 이런 분위기라면 굳이 세 번째 말까지 들을 필요가 없겠다 싶어 서둘러 방으로 향했다. 방 안에 쏙 숨어버리면 오늘 하루 정도는 아버지와 단절될 수 있었다.

그러나 부친은 도피를 허락하지 않았다.

"너도 알지? 네가 이번 작가상 후보가 될 만한 그릇이 아니란 거. 내가 재단에 많은 공을 들여서 후보로까지 올려놨으면 넌 반드시 기대에 부응하는 결과를 만들어야 해. 그게 자식이 부모에게 할 도리 아니겠니. 내 딸이라는 이유로 네가 누린 모든 것들이 당연하지는 않아. 이번이 마지막인 줄 알아."

그 말이 은휘의 발목을 잡았다. 충격이 스멀스멀 종아리를 타고 올라와 등허리를 훑었다. 그녀는 피부 표면에 닭살이 돋아나는 불쾌감을 느꼈다. 서늘한 마음이 정수리까지 도달했을 때, 부친에게 겨우 물었다.

"공을 들였다니요?"

모르는 일이었다. 미술업계에서 부모가 가진 영향력이 분명 크긴 했으나 이번 업적과는 무관하다 생각했다. 경제적 지원과 압박 말고는 직접 개입하지 않은 부모였다. 그 증거로 여태껏 금희와 다퉜던 모든 경쟁에서 패배하지 않았던가. 작가상 후보에 오른 것은 은휘가 이뤄낸 몇 안 되는 순수 업적 중 하나였다.

그런데 이게 자신의 역량이 아닌 아버지의 공으로 만들어진 것이었다니. 은휘는 순간 머리가 하얘지는 허망함을 느꼈다. 자식을 독려하기 위한 부모의 괜한 말이길 바랐다. 믿었던 재능이 송두리째 부정당해선 안 됐다. 만약 사실이라면 실력으로 후보가 된 금희에게 시작부터 패배하는 일이었다.

"오래전 부탁해둔 일이다. 다 너 잘되라고 그런 거야."

보통 있어선 안 될 일은 높은 확률로 일어나고야 만다. 은휘는 온몸을 덮친 무력감에 이기지 못하고 침대 위로 몸을 내던지듯 누워버렸다. 화장을 지우지 않은 상태 그대로 베개에 얼굴을 파묻었다.

"아아아악!"

토해내듯 비명을 내질렀으나 돌아오는 대답은 어디에도 없었다. 아버지가 은휘 대신 방문을 닫았다. 거실에선 TV가 켜지는 소리가 들렸으며 볼륨이 점점 높아졌다. 은휘는 보란 듯이 더 세게 소리쳤다. 한동안 거실과 방 사이에 의미 없는 소음이 꽉 들어찼다. 생각보다 늦은 밤인데도 말이다.

***

수일이 흘렀다.

은휘는 아라한을 잊지 않았다. 그가 약속한 금희의 불행이 어서 실현되어, 작가상 수상 소식이 자신에게 빨리 닿길 바랐다.

부친의 힘으로 후보에 선정됐다는 말은 아무에게도 하지 않았다. 창피하니 들키고 싶지 않았다. 금희와 대등한 수준조차 아니었단 점만큼은 평생 비밀로 지켜야 했다. '르마'라는 이름을 가졌던 버튼이 진짜이길 바라고 바랄 뿐이었다.

웬 미친 도인에게 홀렸었나, 무소식 기간이 길어지자 아라한과 버튼이 모두 거짓일지도 모른다는 생각이 들었으나 애써 불안함을 감췄다. 그마저도 다 가짜라면 정말 은휘가 믿을 건 아무것도 없었기 때문이다.

뉴스거리가 생기지 않는 평화로운 시간 동안 초조하게 일상을 보냈다. 겉으론 태연한 척, 결과에 연연하지 않는 척했지만 속으론 누구보다 연연했다. 아라한과의 약속이 만들어 줄 결말을 기다리고 또 기다렸다. 혼자 있는 시간에는 금희의 SNS를 염탐했다. 악플도 꾸준히 썼다. 많은 아티스트들이 활동하는 익명 사이트에서 은휘의 계정은 VIP 등급이 됐다.

그녀도, 그녀 나름 치열하게 사는 중이었다.

"거봐. 사필귀정이라니깐?"

학수고대가 정점에 달했을 때 은휘는 금희의 소식을 듣게 됐다. 소문 수집가인 나경이 은휘를 카페로 불러 신난 표정으로 읊어댔다. 금희가 신림동 반지하에서 전세로 살다가 사기를 당한 바람에 전세보증금을 몽땅 날리게 됐다는 이야기였다. 은휘는 눈이 동그래져 소식의 진위 여부를 물었고 나경은 명백한 사실이라며 은휘를 안심시켰다.

어째서 금희의 전세사기가 은휘에게 안심이 되는 소식인지는 구태여 설명하지 않았다.

은휘는 꺼림칙했다.

금희에게 바란 불행은 경쟁에서 패배하는 것이지 전세사기가 아니었다. 나경에게 자초지종을 알려달라 채근할 수밖에 없었다.

나경은 그런 은휘가 우스웠다. '하여간 얘도 참 못됐어.' 도도한 척해봤자 결국 누군가의 불행을 바랄 뿐인 속 좁은 친구의 마음을 구제하는 셈 치고, 가증스러운 표정으로 상황을 설명했다. 은휘와 나경 사이의 우정은 애석하게도 결이 같았다.

"금희랑 연락하고 지내는 동기가 말해주더라고. 계약 기간이 다음 달까지라 보증금 정산 때문에 먼저 집주인한테 연락을 했더래. 근데 사기꾼이 전화를 받을 턱이 있나? 이미 오래전에 나른 거고 부동산에선 몰랐던 거지. 지금 발만 동동 구르고 있을걸? 레스토랑 알바 한다더니 그냥 거기에 취업하겠어. 웃기지?"

무언가 촉이 왔다. 은휘가 고개를 살짝 낮게 숙여 조용한 목소리로 물었다.

"그럼 얼마를 당한 건데?"

나경이 주변을 살피는 시늉을 하고선 다섯 손가락을 쫙 펼치더니 두 개를 접었다.

"3천."

"3천?"

이상했다.

상상한 불행과는 달랐다.

분명 금희가 당하길 바랐던 불행이란, 작가상 경쟁에서 패배하여 상금 3천만 원을 얻지 못하는 결과였다. 전세사기를 바란 것은 아니었다. 동시에, 정말로 아라한이 말한 대로 3천만 원어치의 불행이 실현됐다는 게 놀라웠다. 현실이길 바랐지만 실제로 조우하니 두려웠다.

이 상황은 경쟁에서 이긴 것도, 실력으로 증명한 것도 아니었다. 정말 버튼을 눌러서 금희가 전세사기를 당한 걸까. 왠지 통쾌하지가 않았다. 복수랍시고 한 방을 먹이면 무조건 속이 시원할 줄 알았는데 아니었다. 오히려 간담이 서늘했다. 그날 만났던 남자, 아라한은 느낀 대로 인간이 아니었다. '르마'라는 이름의 버튼 역시 진짜였다. 은휘의 눈동자가 갈피를 잡지 못하고 흔들렸다.

엄청난 일을 저지르고 말았다는 확신이 섰다. 무언가를 알고 있어서는 아니었다. 이것은 그저 촉이었지만, 촉은 때로는 그 어떤 논리보다도 유효했다.

나경이 당황하는 은휘의 손을 꼭 잡아주었다. 어울리지 않게 친절한 얼굴이었다.

"뭘 그리 놀라. 금희가 이렇게 되길 바랐잖아."

아니었다. 금희를 미워했지만 이런 불행을 바라진 않았다. 이건 자신의 가치를 돋보이게 해줄 결과가 아니었다. 은휘는 대답하지 못했다.

"근데 있잖아."

나경이 은휘의 귀 언저리까지 얼굴을 바짝 가져다 대곤 속삭였다.

"레스토랑에서 말해줬던 버튼 이야기 진짜였나 보네. 네가 눌러서 이렇게 된 거야?"

절대 아니었다. 이건 절대 아니어야만 했다. 은휘가 강하게 고개를 휘저으며 자리를 박차고 일어났다. 주변에 앉아 있던 손님들이 일제히 은휘를 쳐다보았다. 수많은 눈동자들과 마주친 은휘는 티가 날 정도로 몸을 떨었다. 하지만 이내 마음을 굳게 먹었다. 난 모르는 일이고, 상관도 없다고. 전세사기를 자신이 친 것도 아니라고.

그때 나경과 은휘의 휴대폰이 동시에 울렸다. 나경에겐 메신저 알림음, 은휘에겐 아버지의 전화였다. 은휘는 잠시 멈칫했으나 이내 통화 버튼을 눌렀다. 나경 역시 심각한 표정으로 휴대폰을 뚫어져라 보았다. 은휘는 나경의 표정을 응시하며 전화를 받았다. 익숙한 아버지의 음성이 들려왔지만 첫 문장은 전혀 익숙하지 않은 말이었다.

"내가 그렇게나 애를 썼는데도 이게 최선이었니."

앞뒤 없는 실망이었다. 은휘는 심장을 꽉 동여맨 불안 때문에 제대로 사유를 묻지 못했다. 그저 나경의 얼굴에 시야를 묶어둔 채 묵묵히 전화를 받고만 있었다. 다행인지 아닌지 아버지는 상대와 대화를 원해서 전화한 게 아니었다.

"이제 그만하자. 더는 너를 위해 해줄 일이 없단다. 내 생각에 너는 다른 길을 찾는 게 좋겠다. 부모로서 해줄 수 있는 마지막 조언이다."

하고자 한 말이 끝나자 통화 역시도 재빨리 끊겼다. 은휘의 심장이 미친 듯이 뛰기 시작했다. 허겁지겁 미술재단 홈페이지를 검색했다. *'올해의 작가상 선정 발표'*. 떨림이 감춰지지 않는 손으로 신규 공지를 열었다.

"은휘야, 너……."

메신저 확인을 끝낸 나경이 무거운 목소리로 불렀으나 은휘는 대답하지 않았다. 곧장 카페를 나가버렸다. 한강으로 가야만 했다. 아라한, 아라한을 찾아야만 했다. 그녀는 휴대폰을 부숴버릴 만큼 손에 힘을 잔뜩 쥔 채로 달려갔다. 당장이라도 그 남자를 만나 멱살을 잡고 싶었다.

그날 던지지 못했던 돌부리 대신 이 휴대폰이라도 얼굴에 꽂아줘야 분이 풀릴 것 같았다. 왜냐면 그녀는.

"또 금희잖아!"

가장 중요한 경쟁에서 패배하고 말았다. '올해의 작가상'에는 금희가 선정됐다. 대중 투표에서 은휘가 부도덕한 표를 매수한 것과 별개로 금희에게 표를 던진 이들도 적지 않았다. 또한 전문가 평가에서 금희는 최고 점수를 얻었다. 비등비등한 결과조차 아니었다.

확연한 기량 차이로 전체 후보 중 1등, 모든 명예를 거머쥐었다. 분명 아라한이 처음에 한 약속과 달랐다. 3천만 원어치의 불행을 주겠다고 하고서는, 이렇게 크나큰 행운을 줘선 안 될 일이었다. 이럴 줄 알았다면 처음부터 버튼을 누르지도 않았으리라.

뚝섬유원지역에 도착하자마자 아라한을 처음 만났던 한강 쪽으로 이동했다. 강가의 초입이었다. 정확한 위치가 기억나는 건 아니었기에 넋을 잃고 미친 사람처럼 두리번거렸다.

어느덧 세상은 며칠 전 그날처럼 복잡한 색으로 물들었다. 개가 늑대로, 늑대가 개로 변하는 시간. 존재의 경계가 흐려지는 강가에서 은휘는 거친 숨을 몰아쉬며 머리를 쥐어뜯었다. 당장 나타나, 당장, 당장, 염불을 외듯이 불안함을 뱉어냈다. 돌부리에 걸려 넘어지는 와중에도 멈추지 않았다.

"저런. 앞을 잘 봐야지."

아라한의 목소리였다. 은휘가 본능적으로 상체를 뒤로 비틀어 아라한을 노려보았다. 그는 또다시 애매모호한 색감의 중심에 서 있었다. 순간 은휘의 시야에선 어떤 사람도 보이지 않게 됐다. 오직 눈앞 아라한만을 담았다. 터질 듯한 분노와 함께.

아라한은 착용하고 있던 헤드셋을 벗어 목에 걸고서는 고개를 까딱이며 반갑다는 시늉을 했다. 은휘는 당연 바짝 약이 올랐다. 가장 중요한 영광마저 금희에게 줘버린 남자가 미워 죽을 것 같았다.

"아무리 들어도 볼레로만 한 게 없도다."

쓸모없는 말로 딴청을 피우는 존재를 향해 거침없이 손을 뻗었다.

"어허, 거참. 놓고 말하라."

멱살을 잡았다. 개량한복 앞섶을 야무지게 말아 쥐어 아라한의 숨통을 꽉 막았다. 은휘가 이 정도로 숨김없이 분노를 표현한 건 처음이었다. 아라한이 사람이든 신이든 간에 용서하기 어려웠다. 복수를 해준답시고 자신을 희롱했다는 사실에 모멸감을 느꼈으니 그녀는 뵈는 게 없었다.

반면 아라한은 뭐가 그리 재미있는지 시종일관 여유로운 표정이었다. 온 힘을 다해 멱살을 쥔 것치고는 싱거운 결과였다. 은휘는 더 약이 올라 체중을 아라한에게 팍 기울였지만 미동도 없었다.

잠시 후 지쳐버린 은휘가 멱살을 놓았다. 그대로 몇 걸음 물러났다.

"말이 다르잖아요. 불행을 준다며? 복수해준다며!"

"약속을 어긴 적은 없도다. 그녀는 전세사기로 3천만 원을 잃었다. 틀림없는 사실이지."

어이가 없어진 은휘가 파하, 하고 실소를 뱉었다. 그 모습을 본 아라한은 괜히 뒷짐을 지고선 나 몰라라 하는 표정을 지었다. 예스러운 말투와 어울리지 않게 시종일관 얼굴에 장난기가 가득했다. 문제는, 은휘는 지금 장난을 치러 온 게 아니라는 점이었다.

"전세사기 같은 거 관심 없으니까 다시 물러요. 좋은 말 할 때 결과 바꿔줘요."

아라한은 떼쓰는 유치원생이라도 보듯 은휘의 위아래를 슥 훑더니 주머니에서 버튼을 다시 꺼냈다. 변함이 없었다. 절에서나 볼 법한 튀는 금동에, 어딘가 조잡한 연꽃 장식, 알 수 없는 이름 르마까지. 아라한이 옷깃으로 버튼을 문질러 깨끗이 닦고선 은휘에게 내밀었다.

"내 말이 거짓이 아니라는 확신이 섰느냐? 그러면 한 번 더 눌러보겠느냐?"

이 자식이 지금 장난치나, 은휘는 머리 꼭대기까지 열이 올랐다. 피가 거꾸로 치솟는 듯했다. 처음 만난 순간부터 지금까지 악귀에게 농락당했다고밖에 설명되지 않았다. 어째서 자신에게만 이런–.

"왜 너에게만 이런 일이 생기냐며 원망하는 건 아니겠지."

아라한이 순식간에 은휘의 마음을 읽었다. 아니야, 우연의 일치겠지, 은휘는 분노 뒤편에서 고개를 들이미는 압도감을 애써 무시하려 했다. 그의 표정이 살짝 달라졌다. 미지의 존재에게서 낯선 기운이 뿜어져 나왔다. 하지만 이제 와서 달라질 건 없었다. 은휘는 그가 신이 아니라 악랄한 마귀일 뿐이라고–.

"혹시 나를 마귀라고 탓하는 게냐?"

그녀는 자꾸만 마음을 읽혔다. 신이 이번만큼은 한편이라고 믿었는데, 상황으로 미루어보아 신은 같은 편이 아니었다. 그제야 은휘는 무서워졌다. 아라한이 그녀를 향해 버튼을 내민 채로 한 걸음씩 다가갔다.

"내가 약속한 건 3천만 원어치의 불행이었지, 너에게 주어질 행운이 아니었도다. 남을 원망하는 마음으로 살며 원하는 결과를 얻을 것이라 착각하였느냐? 어리석도다."

은휘는 두려움에 압도되면서도 그가 괘씸해 견딜 수 없었다. 여태껏 얼마나 노력했는데 어째서 어리석단 말로 훈계를 하는지 납득이 안 됐다. 신이 정말로 존재한다면 적어도 자신의 절박함 정도는 알아줘야 한다고 생각했다.

금희를 처음 본 순간부터 미워한 건 아니었다. 그녀를 잠깐은 동경하기도 했다. 둘은 어쩌면 좋은 친구가 될 수도 있었다.

재능을 갖고 태어났음에도 벽 같은 상대에게 빛이 다 가려지고 비교만 당하는 삶을 견뎌내는 인간이 몇이나 될까. 더군다나 금희는 주관이 확실하여 은휘를 마냥 따뜻하게 위로해주는 친구도 아니었다.

"당신이 뭘 알아……."

그러니 은휘의 악의는 나쁘다고 비난할 수 있을지언정 비인간적이라고 치부해야 할 마음까지는 아니었다.

"함부로 내 인생으로……."

어쩌면 은휘는 오래전부터 알고 있었을지도 모른다. 돈에 의존해 알바를 고용하는 그 순간에도, 어쩌면, 금희에게 질지도 모른다는 것을.

"당신이 뭘 알아? 함부로 내 인생으로 장난치지 마!"

모든 게 버튼 때문이었다. 그녀가 아라한의 손에서 버튼을 낚아채 땅에 내리꽂았다. 돌과 잡초가 즐비한 흙바닥에 버튼이 나뒹굴었다. 더러운 흙먼지가 달라붙어도 금빛으로 번쩍이는 모습이 꼴사나웠다. 그녀는 분노를 담아 버튼에 발길질을 가했다.

아라한은 그 모습을 보고도 말리지 않았다.

"소용없다. 인간은 파괴할 수 없도다."

정말이었다. 아무리 짓밟아도 버튼은 부서지지 않았다.

그때 전화가 걸려 왔다. 은휘는 아라한과 버튼을 번갈아 보다 자포자기한 마음으로 전화를 받았다. 들려오는 목소리의 주인은 나경이었다.

"너 당장 카페로 돌아와서 나랑 얘기 좀 해. 대체 무슨 짓을 저지른 거야?"

아버지의 전화를 받고 뛰쳐나오기 직전 눈에 담았던 나경의 표정은 무거워 보였다. 아마도 작가상 결과를 보고선 참담함을 느꼈으리라 짐작했다. 그런데 저지르다니? 무엇을? 은휘는 대답하지 않았다. 뭐라 답할 힘이 없기도 했다. 아라한은 말없이 은휘가 통화하는 모습을 지켜보다 손가락으로 버튼을 가리켰다. 나경은 계속해서 전화기 너머로 무어라 떠들고 있었다.

이상하게 그 소리가 귀에 담기지 않았다. 은휘는 아라한의 손길을 따라 버튼을 내려다보았다.

부서지진 않았지만 이름의 일부를 가리고 있던 연꽃 장식이 떨어졌다. 휴대폰을 들지 않은 손으로 버튼을 집어 올렸다. 음각으로 새겨진 이름이 완전히 다 보였다.

"KA? KARMA?"

카르마. 버튼의 완전한 이름이었다. 나경이 소리쳤다.

"내 말 듣고 있어? 네가 쓴 악플들이 다 공론화됐다니깐!"

업보. 죄를 저지르면 그 악행이 고스란히 돌아온다는 의미. 은휘의 요동치던 심장이 이제는 아예 뛰지 않는 것 같았다. 갑자기 어깨가 짓눌리는 통증이 느껴졌다. 당혹스러웠다. 잠깐, 나경이 한 말은 또 무엇인가, 공론화가 됐다니, 은휘는 손과 발끝이 서늘해지는 감각에 사로잡혀 아라한을 바라보며, 동시에 떨리는 목소리로 나경에게 물었다.

"무슨 소리야?"

돌아오는 답은 참혹했다.

"메신저에 기사 링크 올라왔어. 누가 여태껏 네가 쓴 악플들을 다 폭로했어. 올해의 작가상 후보가 익명으로 저지른 짓이라면서. 데이터 기록이 네 계정 맞더라. 나한테 금희 험담하는 걸로 만족하지 사생활 욕까지 하고 다닌 거야? 후보로 등재된 것도 아빠가 해준 일이라며? 영구제명 조치해야 한다고 난리야. 너 진짜 큰일 났어!"

아라한이 다가왔다. 그는 부드러운 손길로 버튼을 회수했다. 툭툭 터니 모든 흙먼지가 다 사라졌다. 처음보다 더 환히 빛나는 금빛이었다.

KARMA, 카르마. 아라한이 음각 글자를 손가락으로 훑었다. 손등에 새겨진 연꽃 타투가 눈에 띄게 선명해졌다.

창백해진 은휘는 나경의 계속되는 말을 듣지 못하고 통화

종료 버튼을 연타했다. 한꺼번에 받아들이기엔 너무 많은 불행이었다. 아무것도 하지 못하는 은휘의 얼굴을 아라한이 감쌌다. 지옥 같은 상황을 선사한 손길이라기엔 소름이 돋을 만큼 따스했다.

은휘는 눈물이 터질 것만 같았다.

"나를 만난 네 모든 기억은 이제 지워지니라. 너에게는 네가 저지른 업보만 남는 것이야. 인간이란 미련한 미움 속에 갇힌 괴물이지."

달칵. 그가 장난기 서린 표정으로 버튼을 눌렀다. 볼레로가 다시 들려왔다. 그러곤 등을 돌려 떠나갔다. 처음 만났을 때처럼 멋대로 와서 멋대로 사라져버리는 존재였다.

그녀는 왜 하필이면 그 음악이고, 업보를 주는 건지 더 묻지 못했다. 그저 자리에 털썩 주저앉아 멍하니 아라한의 뒷모습만 바라보았다.

참 이상하게도 이 순간마저도 그녀는 금희를 떠올렸다. 위버멘시. 사람을 뛰어넘은 사람. 정말로 세상에 초인이 존재했던 것이다. 허나 그녀의 삶에서 초인이란 누구인가. 아라한인가 혹은 끝내 꺾지 못한 금희인가.

그것이 무엇이든 간에 위버멘시에 완전히 패배해버렸다는 허탈함에 은휘는 입술을 꽉 깨물었다. 비린 피 맛이 날 때까지 계속 힘을 줘 깨물었다. 기묘한 노을 풍경이 초인의 뒷모습을 점점 삼켰다. 먼발치에서 수상쩍은 연꽃잎 한 장이 날아와 은휘의 손등에 닿았다.

낮과 저녁이 공존하는 시간 속에서 결국 은휘는 눈물을 쏟고 말았다.

#2

아라한과 수보리 그리고 세존

업무를 마친 아라한이 재빨리 식당으로 향했다. 벌써 저녁 시간이었다. 초연한 뒷모습을 남겼던 그였지만, 속마음은 빨리 밥을 먹고 싶단 바람으로 가득 찼다. 인간의 몸이 아니니 굳이 식사를 하지 않아도 되지만 살아생전부터 유독 한식을 좋아했기에 먹는 기쁨을 포기하지 않았다. 자주 먹는 건 아니어서, 오늘처럼 약속이 잡힌 날에는 아침부터 신이 나 있곤 했다.

그가 목적지까지 부리나케 이동했다. 혼령 상태로 모습을 바꾸어 축지법을 쓰는 와중에도 머리엔 저녁 메뉴 생각뿐이었다.

식당에 도착하자마자 다시 인간의 몸으로 전환한 다음 테이블을 찾았다. 머리칼이 허리까지 닿은 여인이 앉아 있었다. 깔끔하게 차려입은 뒤태가 오랜만에 보아도 낯설지 않았다. 틀림없이 수보리였다.

"벌써 와 있었는가. 주문은 했고?"

"늘 먹던 대로 김치찜 둘."

"완벽하네."

아라한이 앉자마자 물수건으로 손을 닦았고 물 한 모금을 마셨다. 미리 와 있던 수보리가 수저까지 모두 세팅을 해놓은 상태였다. "에이 놔두지." 머쓱하게 머리칼을 쓸어 넘기며 아라한이 늦은 인사를 전했다.

"그간 무탈했는가?"

수보리가 눈을 가늘게 감아 빙긋 웃고는 고개를 끄덕였다. 둘은 근황을 주고받았다. 인간이 아닌 존재들치고는 매우 사소한 대화들이 오갔다.

근처에 국밥 맛있게 하는 곳을 찾았다든가, 고향에서 먹었던 된장찌개를 기막히게 재현하는 곳이 있다든가 하는 얘기들이 대부분이었다. 어떤 인간을 만나고 다녔는지는 주된 화제가 아니었다. 밥 먹는 동안만큼은 일 얘기를 하고 싶지 않아 하는 회사원과 다르지 않았다.

아라한은 군침을 이기지 못하고 반찬을 집어 먹으며 수보리의 이야기를 듣다 그녀의 손등을 보았다. 새겨진 연꽃이 자신 것보다 곱절은 더 선명하여 금방이라도 향기가 날 것만 같았다. 꽃잎을 따라 결결이 그려진 주름들이 놀라울 만큼 아름다웠다. 역시 모든 수행자들 중 가장 으뜸이라는 '수보리'다웠다.

이윽고 냄비에 담긴 김치찜 2인분이 제공됐다.

"오랜만에 와서 고기 많이 넣었어."

식당 주인이 반가운 웃음을 담뿍 담아 말했다.

"아휴. 더 자주 올게요, 이모."

아라한은 그녀의 생색이 밉지 않아, 마찬가지로 최대한 인간처럼 살가운 미소로 화답하며 숟가락을 들었다. 매콤한 향이 둘 사이를 가득 채웠다. 푹 익은 김치는 손으로 죽 찢어 먹어도 좋을 정도로 꽤나 큼직했다.

20대 후반으로 보이는 알바가 공깃밥 두 개까지 마저 세팅하자 반찬 사이를 오가던 대화가 잠시 멎었다. 둘 모두 허기가 진 상태였기에 일단은 밥부터 집중 공략 했다. 식당 안에는 TV를 통해 흘러나오는 뉴스 소리와 식기 부딪는 소리가 전부였다. 백색 소음에 파묻혀도 아라한과 수보리는 어색해하지 않았다. 이미 함께한 세월이 오래였다.

콩나물무침과 계란말이가 빠르게 고갈됐다. 아라한이 한때 가장 좋아했던 반찬이었다. 수보리는 그를 위해 콩자반과 미역줄기만 집어 먹었다. 뒤늦게 눈치를 챈 아라한이 미안해하며 계란말이 한 덩이를 집어 수보리의 밥에 올려두었다.

"미안하네. 자네도 좋아하지 않는가."

"난 괜찮으니 많이 드시게나."

그녀가 상냥하게 웃으며 계란말이를 아라한에게 돌려주었다. 입에 넣었던 젓가락으로 덜어줘서 먹지 않는 걸까, 아라한은 괜히 머쓱해져 고개를 끄덕이곤 얼른 콩나물무침을 입안으로 넣었다. 식당 주인이 참기름을 아끼지 않은 덕에 고소한 맛이 일품이었다.

언젠가 아라한은 자신에게 과업을 준 세존을 다시 만난다면 수보리와 비슷한 모습이 아닐까 생각하곤 했다. 그 정도로 수보리는 자상했고, 사려 깊었으며, 출중했다. 우수한 수식어를 다 갖다 붙여도 부족한 여인이었다. 그에게는 정말로 '신' 같은 존재였다.

"수보리. 곧 극락정토에 가게 된다면 세존에게 칭찬을 많이 받을 걸세."

"김치찜 먹다 말고 무슨 소리인가. 밥이나 드시게."

"자네가 괜히 으뜸이 아니란 말이지."

아라한이 상대를 잔뜩 추켜세우며 즐거이 식사를 이어갔다. 수보리는 민망해하면서도 칭찬이 기쁜 듯 광대를 움찔거리며 밥 한 숟갈을 크게 퍼먹었다. 그 모습에는 아라한이 그리운 사람을 떠올리게 하는 구석이 있었다.

오래전, 작별한 여동생이 자주 보여주던 쑥스러움이었다. 과거 인간이었던 그가 이승에 두고 떠난 가족이자 가장 그리운 존재, 동시에 이제 만날 수 없는 사람이었다. 저릿해지는 마음을 숨기고자 커다란 김치를 입 안으로 재빨리 밀어 넣었다.

"아뜨뜨."

어찌나 뜨겁던지 아라한의 입천장이 다 까져버렸다.

마주 앉은 둘은 이미 죽은 몸으로, 이승을 떠도는 혼령들이었다. 그러나 억울한 이유로 생을 마감하였기에 죽어서도 미련을 떨치지 못했다. 세상을 다스리는 세존에게는 하나의 규율이 있는데, 선한 혼령은 극락정토로 보내고 악한 혼령은 마구니로 만드는 것이었다. 허나 미련이 강해지면 혼령이 갖고 있는 선악 특성이 흐려지게 되고 오직 삶을 향한 집착만이 남아 심판하기가 어려웠다.

세존은 이승에 남은 혼령 중 살아생전 선했던 자들을 선택하여 수행을 제안했다. 과업을 모두 수행하여 손등에 연꽃이 피면 극락정토로 보낸다는 것인데, 완수에 다다를수록 연꽃은 선명해졌다. 모든 수행이 끝나 극락정토로 떠나는 것을 세상 사람들은 '성불'이라 했다. 이승과 구천을 떠돌아봤자 할 수 있는 게 아무것도 없는 혼령들은 기꺼이 성불을 위한 과업을 할당받았다.

아라한 역시 이러한 이유로, '아라한'으로 살게 됐다. 세존이 수행자에게 하사하는 칭호인 아라한은 그가 더 이상 평범한 혼령도, 인간도 아니란 증거였다. 이 아라한들 중에 성불이 가까운 자, 즉 제일 우수한 자는 특별히 칭호 하나를 더 수여받았다. 바로 '수보리'였다.

각자 밥 한 공기를 말끔하게 비워내자 알바가 서비스로 숭늉 주전자를 주었다. 그녀와 눈이 마주친 아라한은 신이 나 밥그릇에 숭늉을 붓고 얼른 들이켰다. 급하게 목을 젖혀 마신 탓에 턱을 타고 숭늉이 흘렀다. 수보리가 재빨리 티슈를 주었다.

"가로수길에 갔더니 그런 머리를 한 청년들이 많더군."

아라한이 머리칼에 묻은 숭늉을 닦아내며 답했다.

"하긴 내가 스물아홉에 죽었으니 아직 한창인 청년 같긴 하지. 혹시 이제라도 누님이라 불러야 하는가? 누니이임."

능글맞은 너스레에 수보리가 손사래를 쳤다.

"됐네. 다 똑같은 수행자끼리 징그럽게 왜 그러나. 근데 개량한복은 어디서 구했는가?"

"동대문에 가면 소매로 싸게 판다네."

"버튼이랑 잘 어울리네. 나도 종 대신에 재치 있는 도구로 할 걸 그랬네."

수행자들이 세존에게 할당받은 과업은 각자 달랐기에 능력을 담을 토템 역시 달랐다. 수보리는 남을 용서하는 자에게 복을 주어야 했으며, 용서가 파동처럼 널리 세상을 채우길 바라는 마음에서 종을 택했다. 반면 아라한은 사사로운 미움으로 사는 자에게 업을 주어야 했다.

사람이었던 시절부터 장난기가 많았던 그는 고리타분한 물건들보다는 어딘가 익살맞고 튀는 게 좋았기에 버튼을 택했다. 업을 주는 과정이 너무 따분하지 않도록 누르면 음악이 나오는 장치도 추가했다. 구색을 갖추기 위해 개량한복을 입고, 버튼을 황금빛으로 만들어 수행자임을 드러냈다. 업보를 뜻하는 버튼 이름을 굳이 'KARMA'라는 영어 단어로 새겨 넣은 것 역시 청춘의 나이에 죽은 사람다운 감각이었다.

수보리가 아쉬운 얼굴로 종을 꺼내 보이고선 살짝 흔들었다. 그 작은 움직임에도 가게 안에 청아한 쇳소리가 가득 찼다. 주인장이 깜짝 놀라는 모습을 보고서 둘은 파안대소를 터트리며 일어났다. 수보리가 주머니에서 쌈짓돈을 꺼내 계산대로 향했다. 둘은 인간이 아니었기에 돈을 벌지 못했다. 과업을 위해 오랜 시간 이곳저곳을 떠돌며 한 푼 두 푼 주운 돈으로 꼭 필요한 것들만 샀다.

오늘처럼 김치찜 한 그릇 먹는 식사 자리를 자주 가질 수 없는 이유이기도 했다. 아라한이 수보리의 팔을 잡아 돈을 지불하려는 것을 말렸다.

"내가 사겠네. 얼마 전에 서울역 근처에서 돈을 많이 주웠네. 거기서 급하게 기차를 타러 가는 사람을 쫓으면 떨어진 돈을 제법 주울 수 있어."

"그래도 내가 수보리인데."

그녀 역시 얻어먹고 싶진 않아 아라한이 돈을 못 내게끔 제지했다. 서로 계산하겠다며 옥신각신해댔다. 주인은 자주 있는 일이라는 듯 껄껄 웃고 말았다. 몇 차례 투닥거린 후에 아라한이 계산의 영광을 누렸다.

둘은 김칫내를 폴폴 풍기며 식당 밖으로 나왔다. 수보리가 함께 산책을 하겠냐 물었으나 아라한이 아쉬운 표정으로 거절했다. 다음 과업을 위해 밤중 이동을 해야만 했다. 수보리는 아라한의 등을 두드리며 격려를 남겼다.

손등에 새겨진 연꽃이 보일 때마다 아라한은 수보리가 극락정토로 성불할 날이 머지않았음을 실감했다. 못내 서운한 마음이 들었으나 동시에 그녀의 앞길을 계속 응원하고 싶었다. 어떤 존재에게도 의지하지 못하는, 사람도 혼령도 아닌 상황에 유일하게 친구가 돼준 건 오직 수보리뿐이었다. 수행자들이 스스로의 존재를 숨기고 과업을 진행하는 탓에 아라한은 수보리를 제외한 다른 벗을 만나지 못했다.

"곧 자네 기일이지? 그땐 내가 대접하겠네."

수보리가 먼저 손을 내밀었고 아라한이 밝게 웃으며 잡았다. 위아래로 작게 흔들며 악수를 나눴다. 시간이 늦어 머리칼을 파고드는 바람이 차가웠다. 아라한은 수보리가 추위를 느끼지 않는 존재라 다행이라고 생각했다.

허나 그녀는 아직 하고 싶은 말이 남은 눈치였다. 쉽사리 손을 놓지 않고 뜸을 들이더니 겨우 입을 열었다.

"아라한. 꼭 묻고 싶은 게 있는데 말이야."

"무엇인가?"

"그……."

익숙지 않은 모습이었다. 어려운 말을 준비하고 있는 걸까, 아라한이 수보리를 빤히 바라보았다. 어린 시절 친구들과 놀러 가고 싶다며 용돈을 조르던 여동생이 겹쳐 보였다. 사실 수보리와 여동생은 전혀 닮은 이목구비가 아니었다. 나이 차이부터가 적지 않았다.

허나 동생을 향한 그리움이 단단한 돌로 변해 가슴 한편을 차지했으므로 아라한은 종종 타자에게서 동생을 보았다. 그리고 자주 서글퍼졌다. 마음이 아파오지 않게끔 괜히 수보리의 옆구리를 쿡 찔렀다. 어서 말을 하란 신호였다.

"헤드셋 어디서 샀는가? 아까부터 눈이 자꾸만 갔네."

뜻밖의 질문이었다. 아라한이 입을 크게 벌려 웃었다. 웃을 때마다 찬 바람이 목구멍을 오가는 감각이 느껴졌다. 진지한 얼굴로 황당무계한 질문을 하는 모습까지도 동생을 떠올리게 했다. 아라한의 웃음소리를 들으니 수보리도 괜히 웃음이 나는지 본인이 말하고서도 피식피식 웃었다. 둘의 입에서 김치 냄새가 진동을 했으나 누구도 불쾌해하지 않았다.

"요즘 사람들은 무료나눔을 많이 하더군. 사람인 척 중고 MP3랑 받아 왔네."

PC방에 가 천 원을 내고 한 시간 동안 물건을 찾다 보면 분명 구할 수 있을 거라는 격려까지 세트였다. 수보리는 물건을 공짜로 구하는 좋은 팁을 받았다며 고마워했다. 아라한이 꼭 예쁜 헤드셋을 구하라며 수보리의 어깨를 두드려주었다.

수보리가 마지막으로 한 가지를 더 물었다.

"갑자기 음악 감상 취미라도 생겼는가?"

아라한은 잠시 멈칫했다. 조금은 쓴웃음으로 대답했다.

"동생의 연주를 다시 듣고 싶었네."

의문이 해결되자 수보리는 아라한을 향해 담백한 안녕을 남겼다. 둘은 등을 돌려 반대 방향으로 나아가며 뒤돌아보지 않았다. 어느덧 깊은 밤이었다.

#3

탐욕과 진인사대천명, 금희

평상시 같았으면 출근 후 유니폼으로 환복해야 할 시각이었지만 오늘 저녁은 달랐다. 금희는 정갈하게 갠 유니폼을 쇼핑백에 넣어 반납했다.

"앞으로는 작품 활동에만 매진하려고요."

밝게 웃는 금희에게 점장은 더 높은 곳까지 승승장구하라며 격려를 보태주었다. 평소 금희와 같은 시간대에 일했던 직원들도 하나둘씩 작별 인사를 남겼다. 아쉬운 얼굴을 하면서도 붙잡는 이가 없었다. 원래부터 금희는 여기에 있어야 할 사람이 아니었으니.

"잘돼서 다행입니다."

"맞아요. 이제 유명한 갤러리에서나 볼 수 있는 거죠? 정말 축하합니다."

사람들의 칭찬만큼 금희가 수차례 고개를 꾸벅이며 감사를 표했다. 처음 봤을 때만 해도 절대 어울리지 못할 거라 생각한 사람들이었으나 이만큼 돈독해진 게 놀라웠다. 평생 미술만 바라보며 살던 금희에겐 태어나서 처음으로 가진 미술 밖 인연이었다.

오로지 돈을 위해 시작한 레스토랑 알바였다. 비싼 사립대를 졸업한 뒤 금희에게 남은 건, 요즘 세상엔 돈 주고도 산다는 학위 하나뿐이었다. 유학파도 아니거니와 인맥 하나 없이 학부 생활마저도 쫓기듯 끝마친 그녀의 곁에는 지긋지긋한 생활고가 머물렀다.

금희에게 확실한 재능이 있다는 것은 신이 가혹하다는 증거였다. 사는 게 팍팍해도 미술을 놓을 수가 없었다. 포기가 불가한 꿈은, 오히려 족쇄가 돼 그녀를 더 치열한 생활고로 몰아넣었다. 작업 중 두통이 와도 병원 대신 4천 원짜리 알약에 의존해야 했을 때, 고급 펜션에서 호화로운 졸업 파티를 하는 동기들의 사진을 봤을 때, 손에 익은 도구가 망가져도 어떻게든 고쳐 써야만 했을 때. 현실은 다양한 모습으로 금희를 굴복시키려 했다.

불행인지 다행인지 금희는 독했다.

그녀는 발에 달린 족쇄를 힘껏 앞으로 내던져가며 버텼다. 어떻게든 그림으로 돈을 벌고 싶었기에 온갖 알바를 했는데 그중 미술 과외가 제일 벌이가 좋았다. 내로라하는 가정에서 아이들을 가르칠 때 금희는 겨우 웃을 수 있었다. 상황이 어떻든 간에 미술을 하고 있는 거니까.

사람이란 마땅히 해야 할 일을 다 하고 하늘의 명을 기다리는 존재, 금희는 엄마가 말해준 '진인사대천명'을 믿었다. 벗어나기 위해 발버둥을 치다 보면 언젠간 볕이 들 거라 확신했다. 그 결실은 의외의 사람에게서 얻을 수 있었다. 과외생 학부모 한 명이 금희의 사정을 알게 돼 벌이가 좀 더 좋은 단기 일자리를 연결해줬다. 오늘 금희가 퇴사하게 된 레스토랑 아르바이트 자리였다.

레스토랑은 예약제로 운영되며 손님들 다수가 부유층이었다. 목이 꼿꼿한 손님들을 위해서는 특히나 친절한 서비스를 제공할 필요가 있었다. 그 때문에 페이는 타 식당과 비교 불가할 정도로 높았다. 과외보다 훨씬 괜찮은 수준이었다.

"식당에서 일을요? 아무리 그래도 식당 일까지는."

처음 일자리를 제안받았을 때는 자존심 때문에 거절했다. 미술만 파도 모자랄 시간에 웬 식당? 그러나 체크카드로 클렌징폼을 산 뒤 잔고 부족 메시지를 받았을 때 금희는 마음을 고쳐먹었다.

가난은 언제나 이딴 식이었다. 하고 싶지 않은 일로 자꾸만 내몰았다. 미술을 바라보면서도 식당에서 알바를 하는 삶, 돈이라면 결국 원치 않는 접시까지 들게 만드는 삶, 가난은 꽤나 명확한 얼굴을 했다. 가장 앞으로 나서고 싶을 때 제일 반대편 벼랑 끝으로 모는, 악랄한 존재. 인생과 전혀 상관없을지도 모르는 일까지 엮어버리는 유능한 불행, 그것이 가난이었다.

"손님들 비위 맞춰주기도 힘든데 우리끼리 도와야지."

울고 싶은 마음으로 내몰린 벼랑인데 함께 매달려 있는 동료들이 썩 괜찮았다. 콧대 높은 손님이 들어올 때마다 고개를 조아리며 '어서 오세요'만 반복하는 앵무새가 됐어도 함께하는 이들이 있어 버텼다. 힘든 와중에 전세사기까지 당하며 절망했을 때에도 그녀는 서럽게 울지 않았다. 은휘가 친구들과 레스토랑에서 고급 요리를 즐길 때 금희는 주방 구석에서 동료들이 끓여준 수프를 먹으며 마음을 달랬다.

운 좋게도 작가상에 선정돼 재단으로부터 후원금을 받았고, 그 돈으로 전세사기를 모면했다. 유명세를 타고 여기저기서 비즈니스 제안과 개인 후원금도 들어오는 중이었다. 그러니 재능과 걸맞지 않은 유니폼 따위는 이제 벗어버려야 했다. 잘 대해준 직원들이 고맙긴 했으나 영원히 함께할 이들은 아니었다.

금희는 이제 그림으로 돈을 벌고 싶었다. 앞으로의 생활은 꽃길이 분명했다. 기를 쓰고 버텨온 인생이니 이제는 희생된 과거에 상응하는 보상을 받아야 했다.

자신의 인생이 희극이라 믿어 의심치 않았다.

"다음 주 토요일에 직원이 아닌 손님으로 방문하고 싶어요. 예약해주실 수 있죠?"

"혹시 그 사람 때문이라면 마음 풀어."

"아니에요. 제 돈으로 여기 요리를 먹어보고 싶어서 그래요. 제일 비싼 걸로 주문할게요."

뜻밖의 제안에 직원들은 놀라는 기색을 숨기지 않았다. 벌써부터 매출을 올려주는 거냐며 농담을 던지기도 했다. 점장은 뭔가 미심쩍은 구석이 있는 듯 대답을 망설였으나 당찬 그녀의 얼굴을 보더니, 특별히 가장 전망이 좋은 자리로 예약하겠다는 말만 남겼다. 금희의 등을 두드려주는 것으로 시끌벅적한 작별이 마무리됐다.

곧 손님들이 들이닥칠 시간이었다. 그녀는 많은 사람과 악수를 한 뒤 기쁜 마음으로 퇴장했다. 밖으로 나서자마자 정문 앞에서 한참 동안 간판을 바라보았다. 다음 주에 손님으로 입장할 생각을 하니 설렜다. 힘들게 돈을 벌면서도 자신을 위해 마음껏 써본 적은 없었는데 이젠 달랐다.

'열심히 일한 당신, 누려라.'

금희는 오래전 TV에서 본 광고 카피를 떠올렸다.

이 식당에서의 근사한 한 끼가 꽃길을 축복하는 제법 좋은 출발이 되리라. 오랜만에 저녁 공기를 만끽했다. 싸늘한 바람에도 고독하지 않았다. 내일은 더 추워진다지, 얼마나 추워진대도 마음은 봄이었다. 도시의 어둠 속에 달빛이 환히 녹아들었다. 평소에도 달이 이렇게 밝았나, 홀리는 기분으로 앞을 응시했다. 이상하리만치 사람이 없었다.

고즈넉하게 내려앉은 달빛 사이로 아라한이 나타났다.

***

볼레로가 몇 번이나 반복될 만큼 둘은 실랑이를 이어갔다. 충분한 설명이 주어졌으나 결론이 나질 않았다. 금희는 확실히 은휘와 달랐다. 은휘가 아라한의 미심쩍은 외향부터 버튼의 정체까지 미주알고주알 캐물었다면 금희는 오히려 아라한이 찾아온 이유 자체를 부정했다.

"저는 미워하는 사람이 없다니까요?"

숱한 사람을 만나온 아라한이었기에 그는 이것이 아주 특별한 반응은 아니라 여겼다. 인간들 중에는 본인의 구차함을 숨기기 위해 남을 미워하면서도 미워하지 않는 척하는 사람들이 많았다. 관용과 용서로 흐려진 미움이 아니라, 정말로

기를 쓰고 숨기고자 하는 속내였다.

아라한이 자상한 미소를 지으며 앞으로 성큼 다가갔다. 한 손으로는 버튼을 내밀었다.

"들키고 싶지 않은 모습을 들킬까 봐 그러느냐? 이미 알고 있도다."

"아니라니까요."

"내 존재에 대해 묻지 않는 걸 보아하니 의심은 없나 보구나. 그렇다면 눌러보라. 그 사람에게 불행을 주고 싶지 않으냐?"

금희가 입을 다물고 아라한을 노려보았다. 위아래로 훑지도, 복장이 매치가 안 된다며 따지지도 않았다. 그럴수록 아라한은 금희의 마음을 꿰뚫어 보았으며 그녀가 얼마나 힘겹게 살아왔는지 알 수 있었다.

이럴 때마다 곤란했다. 분명 금희에게도 악한 마음이 있기에 업보를 줘야 했지만, 그녀의 상황이 은휘와는 달리 좋지 못했다. 여기서 업보까지 얻게 된다면 연약한 인생이 부서질지도 몰랐다. 진심으로 그녀가 버튼을 누르지 않길 바랐다. 부디 마음 깊이 미움을 품고 있더라도 한 번만 눈감고 상대를 용서하길. 묵혀둔 앙금을 털어버리길. 아무리 설득해도 버튼을 누르지 않는다면, 그자는 업보로부터 자유로울 수 있으니 말이다.

아라한은 요 며칠 자꾸만 타인에게서 동생을 보았다. 척박한 삶 속에서 의지하며 살았던 동생이 떠올라 견디기 어려웠다. 금희만큼은 부디 업보를 만들지 않길 소망했다.

은근슬쩍 버튼 하단부에 새겨진 음각 글자를 손가락으로 훑었다. 여전히 연꽃 장식이 이름의 앞 글자를 가렸다. 세존의 과업을 수행하는 아라한으로서 그가 줄 수 있는 동아줄은 이것뿐이었다. 어쩔 수 없이 읊고야 말았다.

"궁핍한 네 삶을 조롱한 자에게 벌을 줘야 마땅하지 않은가. 감히 넘볼 수 없는 위치에 있는 상대에게 네가 어찌 살아서 복수할 수 있겠는가. 이 버튼을 누르면 내가 대신 3천만 원어치의 불행을 주겠도다."

"없어요, 그런 사람. 없다니까요?"

금희는 계속해서 부인했다. 웬 도인 같은 사내가 와서 대뜸 금동 버튼을 내밀며 하는 말에 논리 따위가 있을 리 없었지만, 인생을 들킨 것 같아 좌우지간 마음이 요동치기는 했다.

안타깝게도 아라한의 말이 맞았다. 그녀는 레스토랑에서 일을 한 이후부터 줄곧 한 사람을 미워했다. 여태껏 은휘와의 신경전에 의연했던 이유는, 그보다 더 큰 미움과 싸우고 있어서였다. 금희는 한평생 자신을 지키기 위해 발버둥 친 사람이었고 예술가라는 자존심 하나로만 버텨왔다. 누군가를 미워한다는 사실을 인정해버리면 그 사람에게 꾸준히 영향을 받고 있다는 사실도 인정해야 하는데 그러긴 죽어도 싫었다. 그러므로 속이 뒤집힐 듯이 화가 나는 순간에도 화난 척을 하지 말아야 했다. 애써 태연한 척, 신경 쓰지 않는 척, 안간힘을 써 자존심을 지켜왔다. 그런데 웬 남자가 대뜸 이 사실을 들춰버리니 당혹스러울 수밖에.

아라한은 달빛의 호위를 받았고, 밤바람이 그의 머리칼을 흔들었다. 그 모습은 신비로웠다. 금희는 불안한 눈동자로 그를 바라보면서 홀리는 느낌을 받았다. 자신을 괴롭힌 상대에게 누군가 대신 불행을 안겨준다면? 그것도 인생에서 가장 중요한 돈을 잃게 하는 불행을? 금희는 손이 점점 간질거렸다.

아라한의 머리칼 끝에 매달린 작은 빛 조각의 움직임을 보며 금희는 떠올렸다. 인생이 극이라면 자신의 삶은 분명 희극이라는 믿음을. 그리고 진인사대천명, 해야 할 일을 마친 사람에게는 그에 상응하는 운명이 찾아와야 했다. 하늘이 돕고 있는 요즘이었다. 아라한의 말이 사실이 아니더라도 버튼을 누르는 행위 자체로 손해 볼 건 없었다. 금희는 마음에 숨겨둔 사람을 떠올렸다. 가증스럽고, 밉고, 짜증 나는 누군가를.

굳이 다음 주에 레스토랑에서 식사를 하겠다며 예약을 한 이유도 사실은 어두운 마음에서 발현된 게 맞았다. 점장의 미심쩍은 표정은 합리적인 추측이었다.

아라한은 슬슬 자신에게 홀리는 듯 동공이 커지는 금희를 보며 혀를 찼다. 너는 감당하지 못하니 부디 누르지 말거라, 속으로 외쳤으나 그녀는 나약한 인간이라 듣지를 못했다.

"혹시 제가 버튼을 누르면 어디서 수당이라도 받나요?"

"너희 같은 중생들을 모아야 성불할 수 있도다. 그것도 수당이라면 수당이지."

"성불요? 이상한 소리를 하시네요."

"살아있는 자들과는 관련이 없지."

무슨 소리를 하는지 모르겠다는 듯 고개를 한번 갸우뚱거리고 금희는 버튼에 시선을 고정했다. 깊은 밤임에도 그녀의 외투가 얇았다. 아라한은 바람결을 느낄 때마다 얇은 옷 속 희미하게 떨고 있는 몸을 지켜보았다. 작은 몸을 지켜주지 못하리라는 죄책감이 마음을 휘저었다. 여동생의 곁에 남지 못하고 죽어버린 이후 지겹도록 짓눌려온 감정이었다.

아라한은 진심으로 바랐다. 이렇게 뜸을 들이고 그냥 돌아서 가주길. 저 먼발치서 스멀스멀 기어오는 마구니들에게 보란 듯이 용서를 보여주길.

"제가 누굴 미워해서가 아니고요. 그냥 그쪽 수당 받으시라고 못 이긴 척 누를게요, 그럼."

그녀가 버튼을 누르자 모든 음악이 꺼졌다. 볼레로가 멎은 공간을 향해 마구니들이 돌진했다. 그들은 신이 나 금희의 몸을 타고 올라왔으며 머리 위에 가부좌를 틀기도 했다. 업보에 상응하는 벌을 주자며 벌써부터 자기들끼리 키득거리기도 했다. 어깨에 대롱대롱 매달린 존재들을 금희는 보지 못했다.

더 오래 보고 있다가는, 아라한은 불편한 감정에 잠식당할지도 몰랐다.

금희 역시 은휘처럼 떠나가는 아라한의 뒷모습을 바라만 보았다. 달빛이 안개가 돼 초인의 뒤를 감쌌다. 금희에겐 '홀렸다'라는 말이 아니고선 명확히 설명하지 못할 풍경이었다.

멀리 떠나서야 아라한은 탄식했다. 사람에게는 누구나 선량하지 않은 모습이 있으며, 약한 자 역시 악해질 수 있었다. 척박한 환경을 버텨낸 자가 모두 꽃을 피워내는 건 아니었다. 개중에 그들은, 속절없이 시들기도 했다. 금희의 업보는 시작되고야 말았다.

만일 선과 악에 얼굴이 있다면 그 둘은 매우 비슷한 모습이리라.

***

올해의 작가에게 합당한 대우가 이어졌다. 금희는 '한국 문화의 밤'에 정식 초청됐다. 1년에 딱 한 번 열리는 프라이빗 파티로, 문화계 주요 인사들과 기업 총수들이 함께 모여 문화 비즈니스와 교양을 논하는 자리였다. 일단 참석하기만 해도 큰 계약 한두 개는 우습게 약속되는 자리였다. 금희는 초청 전화를 받자마자 망설일 틈도 없이 참석 의사를 내비쳤다.

전화를 끊은 뒤엔 침대 위에서 구르며 쾌재를 외쳤다. 허름한 작업 공간에서 두통을 참아가며 미술을 고집한 보람이 있었다. 그녀는 운명이 할당해준 기쁨을 원 없이 누렸다. 개인 후원금으로는 작은 오피스텔까지 마련했다. 새 공간에 앉아 각종 러브콜로 꽉 차 있는 메일함을 보고 있노라면 세상을 다 가진 기분이 들었다.

그녀는 들뜬 마음으로 외출해 수년 만에 새 코트와 구두를 구매했다. 누군가는 '특별한 날치고는 밋밋한데?'라고 말할 디자인이었지만 금희에겐 태어나서 처음으로 구매해본 브랜드 제품들이었다. 불필요한 사치를 부렸다는 사실 자체가 그녀에겐 충분한 이벤트였다.

양손 가득 쇼핑백을 들고 있는 것만으로도 새로 태어난 듯했다. 집에 들러 짐을 놔두고 돌아다녀도 괜찮을 텐데 굳이 그러지 않았다. 풍족한 모습을 모든 사람에게 보여주고 싶었다.

그녀는 근사한 자신을 위해 조금 더 사치를 부리기로 했다. 거추장스러운 쇼핑백에 손이 모두 묶인 상태로 어깨를 비틀어 네일숍 문을 밀었다. 큰마음을 먹고 예약한 곳이었다. 안에 있던 직원들이 한걸음에 달려와 문을 열어주었다.

"고객님 짐이 많으시네요. 저희가 보관해드릴게요."

"고마워요."

매칭된 직원이 자리를 안내했고 예약 사항을 확인했다. 오늘은 금희가 태어나서 처음으로 네일아트를 받아보는 날이었다. 그녀는 처음인 걸 들키지 않기 위해 능숙한 척 디자인을 골랐다. 은휘를 볼 때마다 화려한 손톱이 내심 부러웠기에 꼭 해보고 싶었다. 또한 최대한 화려한 모습으로 레스토랑에 가고 싶기도 했다.

"관리를 자주 받으시는 편이세요?"

"그럼요."

"일단 저희 숍은 처음이시니 케어부터 진행하겠습니다."

"네. 부탁해요."

"고객님이 고른 디자인이요, 감각이 있으셔요. 마침 이게 아이돌 네일 스타일이거든요. 그런데 이 네일을 했던 아이돌이 얼마 전에……."

마주 앉은 직원이 능숙하게 연예인 가십으로 대화를 시작하며 손을 점검했다. 손톱 테두리마다 거스러미가 잔뜩 돋아 있는 게 한 번도 관리받지 않은 손 같았다. 더군다나 손톱 겉면에 세로줄까지 거칠게 나 있어, 금희가 연기한 것과 달리 관리와는 거리가 먼 사람인 게 티가 났다. 직원은 의아함을 느꼈으나 언급하지 않고 계속해서 대화를 리드했다.

금희 또한 직원이 의아하긴 마찬가지였다. 원래 네일아트를 할 때는 아무 말이나 거는 건가? 아니면 붙임성이 좋은 사람이라 그런가? 금희는 직원이 손톱을 정돈하다 말고 왜 엉뚱한 대화를 하는지 의문이었다. 처음인 티를 내지 않기 위해 적당한 말로 받아쳤다.

묘하게 쭈뼛거리는 말투에서 직원은 금희가 네일숍에 처음 왔다는 걸 확신했다. 종종 들키고 싶어 하지 않는 손님이 있기에 직원은 배려를 시작했다.

"네일스톤 좀 챙겨 올게요. 뒤편에 다과랑 음료 준비돼 있습니다."

필요한 모든 도구가 이미 구비돼 있지만 손님이 숍의 서비스를 부담 없이 누리게끔 자리를 비켜주었다. 그동안 알아서 가게도 구경하고 분위기도 즐겨보라는 의미였다.

금희는 직원이 창고로 가자마자 자리에서 일어나 두리번거리며 가게를 살폈다. 마침 다른 직원들도 자리를 비운 때였다. 인테리어는 홍보 사진보다 훨씬 예뻤다. 눈이 부실만큼 환한 화이트 조명과 곳곳에 위치한 키치한 소품이 눈길을 끌었다.

돈이 있으면 이런 곳을 원할 때마다 드나들며 살 수 있구나, 그녀는 왠지 어깨가 으쓱해졌다. 이제 자신도 이런 장소를 돈 걱정 없이 드나드는 사람이 됐으니.

금희는 마지막으로 당도한 곳에서 떠나질 못했다. 무료 다과 코너에는 비싸 보이는 간식이 잔뜩 있었다. 개별 포장지에 영문 글귀들만 적힌 걸로 보아 수입 과자였다. 이런 걸 내 돈 주고 사 먹는 일이야말로 진짜 낭비지, 금희는 간만에 횡재했다는 기분으로 과자 몇 점을 집어 들었다.

하나같이 예쁘고 맛있어 보였다. 무료라면 상관없으니 제일 탐스러운 걸로 몇 개를 더 집었다. 익숙하게 재킷 주머니에 찔러 넣었다. 왠지 멈추기가 어려웠다. 가능한 한 더 많이 챙기고 싶었다.

어린 시절 뷔페에서 먹다 남은 음식을 싸 가던 동네 친구에게 본받은 절약 정신이었다. 어려운 환경에서 함께 성장한 친구들이 점차 올바른 모습을 찾아간 것과 다르게 금희는 여전히 과거에 머물러 있었다. 주머니를 반찬통 삼아 거침없이 담았다.

이럴 때마다 그녀는 다른 세계에 가버리는 듯 한순간에 이성을 잃었다.

"저기요, 고객님?"

깜짝 놀란 직원이 부리나케 달려와 팔을 붙잡았다. 감싸 쥐는 압박을 느끼고서야 금희도 화들짝 놀라며 손에 들었던 과자를 놓았다. 작은 주먹에서 후두두 쏟아지는 모양새를 발각하자 직원이 당혹을 감추지 못했다. 당장이라도 비난을 하고 싶었으나 손님이라 겨우 참는 중이었다. 눈치 빠른 금희가 상대의 감정을 놓칠 리 없었다. 그 기류를 퍼뜩 읽자 그녀의 귀가 빨갛게 닳아 올랐다.

금희도 은휘와 다를 바 없이 자존심이 강했다. 하지만 그녀는 신으로부터 자존심에 걸맞지 않은 천성을 함께 할당받았다. 이런 민낯이 들킬 때마다 금희는.

“왜 소리를 지르고 그래요! 제가 이거 훔치겠어요? 재킷에 얼마나 들어가는지 본 거예요. 왜 엄한 사람을 의심하고 그래요?”

자신을 부정했다.

“고객님, 죄송합니다.”

허술하고 말도 안 되는 변명이었으나 직원은 이를 꽉 깨물고 금희에게 사과했다. 비싼 디자인을 골랐기에 이대로 내쫓았다간 놓치는 금액이 컸다. 겨우 그녀를 타일러 자리로 앉혔다. 혹시라도 진행을 물릴까 봐 창고에서 과자 한 봉지를 통째로 꺼내 와 내밀었다. 뭐 이런 거지 같은, 속에 험한 말이 꽉 찼으나 참아 마땅했다. 순간의 분노를 참으면 매출이 얼마인가. 어차피 수입 과자라 해봤자 도매센터에서 떼 오기에 봉지당 3천 원일 뿐이었다. 더럽고 치사해도 손님이니 고개를 한 번 더 조아려줬다.

금희는 갑의 지위 덕분에 무사히 네일아트를 받았다. 이따금씩 직원의 싸늘한 눈빛을 캐치할 때마다 부끄러움으로 허리에서 식은땀이 났으나 잘 참아냈다. 미술에서만큼은 재능이 있어 숱한 부자들도 이겨버렸지만, 미술 밖 영역에서 금희는 자주 초라해졌다.

오늘 같은 일을 겪으며 축적해온 수치가 적지 않았다. 그것은 마음에 깊은 구덩이를 만들었고, 금희는 필사적으로 구덩이와 조우하길 피하며 버텼다. 그녀를 둘러싼 척박한 환경이란, 그녀의 밖과 동시에 안에도 있었다. 그러니 유일하게 구덩이를 덮을 뚜껑인 미술에 더 목을 맸다.

화려한 손톱과 함께 네일숍을 나오는 와중에도 기분이 좋지 않았다. 숨을 쉴 때마다 속이 뜨겁게 달아오르는 것이 느껴졌다. 수치를 해소하기 위해 아무 건물 앞에나 멈춰 서서 유리 벽에다 자신을 비춰보았다. 잔뜩 들고 있는 쇼핑백과 그럴듯한 복장, 번쩍이는 손톱. 나무랄 데가 없는 모습이었다. 이렇게 살기 위해 얼마나 많은 고생을 했던가.

한국 미술업계가 주목하는 신인, 부를 거머쥘 자, 당당하게 어깨를 펴도 괜찮잖아, 심호흡을 하며 마음을 다잡았다.

평온을 되찾으니 그제야 유리 벽 내부 모습이 보였다. 각종 디저트를 전시해놓은 쇼윈도와 행복한 표정을 지은 손님들이 눈에 담겼다. 금희도 익히 알고 있는 대형 프랜차이즈 '디저트 플레이스'였다. 인기 있는 장소답게 손님들로 북새통을 이뤘지만 금희에겐 그냥 지나치지 못할 악연이었다.

테이블에 앉아 디저트를 먹으며 대화를 나누는 손님이 하필이면 에클레어를 입에 넣고 있었다. 금희가 잊어버리기 위해 애썼던 치욕이 되살아났다. 참지 못했다. 가게로 들어가 같은 에클레어 하나를 고른 뒤 계산대로 직행했다.

"만이천 원입니다."

"계산해요."

금희는 계산대 위로 카드를 내던졌다. 당황한 종업원이 머쓱한 표정으로 카드를 집자 금희가 이를 놓치지 않고 따져 물었다.

"표정이 왜 그래요? 손님한테 불만 있어요?"

"네?"

"태도가 왜 그러냐고요. 카드를 줬으면 군말 없이 계산이나 할 것이지 왜 표정이 썩었냐고요."

갑작스레 일어난 상황에 종업원은 머쓱한 표정조차 유지하지 못하고 그대로 굳어버렸다. 갑자기 웬 손님이 들어와 디저트 하나를 집어 오더니 다짜고짜 트집을 잡는 꼴이었다. 어딜 가나 진상 손님은 있다지만 이런 식으로 맥락이 없는 갑질은 처음이었다. 직원은 무례한 손님의 적반하장을 간신히 참으며 고개를 조아렸다.

금희에겐 이번 일이 처음은 아니었다. 그녀는 이런 식으로 종종 패악질을 부렸다. 오직 디저트 플레이스에서만 말이다.

"죄송합니다. 카드랑 계산하신 에클레어입니다."

"두 손으로 줘요."

"……."

직원이 아무런 말 없이 두 손으로 물건을 건넸지만 턱이 움찔거렸다. 한눈에 보아도 열이 받아 하관에 힘을 주고 있는 모양새였다. 금희는 차가운 표정으로 카드와 쇼핑백을 낚아챘다.

"기분 나빠요?"

"……."

"내가 손님이잖아요. 이런 식으로밖에 응대 못 해요?"

"죄송합니다……."

무고한 직원에게 멸시를 토해내고서야 금희는 가게를 나섰다. 카드는 가방에 넣었으며 에클레어는 가게 밖 쓰레기통에다 버렸다. 속이 조금은 시원해졌다. 엄한 사람의 빰을 치는 행위는 그녀가 평상시 애용하는 복수였다. 은휘에겐 꿔지 못할 초인 같던 사람도, 그 속에는 뒤틀린 구덩이를 갖고 살았다.

디저트 플레이스와 악연이 생긴 이후로 그녀는 맥락 없는 갑질로 자존감을 지켰다. 이렇게라도 하면 지난날의 치욕이 조금은 씻기는 듯했다. 인과응보잖아, 그 여자가 먼저 잘못한 거라고, 금희는 헤아리기 어려울 정도로 깊은 미움을 곱씹었다. 잘게 씹어도 끊어지지 않는 고무 같은 마음이었다.

미움은, 다시금 금희를 치욕의 날로 되돌려놓았다. 그녀는 집으로 돌아가는 길 내내 괴로워했다.

* * *

수개월 전, 첫 출근 날이었다.

붓을 잡지 못하는 일터로 처음 나가는 딸을 위해 금희의 엄마는 새 신발을 주문했다. 온라인 쇼핑몰에서 최저가로 구매한 직원용 구두였다. 궁핍이 그들에게 허락한 기쁨은 매우 사소한 것이어서, 아끼고 아낀 돈으로 산 신발이라 해봤자 결국 2만 원을 넘지 못하는 플랫슈즈일 뿐이었으나 금희에겐 충분했다. 낡은 운동화 대신 에나멜 코팅이 과하게 반짝이는 신발 한 켤레에 기뻐했다. 첫 월급을 받으면 맛있는 저녁을 사달라며 엄마는 금희의 노동을 응원했다. 출근길 내내 어떻게든 빨리 돈을 벌어 성공하리란 다짐을 몇 번이나 되뇌었다. 요란하게 반짝이는 새 신발이 그녀의 첫걸음을 밝혀주었다.

점장은 유니폼을 어색해하는 그녀에게 첫날이니 쉬운 일부터 하자며 테이블 정리를 지시했다. VIP 손님이 곧 오시니 세심히 신경 쓰라는 요청과 함께였다. 금희는 매뉴얼대로 비품을 챙겨 예약된 룸으로 향했다. 해야 할 일은 간단했다. 인원수에 맞춰 테이블을 세팅하기만 하면 됐다.

첫 번째, 테이블보를 새것으로 교체했다. 네이비색 융단을 넓게 깔아 각을 맞추었다. 아래로 차르르 떨어지는 모습이 최대한 아름답도록 바닥과 수평을 이루어야 했다. 처음이라 노하우가 없던 금희는 여러 번 깔아본 끝에야 완벽한 상태를 만들었다.

두 번째, 인원수에 맞게 집기를 올렸다. 나이프, 포크, 스푼이 한 묶음이었다. 집기용 작은 실크를 깐 다음 그 위에 순서대로 나열해야 했는데 비교적 쉬운 일이라 금방 끝낼 수 있었다.

마지막으로 기본 냅킨과 물티슈를 채워 넣으면 끝이었다.

고급 레스토랑답게 일회용품마저 격이 달랐다. 황색 크라프트 냅킨이 아니었다. 은은한 향내가 났으며 레스토랑 로고가 인쇄된 컬러 냅킨이었다. 고작 휴지 따위에도 색을 입힌 게 우습긴 했으나 이 사소한 디테일까지 보통 식당과는 다르다는 게 신기했다. 물티슈는 고급스러운 네이비색 비닐에 개별 포장이 돼 있었다.

"두 명 예약이니까 많이 놔둘 필요는 없겠네."

혼잣말을 하며 리필 통에서 냅킨과 물티슈를 꺼냈다. 그대로 테이블 위의 통에다 넣으면 완료였다.

'리필 통에 이렇게나 많은데.'

냅킨 한 뭉텅이를 손에 쥐었다. 잡고만 있어도 손에 향기가 나는 기분이었다. 놓고 싶지 않았다.

'아무도 냅킨이 몇 장 남았는지 세진 않잖아.'

혼잣말을 멈추었지만 속에서 자꾸만 본인의 목소리가 들려왔다. 이번에는 물티슈를 잔뜩 움켜쥐었다. 비닐 포장지 겉면이 반짝거렸다.

'작업할 때 물티슈가 많이 필요해.'

금희는 자꾸만 이상한 사람이 되고 있었다.

'절대 티 안 날걸.'

다른 자아가 튀어나와 말을 했다. 미술에 매진할 때를 제외하고 그 자아는, 자꾸만 금희를 치졸한 사람으로 내몰았다.

'몇 장 챙겨봤자 이 레스토랑이 손해 보는 것도 아니지.'

주머니에 쑤셔 넣었다. 하나 더, 두 개만 더, 아니 몇 개만 더. 심장이 두근거렸다. 엄마가 사준 신발의 에나멜이 물티슈 포장지를 닮아 유난히 반짝였다. 금희는 꼭 칭찬을 받는 기분이 들었다.

어린 시절 공용 화장실에서 휴지 뭉텅이를 들고 오면 가족들이 절약은 좋은 습관이라며 그녀를 옹호해줬다. 금희의 가족에게는 돈이 아닌 다른 무언가가 결핍돼 있었다. 궁핍한 환경을 핑계 삼아 그들은 기품을 과감히 저버렸다. 어차피 공짜이니 조금 쓴다고 누군가 피해 입는 일도 아니라는 합리화 덕에 금희는 멈추지 못했다.

성장하는 과정에서 자신의 행위가 부끄러운 일이란 걸 배우긴 했으나, 타인의 가르침이 금희의 천성보다 한발 늦은 상태였다. 고요한 도벽은 '없는 살림 중 남다른 지혜'가 돼버렸다.

금희는 부자가 되고 싶었다.

남들이 가진 것을 자신도 누리고 싶었다.

하지만 아무리 열심히 살아도 원하던 세속적 욕망을 채우지 못하자, 그녀의 욕구는 엉뚱한 방향으로 튀어나왔다. 성인이 된 후부터 공짜인 물건을 챙길 때마다 심장이 뛰는 걸 느꼈고, 살아있는 감각을 만끽했다. 수치를 무릅쓰고 천성에 따라 행동하는 일이 가끔은 짜릿하기까지 했다. 대물림된 습성이었다.

"잰 너무 구질구질해."

주변인들은 그 모습을 용납하지 않았다. 궁핍한 일상은 잘 버텨낸 금희였다. 하지만 구질구질한 민낯이 발각됐을 때는 식은땀이 줄줄 흐르는 부끄러움을 경험했다. 수치에는 내성이 없었다. 어떻게든 변명하고 싶었다. 공짜 물품을 훔치더라도 난 구질구질한 사람이 아니며, 무료라서 불법이 아니며, 너희에게 해가 되는 것도 아니지 않냐고 감히 말하지 못했다. 부족하게 살더라도 모두가 금희처럼 도벽이 있지는 않았으니까.

그녀는 환경 탓을 하기에는 지나칠 정도로 왜곡된 사람이었다.

만끽해온 '살아있는 기분'이란 결국 지극히 개인적인 길티 플레져 따위에 지나지 않았다. 내세울 기쁨이 아니라는 걸 그녀 역시 모르지 않았다. 자신이 구질구질한 사람이 아니란 걸 증명하기 위해 금희는 좀 더 고급스럽고, 있어 보이는 가면을 만들 필요가 있었다.

학창 시절, 교내 사생대회에서 최우수상을 받은 후 방법이 보였다. **미술, 예술, 아트!** 초라한 자신을 포장하며 돈까지 벌어다 주는 유일한 구원자였다. 구질스럽더라도 작가 혹은 아티스트 따위의 직함이 붙으면 상쇄가 가능했다. 무시당하지 않고 오히려 당당할 수 있었다.

그녀에게 충분한 재능이 있다는 사실은 비극과 희극의 중간 지점에 위치했다. 그녀는 미술 동향을 누구보다 세련되게 캐치했으며 회화와 미디어아트까지 장르를 넘나드는 기교가 있었다. 그러므로 멈출 수가 없었다. 스스로와 세상을 속이는 일을. 위버멘시, 그녀는 타인의 시선과 자신의 천성을 뛰어넘는 초인이 되고 싶었다.

똑똑.

노크 소리가 들리더니 룸 문이 열렸다. 직원이 예약 시간보다 일찍 도착한 VIP 손님을 룸 안으로 안내했다.

"어, 어어?"

금희가 당황하며 아직 준비가 다 끝나지 않았다 말하려던 찰나였다.

"냅킨이랑 물티슈를 왜 주머니에 담고 있어요?"

예약된 VIP 손님이었던 주연은 눈썹을 팔자로 휘어 안타깝다는 표정으로 금희를 바라보았다. 깜짝 놀란 직원이 크게 나무라며 금희를 내보내려 했다. 세팅이 덜 됐으니 잠시만 기다려달라며 고개를 연신 숙였다. 손님은 웬 알바생이 일회용품을 마구 쓸어 담고 있던 모양새가 황당하긴 했으나 이내 눈을 위아래로 굴려 상대의 행색을 살폈다.

금희는 주연이 자신의 신발을 보고 있음을 느꼈다. 엄마가 새로 사준, 오늘 착용한 것 중에 유일하게 자신 소유인 물품이었다.

"아이구 나 눈물 나려 해. 얼마나 사는 게 힘들었으면! 괜찮아. 이 사람이 챙긴 일회용품값 내가 낼게요."

주연이 먼저 다가가 금희의 등을 토닥였다. 동정 어린 배려에 금희는 말로 형용할 수 없는 모멸감을 느꼈다. 엄마의 사랑과 자신의 가치가 땅으로 곤두박질쳤다.

주연은 가죽 지갑에서 명함을 하나 꺼내 금희에게 건네주었다. *'디저트 플레이스 CEO, 서주연'*. 이름을 수식하는 직함에는 범접하지 못할 부유함이 있었다. 훔친 게 아니라 그냥 몇 장 챙긴 거예요, 따위의 변명을 할 상대가 아니었다. 아무

말도 하지 못한 채 비품을 챙겨 나가는 와중에 금희는 주연과 눈을 맞추었다. 바라본 두 눈동자에 담겨 있는 건 공감이나 위로가 아니었다.

문제는 그다음이었다. 주연은 가게에 올 때마다 자기의 아량이 얼마나 넓은지 보여주려는 듯 금희를 콕 찍어 서빙을 요청했다.

"요즘은 일이 좀 어때요? 잘 지냈어요?"

"서 대표님이 아시는 분입니까?"

"별 사이는 아니고요. 그냥 예전에 이 직원이 실수한 걸 내가 덮어준 적이 있어서요. 살다 보면 돈이 부족해서 남의 것도 좀 훔칠 수 있고 그렇지요. 부끄러워하지 말아요."

주연은 금희를 톡톡히 이용했다. 한두 번이 아니었다. 금희는 처음 본 사람에게 구질스러움을 들켰지만, 은혜와 공덕을 입어 구제받은 사람으로 전락했다. 그녀는 주연의 미담에 희생될 서민에 불과했고, 매번 서빙을 하러 갈 때마다 가장 겪고 싶지 않은 치욕을 견뎌야 했다.

지난 잘못이라면, 이미 점장에게 사과하여 좋게 마무리 지은 상태였다. 더 이상 주연이 왈가왈부할 영역이 아니었다. 하지만 아무리 성실하게 일을 하더라도 주연이 방문하는 날이 되면 금희는 민낯이 훤히 드러난 벌거숭이가 됐다.

"진인사대천명이라잖아요. 힘든 청년들 도우면 제 사업도

복을 받지 않겠어요?"

금희는 해야 할 일을 다 한 뒤 운명을 기다린다는 말을 주연이 써먹을 때마다 피가 거꾸로 솟는 감각을 느꼈다.

최악은 따로 있었다. 어김없이 주연이 금희에게 서빙을 지시한 날, 금희는 어련히 또 미담팔이를 하겠거니 싶어 한숨을 쉬고 룸으로 향했다. 때려치우고 싶은 서비스직이었으나 좋은 동료와 높은 페이를 생각하여 참았다. 주연은 금희를 세워두고선 새로운 바이어에게 같은 레퍼토리를 풀었다. 귀에 딱지가 앉고도 남을 정도였다. 금희는 속으로 그녀의 재활용 정신에 경악을 하며 겨우 참았다.

미담이 끝나자 주연이 대뜸 쇼핑백 하나를 내밀었다.

"잘 챙겨 먹고 다녀요. 내가 또 정이 많아서."

금희는 웬 것인가 싶어 부스럭거리며 안을 살폈다. 길쭉하게 생겨 겉면이 크림치즈로 코팅된 빵이 잔뜩 있었다. 방금 전까지 주연을 역겹게 여겼던 금희의 기분이 조금 풀리려 했다. 미안해서 빵이라도 주려는 건가 싶었다.

"이 디저트 이름 알아요?"

주연이 대뜸 물었다. 무언가 잔뜩 기대하는 표정이었다. 불길했다. 금희가 테이블에 쇼핑백을 다시 올려놓으며 모른다고 대답했다. 그러지 말았어야 했다.

"모르는구나. 이름은 에클레어고 섬광이란 뜻이에요. 눈 깜짝할 사이에 다 먹을 만큼 맛있다, 뭐 그런 의미라네요. 요게 나름 레시피가 까탈스러워서 디저트 중에서는 고급이거든요? 맛을 바꿔서 신제품을 개발하고 있는데 아가씨는 이런 음식 못 먹어봤을 것 같아서 챙겨 왔어요. 사는 게 초라해도 좌절하지 말고 멋지게 이겨냈으면 좋겠어요. 아이구, 내가 너무 주제넘었나요."

식사를 대접받기 위해 동행한 주연의 바이어 손님이 박수를 치며 감탄했다.

"대표님 별명이 괜히 스위츠 엔젤인 게 아니네요. 자상하셔라! 무상으로 나눠줘도 괜찮습니까?"

"테스트용으로 만든 건데요, 뭘. 베풀고 살아야죠."

"아하! 폐기할 바에야 이렇게 좋은 뜻으로 쓰면 겸사겸사네요."

"그렇죠."

금희는 쇼핑백을 챙기지 않은 채 그대로 룸을 나가버렸다. 그녀 인생 처음으로 공짜를 외면한 순간이었다. 몸이 좋지 않아 조퇴하겠단 말을 남기고 집으로 도망쳤다. 어두운 골목을 몇 번 거쳐 집으로 가는 동안 가로등 불이 그녀의 눈물을 자꾸만 비췄다. 호화스러운 식당에서 좁디좁은 원룸촌까지 그날따라 유독 긴 길이 서러움을 증폭시켰다.

저 여자에게 냅킨을 챙기는 모습만 들키지 않았더라면, 그랬더라면. 차라리 너는 가난하고 나는 부유하니 힘을 내라는 식으로 숨김없이 말하는 게 더 나았다. 선량해 보이려는 욕심으로 초라함을 악랄히 들춰내는 일만큼은 삼가야 했다. 제아무리 공짜에 눈이 멀어버리는 금희라 하더라도 남에게 이용당하고 싶은 마음은 없었다.

그날 이후 금희는 주연이 운영하는 디저트 가게를 볼 때마다 참지 못하고 모진 짓을 저질렀다.

***

예약 당일이 됐다. 금희는 새 코트를 입고 새 구두도 신었다. 미용실을 방문해 5만 원을 주고 드라이까지 받았다. 스스로의 모습이 낯설어 기념용으로 셀카를 한 장 찍었다. 몇 년 만에 남겨보는 자화상이었다.

레스토랑에 도착했으나 부푼 마음이 가라앉질 않았다. 당당하게 성공한 모습으로 주연에게 한 방 먹여줄 생각을 하니 흥분이 됐다.

오랜만에 본 직원들의 환대를 받으며 예약한 룸으로 가 앉았다. 주문한 미디움 안심스테이크와 데운 채소를 서빙하는 직원에게 귓속말로 부탁 하나를 남겼다.

"옆 룸 VIP 여자가 화장실로 가면 알려줘요."

직원은 과거 동료였던 금희가 주연으로 인해 스트레스를 많이 받았다는 사실을 알고 있었다. 굳이 퇴사까지 한 마당에 레스토랑에 찾아와 찝찝한 요청을 하는 게 내키진 않았으나, 일단 금희에게 좋은 날이기도 하고 서운한 일이라면 잘 얘기를 나눠 훌훌 털어버리는 게 좋겠다 싶어 수긍해주었다.

"오늘 좋은 일만 있기를."

금희는 단지 확인하고 싶을 뿐이었다. 아라한과 약속한 대가로 조금은 불행해졌을 주연과 그토록 업신여겼던 상대의 성공을 보고 놀랄 그녀의 얼굴을.

오늘을 위해 금희는 레스토랑을 나오는 순간부터 하루도 잊지 않고 머릿속에 멋진 대사를 많이 생각해뒀다. 주연처럼 부드러운 말투로 가슴에 비수를 꽂고 싶었다. 그리고 꼭 사과를 받고 싶었다. 여태껏 미담팔이로 이용해서 미안하단 말을 들으면 주연을 조금은 용서할 수 있을 것 같았다.

흥분되는 마음이 식욕을 눌러버린 지 오래였다. 서빙된 음식을 앞에 두고도 수차례 시뮬레이션을 돌리며 통쾌한 복수를 연습했다. 세 번 정도 되풀이했을 때야 직원이 룸으로 들어와 주연이 화장실로 갔다는 소식을 전달했다.

금희는 구둣발 소리를 내며 곧장 화장실로 향했다. 세면대에서 손을 씻으며 주연과 마주치기를 기다렸다. 우연을 가장한 만남이었다. 평소와 달리 유니폼을 입지 않은 자신에게 주연이 사유를 물을 것이고, 그러면 자연스레 처지가 달라졌다는 걸 알려줄 계획이었다. 얼마 지나지 않아 용변을 마친 주연이 옆 세면대에서 손을 씻기 시작했다. 금희가 괜히 헛기침을 하며 거울에 비친 옷매무새를 다듬는 척을 하자 페이퍼타월로 손을 닦던 주연이 무심결에 고개를 돌렸다. 계획대로 눈이 마주쳤다.

"어? 아가씨 오랜만이네요. 벌써 퇴근하나 봐."

평상시와 다름없는 얼굴이었다. 불행을 겪었으면 약간의 티라도 날 텐데 생각보다 말짱한 모습이 금희에겐 실망스러웠다. 하지만 중요한 건 지금부터였다. 갈고닦아온 문장을 말할 차례였다. 당당한 표정으로 얼굴이 바뀌자 주연은 낯선 그녀의 태도에 고개를 갸웃거렸다.

"퇴근은 아니고 저도 손님으로 왔어요."

"손님이요? 여기를?"

"모르셨겠지만 저 아티스트예요. 올해의 작가로 선정돼 여기 일은 그만뒀어요. 나름 미술업계에서 알아주는 상이고 여러 비즈니스도 진행할 예정이거든요. 그러니까 예전에 했던 실수는 좀 잊어주셨으면 좋겠네요. 저나 대표님이나 다 자기 자리가 있는 사람인데 스트레스받는 얘기가 엄한 사람 입에서 오르내리는 거 기분 별로였거든요. 마주친 김에 말할게요. 대표님이 손님으로 저에게 하셨던 행동들, 사과해주시면 좋겠어요. 불쾌했어요."

"예?"

주연이 떨떠름한 표정을 지었다. 불쾌라는 단어가 특히나 표정을 구기게 만들었다. 그녀는 금희의 말이 무슨 의도인지 단박에 알아차렸다. 생각해서 챙겨준 건데 배은망덕하네, 갑자기 돌변한 태도가 언짢았으나 본인이 금희를 어느 정도 이용한 것은 사실이기에 반박하진 못했다.

하지만 고작 식당에서 바이어들에게 좋은 이미지를 심어주는 정도였다. 직접적으로 피해를 주거나 대놓고 무시한 적은 없다고 생각했다. 주연은 금희를 보기보다 예민한 여자라 깎아내렸다. 그러므로 미안하단 말은 하지 않았다. 미안하지 않았으니까.

금희는 아직 속이 시원하지 않았다. 주연이 당황하는 모습을 보고 싶었다. 그 어처구니없어하는 얼굴이야말로, 끝까지 아랫사람일 거라 믿었던 관계가 완전히 바뀌었다는 증거리라. 주연은 별 대꾸 없이 핸드타월을 휴지통에 버렸다. 금희는 한 번 더 말로 그녀를 쑤셨다.

"진인사대천명이란 말이 있잖아요. 그동안 별일 없으셨죠?"

별일이 있길 바라는 뉘앙스였다. 주연이 손의 물기를 털고는 금희 쪽으로 몸을 틀었다. 그렇지 않아도 얼마 전에 겪은 사고 때문에 몸이 피로한 상태였다.

수출 계약을 따내기 위해 바이어를 태우고 공장으로 가던 중이었다. 바이어가 생산 현장을 직접 보지 않으면 도장을 찍지 않겠다 우겼기 때문이다. 하필이면 그날 큰길에서 접촉 사고가 발생했고 주연의 차가 고급 외제 차였던 탓에 보험 처리를 하고도 3천만 원가량의 수리비가 나왔다. 평소 안전 운전을 지향하는 덕에 사고 자체가 처음이기도 했거니와 아무리 외제 차라 해도 그렇지 수리비가 3천이라는 점에 입이 떡 벌어졌다. 회사 대표로서도 부담스러운 금액이었다. 무엇보다도, 계약에 차질이 생길까 봐 전전긍긍했다.

"나요? 접촉 사고로 쌩돈 3천만 원 날린 일이 있긴 했죠."

덩달아 괜한 사고를 겪은 바이어를 위해 주연은 이후로 며칠 동안 장문의 사과 메시지를 전달했다. 혹시라도 후유증이 생긴다면 계약과 무관하게 반드시 책임지겠다는 말도 재차 남겼다. 지극 정성으로 안부를 묻고 사죄한 노력이 결국은 바이어의 마음을 녹였다.

사고라면 누구나 겪을 수 있지만, 서 대표처럼 책임감 있는 사람은 드물다는 이유였다. 주연은 기존에 협의된 납품 규모보다 훨씬 상향된 계약서를 전달받았다. 전화위복이었다.

"내 인품이 빛을 발해서 매출이 배로 뛰었던 경험을 했네요. 별일이 있었어도 충분히 잘 지낸 셈이죠. 그쪽은 내가 꼭 잘못되길 바라는 얼굴이네요?"

의기양양한 대답에 오히려 금희는 말문이 막혔다. 접촉 사고를 당한 것까진 좋은데 매출이 배로 뛰었다니, 금희는 주연이 겪은 전후 사정을 세밀히 다 알진 못했으나 배가 아팠다. 불행을 발판 삼아 더 큰 행운을 얻는 건 원하지 않았다.

'그 버튼 성능이 별로잖아!'

결과가 만족스럽지 않았으나 아무렴 상관없었다. 이제는 주연과 자신은 동급이니 기죽을 일은 없었다. 하지만 주연이 말을 끝내지 않고선 금희 쪽으로 다가왔다.

"올해의 작가라고 했죠? 대한미술재단에서 선정하는 걸로 알고 있는데 내가 재단에 꽤 큰 금액 후원하는 건 몰랐구나. 내 입김이 결코 가볍지 않은데. 우리 다음에 또 만나요. 오늘 모습은 참 멋있지만…… 천성이라는 게 쉽게 바뀌진 않나 봐요? 지금 모습은 다음 후원 때 꼬옥 참고할게요."

이것은 상냥한 얼굴로 가해지는 무자비한 역공이었다. 미술재단 후원자였다니, 상대는 여전히 갑이었다.

주연이 어디 잘해보라는 듯 입꼬리 한쪽을 슥 올려 웃더니 금희의 어깨를 두드리곤 화장실을 나섰다. 패배감이 태풍처럼 휘몰아쳐 금희의 심장을 헝클였다. 계획대로라면 불행을 경험한 주연이 의기소침해야 했으며 금희의 일침을 듣고서 미안하다단 말까지 해야 했다.

하지만 무엇도 일어나지 않았다. 오히려 주연은 당초의 위선을 넘어서 완전한 악의를 보여주었다. 금희의 편두통이 다시 도졌다. 이 상태로 룸에 더 앉아 있어 봤자 복장만 터질 게 빤했다. 금희는 곧장 돌아가 가방을 챙겼고 코스 요리가 다 나오기도 전에 레스토랑을 빠져나갔다.

혹시라도 재단 사람들에게 나쁜 말을 남기면 어떡하지, 불안해졌다. 이제 와서 주연에게 예의 없이 군 걸 사과할 수는 없는 노릇이었다. 고개를 조아리고 싶지도 않았다. 집으로 돌아가는 내내 휘청거리는 다리를 주체하지 못했다.

며칠 전 받은 네일아트와 새 구두가 동시에 시야에 들어왔다. 이 모든 것들을 이뤄낸 돈이 주연의 주머니에서 나왔다는 사실은 불합리했다. 이제야 꽃길을 걷는다 생각했는데 그 꽃길에 물과 거름을 주는 농부가 가장 미워하는 사람이라니.

금희는 모든 원망을 아라한에게 돌려버리고 싶었다. 그자의 버튼을 눌러 괜히 허파에 바람이 들었고, 기고만장해져서는 실언을 해버렸다. 이건 자신이 믿어온 진인사대천명이 아니었다.

급격한 스트레스로 후두부가 조여 왔고, 편두통은 머리 전체를 울리는 급성 두통으로 번졌다. 금희는 꼿꼿이 서 있기 어려워 앞으로 나아가지 못한 채 굳었다. 누군가 북을 치는 듯이 둥둥 울리는 머리 때문에 그대로 자리에 주저앉았다. 시야마저 조금씩 흐려지더니 사물이 여러 개로 나뉘어 보였다.

몸이 왜 이러지, 여태껏 너무 무리했나, 그녀는 가쁜 숨을 몰아쉬며 두통약을 찾아 가방 속을 뒤적거렸다. 손에 잡히질 않아 고통스러운 와중에 개량한복 차림새의 사람이 나타났다.

"안녕하지 못하겠지만 안녕하냐고 묻고 싶군."

아라한이 몸을 낮춰 금희의 정수리를 쓰다듬었다.

"인간의 욕심은 끝이 없어. 업보를 만들면서도 알아차리질 못하지. 가엾도다."

따뜻한 손길이 닿자마자 금희는 역으로, 이 모든 일의 원흉이 아라한임을 확신했다. 어느 순간에서나 눈치가 빠른 그녀였다.

"이, 이……."

뭐라 욕이라도 해주고 싶었으나 머리가 아파 도저히 말을 하질 못했다. 아라한이 안쓰러운 표정으로 그녀의 머리를 계속해서 쓰다듬었다.

"두통 정도로 끝날 수 있었는데 스스로 나쁜 운명을 초래했도다."

"ㅇㅇㅇ……."

금희는 점점 온몸에 힘이 빠져나감을 느꼈다. 여태껏 겪어왔던 두통과는 차원이 달랐다. 의식 자체가 끊어지고 있었다.

"그래도 걱정 말거라. 행사에는 못 가도 죽지는 않을 거다.

몇 개월 고생 좀 하면 회복할 테니."

"므, 뭐요?"

"한국 문화의 밤 말이야. 네 자리는 공석으로 비워질 거다."

금희는 머리가 지끈거리는 와중에도 절망을 또렷이 인지한 눈으로 아라한을 노려보았다. 그가 아군이 아님이 분명했다. 허나 도대체 왜? 힘들고 나약한 사람은 자신 아니던가, 운명이 가혹했다. 마땅히 해야 할 일을 하며 열심히 살았을 뿐인데 매번 남보다 팍팍하기만 한 삶이 잔인했다. 인생은 희극이라 믿고 싶었다. 비극적인 오늘만큼은 자기 몫이 아니길 바랐다. 복수를 바랐던 마음 때문에 벌을 받아야만 하는 건 불합리했다. '무슨 말도 안 되는 소리야.' 금희는 그렇게 외치고 싶었다. 이 운명은 말이 안 된다고. 부당하다고.

더 이상 말을 덧붙이지 못한 채 쓰러졌다. 연잎 한 장이 날아오는 것을 끝으로, 속절없이 눈이 감겼다. 그녀를 둘러싼 차가운 밤거리가 고요했다. 지나가는 이는 아무도 없었다.

* * *

마구니들이 금희의 머리를 희롱했다.

이미 의식을 잃고 쓰러졌어도 아랑곳하지 않았다. 세존은 악한 인간들이 죽으면 성불시키지 않고 마구니로 만들어 자신들처럼 악한 이들을 괴롭히라 명했다.

그러므로 이들은, 아라한의 버튼을 누른 자들을 쫓아와 업보에 상응하는 고통을 주는 재미로 살았다. 사악한 행위를 하면서도 일말의 죄책감을 느끼지 않았다. 적어도 마구니들이 선택한 존재는, 반드시 선택된 이유가 있기 때문이다.

보통 아라한은 마구니들에게 공격당하는 인간을 보더라도 동정하지 않았다. 버튼을 누르는 순간부터 업보가 생기며 그것은 스스로 초래한 원죄니까.

그러나 금희 같은 인간의 말로는 도저히 견딜 수가 없었다. 고된 길을 걸어온 사람이 사사로운 미움에 휩싸여 인생을 망쳐버리는 일이 통쾌하지 않았다. 보살피지 못했던 여동생이 자꾸만 겹쳐 보였다. 매번 장난기 가득했던 그가 금희를 만난 순간만큼은 웃지 못했던 이유다.

"불쌍한 자인데 너무 큰 고통을 내리진 말아주게나."

아라한이 마구니에게 부탁했다. 업보를 지우진 못하지만 적어도 관대함을 가져달란 요청이었다.

"그런 말을 하면 더 괴롭히고 싶어지지."

상대는 마구니. 부탁이 통할 리 없었다.

오히려 더욱 사악하게 웃으며 금희의 머리를 발로 차기까지 했다. 아라한은 금희가 수면 시간을 쪼개가며 일한 탓에 얻게 된 두통이 결국 징벌로 내려지는 게 끔찍했다. 차라리 방탕하게 살았다면, 노력조차 하지 않은 삶이라면, 심장이 저릿해지지는 않았을 텐데.

은휘든 금희든 버튼을 누른 자들은 공정한 결과를 받아야만 했다. 그녀에게 동정심이 든다 한들 아라한이 달리 힘을 써서는 안 됐다. 마구니들도 이러한 사실을 잘 알았기에 교활한 표정으로 아라한에게 말했다.

"이봐 아라한. 눈빛이 불공평하잖아. 여태껏 네가 업보를 내린 자 중에 사연이 없는 자가 있었던가? 자네를 죽였던 인간도 그렇게 대해보시지."

괴로워하던 아라한의 감정이 냉랭히 식었다. 마구니들은 종종 선을 넘었다. 아라한은, 마음 같아선 그들을 걷어차버리고 싶었으나 무용한 싸움이 될 게 뻔했다. 마구니라 할지라도 엄연히 세존의 명령을 수행하는 자들이므로 힘이 대등했다. 감히 덤벼선 안 될 존재이니, 분하더라도 손등의 연꽃을 바라보며 화를 가라앉혀야만 했다.

금희에게 업보를 내린 이후 연꽃은 이전보다 훨씬 싱그러운 모습으로 변했다. 수보리 것만큼은 아니었으나 성불이 가까워졌다. 지긋지긋한 이승을 하루라도 빨리 떠나고 싶었기에 이를 꽉 깨물고 돌아섰다.

"달아나는 뒷모습 좀 봐!"

노련하게 대꾸하지 못한 자신을 향한 마구니들의 비웃음이

칼날처럼 등을 할퀴었다.

자정이 넘어서까지 아라한은 정처 없이 길을 걷고 또 걸었다. 오늘처럼 과업에 회의감을 느끼는 날이면 마음이 괜찮아질 때까지 산책을 했다. 하늘과 땅에 고독이 내려앉은 시간이야말로 그가 가장 차분해지는 시간이었다. 그러나 오늘만큼은 마음을 쉽게 다잡지 못했다. 마구니가 도발을 한 점이 컸다. 인간을 가엾게 여기는 마음이 자꾸만 들어 고통스러웠다. 동정을 품기 시작하면 그는 버튼에 어울리는 존재가 될 수 없었다.

업보를 내리는 자는 누구보다 냉철해야 하지 않겠는가. 하지만 아라한은 어려웠다. 세존이라면 어떻게 했을까. 정말로 모든 인간을 한 치의 차별 없이 동등하게, 차갑게 대할 수 있었을까.

과업을 준 이후로 단 한 순간도 나타나지 않은 세존이 원망스러웠다. 신이라는 그 작자는, 처음 등장했을 때도 섬광과 함께여서 모습이 보이지 않았다. 마치 하얀 빛 덩어리와 같은 존재여서 눈이 두 개인지 몸은 하나인지 전혀 구분되지 않았다. 인간들이 아라한을 볼 때 특별한 존재라는 걸 자연스레 알게 되듯, 아라한 역시 절로 알게 됐을 뿐이다. 신은 모든 면에서 '신'이었다. 반면 아라한은 인간의 몸으로 죽어 성불을 위해 애쓰는 자에 불과했다. 그러니 같은 존재였던 인간을 벌하며 일관된 태도를 유지하는 건 어려웠다.

아라한은 의문이 들었다. 오늘 금희를 측은하게 여겼으니, 과거 자신을 죽인 사람에게도 측은함을 품어야 하는 걸까.

그 물음만큼은 고개가 끄덕여지지 않았다. 어떻게 그따위의 일이 가능하단 말인가. 설령 세존이라 하더라도 그런 유의 관용을 가지진 못하리라. 그에게도 사무치는 미움이 있었다.

동이 트고 차가운 땅에 빛이 들기 시작했다. 새로이 고개를 내민 해를 보며 아라한은 반대로 고개를 숙이고 걷기만 했다. 오늘은 그의 기일이었으며 반드시 가야 하는 장소가 있었다.

#4

정우와 준혁

꽤 오래전의 이야기다.

스물아홉에 인간의 생을 마감한 아라한은 살아생전 정우라는 이름으로 불렸다. 그에겐 다섯 살 터울의 여동생 정아가 있었다. 남매는 외향적이고 씩씩했으며 하나를 말해도 둘을 알아들을 만큼 명석한 구석이 있었다. 또래보다 키가 컸기에 먼발치서 보면 인상이 훤칠했으며 이목구비도 호감형인 편이었다. 세상을 살아가기에 나쁘지 않은 요소들을 갖고 태어났다. 그러나 이게 전부였다.

신은 공평하다고 했던가. 공평을 운운하기에 이 남매는 많은 것이 없었다. 날 때부터 부모복이 없어 친할머니에 의지해 살았으나 그녀는 명이 길지 않아 정우가 스물넷, 정아가 열아홉 때 먼 길을 떠났다.

“늙어 죽으면 호상이란다.”

질병이 아닌 노화로 인한 자연사였기에 두 남매는 조그마한 장례식장에서도 위로받지 못했다. 정우는 좁은 달셋방에 살면서 정아를 책임져야만 했다. 살다 보니 졸지에 가장이 돼버렸으나 불행하게도 그는 씩씩했다. 정아가 정우보다 공부머리가 조금 더 좋았기에 정우는 다니던 대학을 자퇴하고 바로 사회에 뛰어들었다. 그에겐 최선이었다.

“화장하고 사복 입으면 어른 같아 보이는데 편의점 알바 면접이라도 가볼까?”

동생이 그의 헌신을 당연시하지 않으며, 조금이라도 보탬이 되기 위해 마음을 쓰고 있다는 사실이면 충분했다. 정우는 정아의 갸륵한 마음을, 쓸데없는 소리라며 웃으며 넘길 수 있었다.

“네가 좋은 대학을 가야 우리 고생이 보답받는 거야. 바보.”

괜히 동생을 바보라 놀리며 되려 주머니에서 지갑도 없이 굴러다니는 지폐 몇 장을 쥐여줬다. 빨리 떡볶이 사 먹고 독서실에나 가버리라며 틱틱거리는 꼴이 스스로가 생각해도 웃겼다.

팍팍한 일상을 살면서도 서로 맞닿아 있는 정을 느낄 때면,

이상하게도 둘은 힘이 나곤 했다. 남매의 천성엔 공통된 선량함이 있었다. 아마도 이것이 그들에게 내려진 가장 큰 저주가 아니었을까.

"우린 얼마나 큰 그릇이 되려고 이렇게 힘든 걸까?"

"꼭 성공해서 할머니 몫까지 우리가 다 담고 살자."

악한 사람들은 미래를 두려워하기에 악착같이 피해 가려 꾀를 쓰지만, 선한 사람들은 미래를 두려워하지 않는다. 그래서 그들은, 모순적이게도 잘못 찾아온 운명에 쉽게 당해버리기도 한다.

대입에 성공한 정아가 스물넷의 나이로 졸업을 앞둔 시점이었다. 어린 시절부터 학원이라곤 구청의 지원을 받아 동네 피아노 학원을 다녀본 게 전부라 비싼 과외 선생님과는 겸상 한 번 해본 적이 없었다. 남매는 많은 것을 포기하며 살아야 했다. 그럼에도 정우는 불평 없이 장성한 동생이 자랑스러웠다.

"오빠. 나 취미도 가질 겸 중고 피아노 하나 사볼까 해."

정우가 정아에게 준 것은 입학 선물이었던 저가 노트북 한 대가 전부였다. 친구와 자주 놀러 가지도 않고 공부만 하던 정아의 고교 시절을 떠올리면 정우는 마음이 불편했다. 본인 역시 청춘을 누리지 못하고 일찍부터 일터에서 인내로 버티며 살았으나 지독하게도 동생부터 먼저 생각하는 그였다.

그는 동생의 졸업 선물로 중고 피아노 한 대를 마련해주겠다 결심했다. 마침 온라인에 괜찮은 매물이 있었기에 큰마음을 먹고 돈 2백을 써 고급 외국 브랜드의 피아노를 중고로 마련했다. 그날 정아는 몰래 화장실에서 닭똥 같은 눈물을 흘렸다. 고마움을 느낄 때도 눈물이 날 수 있다는 걸 정아는 처음 깨달았다.

벅차오르는 마음에 오빠를 껴안아줄까 싶었으나 그 정도로까지 표현하는 남매는 아니었기에 어색하게 눈물만 닦고 말았다. 정우 역시 태어나서 처음 보는 정아의 기쁜 눈물에, 사주길 정말 잘했다며 스스로 만족했다. 통장 잔고가 줄어들어도 행복할 수 있다는 걸 정우도 처음 깨달았다.

둘은 마른 수건을 가져와 피아노 겉면을 반질반질하게 닦았다. 매번 꼭 필요한 물건만 사다가 썩 필요하지 않은 걸 사보니 그리도 짜릿하지 않을 수가 없었다.

어떤 건반이 '도'이고 '레'인지 구분하지도 못했지만, 정우는 신이 나 부엌 의자를 후다닥 가져와 세팅했다. 얼른 정아에게 한 곡을 뽑아달라며 의자 쿠션을 팡팡 두드리며 보챘다. 정아 역시 좁은 거실 한편을 왕창 차지해버린 피아노를 얼른 연주해보고 싶은 건 매한가지였다.

퉁퉁 부은 눈으로 가장 처음 연주했던 곡은 라벨의 볼레로였다.

"너 왜 소질 없다는 말은 안 했냐."

볼레로는 피아노 독주로 이끌기엔 무리가 있는 고난도 곡이어서, 정아의 연주도 삐뚤빼뚤한 초등학생 글씨처럼 어딘가 엉성했다. 정우는 그런 정아의 연주에 괜히 장난으로 시비를 걸었고, 정아는 웃으며 대답했다.

"오빠 그거 알아? 볼레로에는 똑같은 리듬이 집요하게 반복돼. 밋밋한 리듬인데도 여러 악기가 들어오면서 음악이 완성돼. 동네 학원에서 이 곡을 배웠을 때 꼭 우리 둘 같다는 생각을 했어. 별거 없는 인생이지만 집요하게 버티다 보면 조금씩 멋진 상황을 만나게 될 거고, 그게 모이면 근사한 미래가 펼쳐지지 않을까? 오빠랑 나도 이 곡처럼 결국은 완성됐으면 좋겠어. **우리 힘들어도 선량하게 살자. 나는 나를 믿고, 나를 믿는 만큼 오빠도 믿어.**"

"너 화장실에서 멘트 준비했지? 나 눈물 날 것 같다야!"

"주책은."

바보라고 놀려댄 게 엊그제 같은데 언제 이렇게 다 커버렸나, 정우는 어른스러운 말을 하는 동생에게 남다른 감회가 느껴져 콧잔등이 시큰해졌다. 들키지 않기 위해 괜히 휴대폰을 꺼냈다.

"첫 작품 녹음할 테니까 잘 좀 쳐봐."

볼레로는 정아의 말처럼 같은 리듬임에도 불구하고 분명 고조되는 분위기가 있었다. 손가락에 힘이 실릴 때마다 묘하게 음이 엇나가고, 박자도 어긋났지만 그럼에도 포기하지 않는 치열한 연주에는 열심히 살아주어 고맙다는 마음이 듬뿍 담겨 있었다.

정우가 한창 연주 중인 정아의 어깨에 손을 올렸다. 둘은 말없이 음률 속에서 공명했다.

정아 나이 스물넷, 정우는 스물아홉이었다.

***

그날 밤 정우는 야간 근무를 마치고 오랜 소꿉친구 준혁을 찾아갔다.

같은 동네에서 나고 자란 친구이자 정우의 몇 없는 인연이었다. 스스럼없이 찾아가도 반겨주는 준혁이 있어 정우는 힘든 밤들을 잘 이겨내며 어른이 됐다.

기분 좋은 하루이니 함께 맥주 한잔 나누며 거나하게 취하고 싶었다. 동생에게 이만큼이나 잘해준 오빠라는 걸 내심 자랑하고 싶기도 했다. 요즘 준혁이 돈 문제로 바쁘다기에 자주 만나진 못했으나 남매의 사정을 모두 알고 있던 그라면 분명 엄지를 세우며 칭찬해줄 거라 믿었다. 엘리베이터가 없고 계단이 유독 가파른 5층 빌라를 오르면서도 신이 났다.

그날따라 현관문을 열어주는 준혁의 표정이 묘하게 굳어

있다는 걸 눈치챘으나, 부족한 웃음만큼 자신이 더 밝게 웃었다. 정우는 검은 봉지를 부스럭거리며 편의점에서 산 맥주 두 캔과 마른안주를 식탁 위에 올렸다.

"이야. 오늘 야간 교대 진짜 힘들었다. 두통약 있냐?"

"술을 먹지를 마."

"그건 안 되지. 오늘은 치킨도 시키자. 내가 살게."

"뭐 좋은 일 있나 보다?"

"일단 배경음악 좀 깔고."

준혁과 마주 앉자마자 정우가 휴대폰을 꺼내 녹음한 연주를 들려줬다.

"뭐냐 이거? 못 들어주겠네."

불협화음에 준혁이 인상을 찌푸리며 타박했다.

"야야, 그런 말 하지 말어. 이 연주로 말할 것 같으면."

그때부터 정우는 기다렸단 듯이 오늘 있었던 일화를 읊었다. 피아노 구입을 결심한 계기부터 동생이 말해준 볼레로의 의미까지. 방문한 목적을 기어코 이뤄냈다. 신나게 일화를 다 읊고 나서야 준혁의 얼굴이 그때까지도 전혀 괜찮지 않다는 걸 의식했다.

"준혁아. 혹시 너 여자친구랑 싸웠냐?"

허, 준혁은 정우의 완벽한 헛다리에 냉소를 뱉었다. 마른세수를 한 번 하고 맥주를 들이켰다. 취기가 오르기까지 아직 한참 남았기에 속내를 꺼내기도 이른 시간이었다. 하지만 준혁에겐 준혁의 사정이 있었다.

"그 피아노가 얼마였는데?"

"2백."

"2백? 네가 돈이 어디 있어서?"

"황준혁 씨, 저를 너무 띄엄띄엄 봤네요. 남들 다 수입 맥주가 네 캔에 만 원이라며 홀랑 사버릴 때 끝까지 국산 맥주 딱 두 캔씩만 마셔가며 모아온 사람 아니겠습니까? 묵혀둔 적금 하나 깼어. 그동안 정아를 못 챙겨주기도 했으니까."

"얼마나 모아놨는데?"

대화 중에 준혁은 자꾸만 돈을 물고 늘어졌다. 평상시에도 돈을 중요시하는 친구긴 했으나 오늘은 돈 얘기를 하러 온 것이 아닌데 이상했다. 정우는 조금씩 대화가 불편해졌다.

"그냥 뭐. 나랑 정아도 언젠간 각자 가정을 꾸려야 하니 조금씩 모았지."

"그게 얼마인데?"

"너 오늘따라 왜 그러냐."

"뭐가? 얼마나 모았는지 궁금해서 그런다. 친구끼리 알려줄 수 있는 거 아냐?"

정우는 준혁의 뉘앙스가 석연찮았다. 갑자기 자산 상황까지 공유하자는 상대의 의도가 불편했지만 친구끼리라는 말

때문에 못 이기는 척 대답했다.

"얼마 없어. 3천 정도."

그날 정우는 숫자를 말하지 말았어야 했다. 준혁이 고개를 끄덕이곤 맥주 한 모금을 다시 들이켜더니 얼른 말을 이었다.

"너한테 이런 말 하고 싶지 않은데. 하. 나 진짜 용기 내서 하는 말이거든? 정우야, 나 돈 좀 빌려주라. 딱 3천이라도 도와주면 빨리 해결될 것 같아."

준혁은 알고 지내던 지인에게 속아 빚보증을 잘못 섰다고 말했다. 정우는 그게 무슨 황당한 소리냐 반문했으나, 준혁의 입에서 나오는 설명이 뻔했다. 왠지 TV에서 봤을 법한 사연, 말짱히 잘 살던 친구가 사기를 당해 한순간에 나락으로 떨어지는 건 어려운 일이 아니었다.

"정우야 제발. 우리가 어떤 사이인데."

준혁은 우정에 호소하며 돈을 요청했다. 무릎이라도 꿇을 기세였다. 정우는 그제야 오늘 준혁의 집으로 찾아온 걸 후회했다.

"곤란해. 나한테는 전 재산이야."

3천이라는 액수에는 정우와 정아의 미래가 모두 담겨 있었고, 여태껏 살아온 정우의 험난한 인생 값이기도 했다. 정우에게 준혁은 분명 소중한 친구였지만 인생을 다 줄 수는 없었다.

"너 인마. 내가 이렇게 부탁하는데도?"

둘의 언성이 점점 높아졌다. 옥신각신을 넘어 가벼운 몸싸움으로 번졌고, 결국 참다못한 정우가 신발장으로 가 나갈 채비를 해버렸다.

준혁은 돈 문제로 인한 압박에 집어삼켜져 초조한 감정을 숨기지 못했다. 정우가 매정히 현관문을 열고 밖으로 나서는 순간, 그날따라 예민했던 준혁이 정우의 어깨를 잡았다. 정우가 팔을 휘두르며 계속해서 거절 의사를 표현했다. 부엌 식탁에는 아직 다 마시지 못한 맥주 캔이 있었다.

"김정우, 제발, 나 요즘 너무 힘들단 말이야!"

"하 씨. 그러면 3백 정도는 마련해줄게. 그 이상은 어려워. 너도 내 사정 알잖아."

정우가 서둘러 자리를 뜨기 위해 계단을 내려가려 했다. 그때 준혁이 팔목을 획 잡아끌었다.

"3백 정도? 내가 거지냐? 나중에 갚겠다잖아. 몇 년 친구인데 너마저 날 버리냐. 배신자 새끼야."

"말 가려서 해라."

"명령하지 마, 시팔."

"시팔?"

"그래 시팔! 됐으니까 꺼져 그냥!"

잔뜩 흥분한 준혁이 정우를 확 밀쳐버렸다.

"어?"

무방비 상태로 있던 정우의 체중이 뒤로 쏠리며 그대로 넘어갔다. 일순간 가파른 계단이 돌로 만든 절벽처럼 정우의 눈앞에 펼쳐졌고, 그는 날개 없이 자유 낙하 했다. 고된 하루 동안 두통을 이겨낸 머리가 비로소 차가운 바닥에 맞닿았을 때 쿵― 하는 소리가 울려 퍼졌다. 그를 안식시키는 진동에, 집 안 식탁 위에 놓여 있던 맥주 캔까지 엎어져 바닥으로 쏟아졌다.

정우의 주머니 속 휴대폰. 아직 끄지 못한 정아의 볼레로 연주가 점점 고조되고 있었다. 그러나 유일한 관중은 박수를 쳐줄 수 없게 됐다.

"야, 김정우!"

사춘기 시절 으레 있던 몸싸움이었다. 한쪽이 먼저 주먹을 휘두르면 상대방이 용수철처럼 튀어 올라 주먹으로 맞받아치곤 했다. 수년간 오랜 시간을 함께한 벗이니 다음 몸동작도 예측이 가능했다. 주거니 받거니 몇 번 하다 보면 여느 때처럼 해소될 미움이었다.

그러나 그날 준혁은 똑똑히 보았다. 정우가 넘어지며 차가운 바닥에 머리를 찧고 피를 흘리는 광경을. 준혁은 바닥에 널브러진 친구를 거세게 흔들었다.

맞은편 이웃집에서 어린 여자아이가 나와 비명을 지르더니 준혁보다 더욱 빠르게 119에 신고했다. 왱왱거리는 사이렌 소리를 들으며 정우가 마지막으로 본 건 그 낯선 여자아이의 얼굴뿐이었다.

정우는 3천만 원을 지키고 삶의 전부를 잃었다.

아주 오래전의 일일 뿐이다.

***

사람은 어렵게 태어나 쉽게 죽는다지만 그래도 이건 좀 아니지 않나. 정우는 처음에 꿈을 꾸는 줄 알았다. 유독 깨기 어려운 악몽이라 믿었으나 두 번 다시 깨지 못했다. 장례식에 찾아온 준혁이 정아에게 무릎을 꿇고 눈물로 참회했으나 죽은 자가 살아 돌아올 가능성은 없었다. 정우가 본인의 장례식장에서 억울함에 난동을 부리고 소리를 꽥꽥 질러댄 걸 살아 있는 사람은 아무도 보지 못했다.

그는 혼자 남은 동생이 불쌍하고 단명해버린 자신이 가여워 도저히 성불할 수 없었다. 무엇보다도 준혁을 증오했다. 가장 가까운 친구라 믿었던 그였는데, 3천만 원 때문에 자신을 죽이다니. 이후 준혁이 징역을 살 동안 정우는 원혼이 돼 그의 불행만을 바랐다. 병이라도 걸리라며 어깨에 딱 붙어 떨어지질 않았다.

"미안하다. 정말 미안하다. 나를 용서하지 마라. 내가 왜 그랬을까."

"절대 용서할 일 없어 개자식아."

준혁의 속죄는 옥살이 7년 동안 하루도 멈추지 않았다. 준혁에게도 정우를 잃은 세상은 지옥 같았다. 더군다나 그 지옥을 제 손으로 만들었다는 사실이 정신을 거의 미치게 했다.

7년. 그 세월은 결코 짧지 않았다. 정우는 처음에는 완강히 저주를 퍼부었으나 참회를 이어가는 죄수에게 지쳐갔다. 죄를 뉘우치며 눈물을 줄줄 흘리는 준혁을 보고 있노라면, 어느 순간부터는 허망한 마음이 들기도 했다. 그래도 용서만큼은 하지 못했다. 모든 걸 뺏은 녀석인데 그것만큼은 안 될 일이었다.

정우가 준혁 옆에서 7년의 사죄를 듣는 동안 정아는 쓸쓸하게 빈방에서 제 갈 길을 갔다. 투잡을 뛰며 과로를 하다 어느 날 심장마비로 단명했다. 할머니를 닮아 그녀의 명도 짧았다. 세상에는 '돌연사'라는 세 글자로 정리될 수 없는 숨겨진 슬픔이 많았다. 이 도시에 존재했다 사라지는 무수한 밤의 등불들처럼.

운명이란 참으로 얄궂어 기어코 선한 사람을 괴롭히는 구석이 있다. 이로써 정우네 가족은 세상에 존재하지 않는 가족이 됐다. 이상한 낌새를 느낀 정우가 한발 늦게 동생의 죽음을 알아차리고 깜짝 놀라 장례식장을 찾았다. 가끔 교도소에서 정아네 집으로 가 사는 모습을 지켜보긴 했으나 홀로 남은 동생의 고단함을 보는 게 고역이었기에 자주 찾지 않은 그였다. 그 고의적 회피가 동생의 마지막을 놓치게 했다.

정우는 죄책감에 미쳐버릴 것 같았다. 나이가 이리도 어린데 죽다니, 혼자 서럽게 죽다니! 그러나 망자가 해줄 수 있는 건 아무것도 없었다. 준혁에게 돌아가 또 저주를 외쳤으나 바뀌는 것 또한 없었다.

정우는 정아의 영혼이라도 만나고 싶었으나 만나지 못했다. 장례식장을 샅샅이 살펴봐도 정아의 영은 보이지 않았다. 어째서 열심히 살았던 가족이 개죽음을 당해야 하는 걸까, 그는 현실을 도저히 받아들이지 못했다.

"그래도 자면서 죽으면 호상이래."

그놈의 호상, 호상. 정우가 조문객들을 향해 울며불며 욕지기를 뱉었다. 어찌하여 가족의 기쁨도, 슬픔도 모두 거세해버리느냐고.

"착한 친구였으니까 천국에 갔을 거야. 명복을 빌어주자."

정말로 정아는 천국에 갔을까, 동네 이웃의 마지막 인사를 듣고서 그는 장례식장을 비척거리며 빠져나갔다. 죽은 사람도 발걸음이 무거울 수 있다는 걸 죽고 나서 알게 됐다. 할머니가 어린 남매를 두고 떠났을 때 이런 마음이었을까, 정우는 억울했다. 그리고 서러웠다.

홀로 남은 동생을 위해 아무 일도 해주지 못했다. 증오했던 준혁이지만, 그가 자신을 죽일 마음까진 없었으며 7년 만기 출소를 끝내는 순간까지 참회를 이어갔다는 점에서 더 이상 화를 낼 힘도 남지 않게 됐다. 살아생전 준혁은, 아무튼 정을 많이 나눴던 친구였기에.

어디에도 마음 편히 원한을 뱉지 못했기에 도통 미련을 떨치지 못했다.

왜 자신이 비참한 삶을 맞이해야 하는지.

고생만 하고 죽은 정아의 영혼은 어디로 갔는지.

무엇도 답을 내리지 못했다.

혼령으로 세상을 떠돌던 시간 동안 증오, 원한, 허무가 지층처럼 겹겹이 쌓였다. 그것은 하나의 블록처럼 뭉쳐져, 미련이라는 감정으로 재탄생했다. 정우는 깃털보다 가벼운 존재가 됐으나 억만금의 마음을 가져버렸다. 그리고 다시 오랜 세월이 흘렀다. 긴 고독이 반복되자 반짝였던 감정들은 모두 닳아 보이지 않게 됐다. 심지어는 미움마저도 뿌연 안개가 됐다.

용서해서가 아니었다. 단지 시간이 너무나도 흘러버린 탓이었다.

"어찌하여 이승을 떠돌고 있느냐."

그때 세존을 만났다. 정우가 아라한이 되기를 마음먹은 이유는, 그저 성불뿐이었다. 살아있는 자에게 업보를 주는 일을 하면서도 애써 장난스러운 척 웃어보았다. 수많은 사람을 만났고 수없이 많이 버튼을 내밀었다. 손등에 단 한 송이 연꽃을 피워내길 바라며.

***

"오늘은 좀 늦었네 개자식아."

아라한의 기일, 준혁이 잊지 않고 납골당을 찾았다. 올 줄 알고 있었기에 익숙하게 혼령 상태로 준혁을 노려보며 말을 걸었으나 대답이 돌아올 일은 없었다. 청년의 얼굴이 남아 있지 않은 준혁은, 출소 후 비참한 삶을 살았다. 퀭하게 팬 눈가만 보아도 티가 났다.

분명한 살인자이지만, 한때는 벗이었던 자가 죗값을 치른 후에도 계속해서 무너지는 걸 보고 있노라면 아라한도 통쾌하지가 않았다. 차라리 준혁이 자신을 미워해서 죽였더라면, 살의라도 있었더라면 마음 편히 미워했을지도 몰랐다.

준혁이 허리를 최대한 숙여 가장 아래쪽 구석에 있는 정우, 그 옆 정아의 안치단을 향해 눈을 감고 묵념했다. 제일 저렴한 위치다 보니 매번 올 때마다 구부정한 자세로 명복을 빌어야 했다.

"꼴 보기 싫은 새끼. 밥 좀 처먹고 다녀라."

아라한이 수척한 준혁을 향해 질타를 뱉었다. 그리고 바닥에 침을 퉷 뱉었다. 이제 예전처럼 저주를 퍼붓지는 않았다. 이미 준혁의 삶은 생기도, 가치도 없었으니까.

준혁이 허리를 조금 펴고 고개만 낮추어 안치단을 향해 혼잣말을 했다.

"정우야, 잘 지내고 있니?"

"그래 이 자식아. 너 같은 인간들 벌주면서 산다."

아라한은 거만하게 짝다리를 짚으며 준혁을 손가락질했다.

"너랑 정아는 선하게 살았으니 지금쯤 천국에 있겠지?"

"천국은 개뿔! 난 네 옆에 있고 정아는 죽은 뒤 본 적이 없어!"

입에서 침이 조금 튀었다. 다행히 죽은 자의 침이라 준혁은 얼굴에 무언가가 잔뜩 튀어도 전혀 알지 못했다. 그 꼴이 조금 우스웠다.

"사실은 말이야. 내년에도 당연히 와야겠지만, 장담은 못하겠어."

"무슨 소리냐?"

"올해가 마지막일지도 몰라. 그래도 꼭 알아주라. 정말로, 진심으로, 네게 미안한 마음뿐이야. 다시 한번 미안하다."

"폼 잡기는? 살인자 새끼."

준혁이 손을 모아 짧은 기도를 남기곤 자리를 떠났다. 아라한이 그를 졸졸 쫓아가며 왜 내년엔 오지 못하느냐 물었으나 답을 들을 수 없었다. 홧김에 인간에게 보이는 상태로 변화하려다, 자신과 다투었던 날처럼 어딘가 표정이 좋지 않은 그를 보곤 멈췄다.

준혁은 그대로 차에 탑승해 멀리 가버렸다. 아라한은 매년 봤던 준혁의 낡은 고물 차가 유독 쓸쓸하게 느껴졌다.

아라한은 알고 있었다. 그날은 준혁이 지나치게 예민했으며 결코 살인을 마음먹었던 게 아니었다는 사실을. 운명이 때로는 불쌍한 자들을 희롱하기도 한다는 서글픔을. 그가 저지른 짓을 미화하는 것이 아닌, 그저 과거에 대한 짧은 단상이었다.

아라한은 생각에 잠겨 준혁이 있던 자리를 멍하니 응시했다. 뒤늦게 찾아온 수보리가 등을 살짝 두드리고 나서야 그가 눈을 깜빡이며 생각을 멈추었다.

"아라한, 이거 받게나."

수보리는 매년 기일마다 하얀색 안개꽃 다발을 선물했다. 아라한은 살아서도 받아본 적 없는 꽃을 죽고 나서야 수보리에게 매년 받았다. 그녀가 자신의 기일은 알려주지 않았기에 답례를 하진 못했다. 그래서 아라한은 늘 받기만 했다.

"자네 말대로 서울역에 며칠간 있었더니 돈을 아주 많이 구했네. 카드도 주웠는데 그건 우리가 못 쓰겠더군. 아무튼, 자!

이걸 보시게나."

수보리의 얼굴이 평상시보다 즐거워 보였다. 아라한이 그녀의 손가락을 따라 시선을 옮겼는데 목에 근사한 헤드셋이 걸려 있었다.

"오! 내 것보다 멋지군!"

"호하하하."

큰일을 해낸 듯이 의기양양해하는 수보리를 보자 아라한은 오늘 처음으로 웃음을 터트렸다. 기일이긴 했으나 매년 수보리 덕분에 조금이라도 웃을 수 있었다. 수보리는 헤드셋을 쓰는 시늉을 하며 잔뜩 멋을 부렸다. 갖고 싶은 물건을 가져 기뻐하는 모습에서 아라한은 자꾸만 정아가 생각났으나 애써 마음을 감추었다.

세존의 수행자라는 이들은, 하나같이 품성이 순수했으며 가끔은 천진한 면이 있었다.

"자네 기일이니 내가 쏨세!"

"수보리 덕에 오늘 웃었네. 그런데 밥은 다음에 먹게나. 나는 일을 하러 가봐야겠네."

"일이라니? 오늘은 자네 기일이네."

"알지. 하지만 다음 차례 인간에게 나타나기에 오늘이 제일 좋은 날이라 어쩔 수가 없네."

"아쉽게 됐구려. 대신 가까운 날에 또 만나세. 기막힌 뚝불

맛집을 알아놨어."

"뚝불 좋지."

아쉬워하는 수보리에게 인사를 남긴 뒤 아라한이 먼저 자리를 떠났다. 준혁이 떠났던 길을 그대로 걸어가며 다음 인간에게로 향했다. 기일이니 하루 정도는 걱정 없이 쉬어도 괜찮았으나 아라한은 빨리 성불하고 싶었다. 준혁과 만나고 나니 더욱 서둘러야겠단 마음이 들었다. 정아가 없는 이승을 더 떠돌고 싶지 않았다.

그는 헤드셋을 착용하고 정아가 연주했던 볼레로를 재생했다. 엉성한 연주 부분을 듣다 보면 몇 년이고 같은 구간에서 헛웃음이 나왔다.

정아도 나처럼 이승을 떠돌고 있지는 않을까, 언젠가 아라한은 세존을 만나면 꼭 묻고 싶었다. 다만 지금은 때가 되지 않았을 뿐. 그러니 세존을 만나기 위해서, 그리고 성불을 하기 위해서 어떻게든 과업을 완수해야 했다.

정해진 숫자 없이 오직 연꽃의 개화로만 판가름되는 일이었다.

#5

오만과 저울, 주연

모두가 그렇듯 주연에게도 감춰놓은 사람이 있었다.

그녀는 3년간 교제했던 원우와 헤어진 후 1년이 지나도록 마음을 정리하지 못했다. 매사에 당당하기만 할 것 같은 CEO라지만, 직함이 애정의 입지까지 결정해주는 건 아니었다.

주연의 전 연인이었던 원우는 청년 창업가로 커피 원두 브랜드를 운영했다. 디저트와 커피를 파는 사람들이니 천상 인연이 아니냐며 지인이 둘의 소개팅 자리를 주선한 게 만남의 시작이었다. 주연은 원우의 날렵한 이목구비와 세련된 옷차림새가 마음에 들었다. 먼발치에서부터 은은하게 풍기는 헤이즐넛 향이 처음 만난 두 남녀 사이에 긴장을 더했다. 주연은 원우가 충분히 마음에 들었지만, 껍데기보다 중요한 건 따로 있었다.

둘은 명함을 교환했다. 유명한 디저트 브랜드 CEO와 조그마한 사업체 하나 겨우 가진 햇병아리 대표. 둘의 관계에서 주연은 자신을 아쉬울 게 없는 사람으로 규정했다. 학벌이 더 좋았고 돈이 많으니까, 좋은 차와 아파트가 있으니까, 이유야 많았다. 그러니 관계의 우위를 선점하길 좋아하는 주연에게 원우는 최고의 짝이었다.

"디저트를 많이 팔아치우는 가장 싼 방법이 뭔지 알아?"

"음, 과일 데코레이팅?"

"정답은 설탕 추가야. 달콤함이 강해지면 사람들은 같은 음식도 식감이 훨씬 부드럽다고 느끼거든. 먹은 직후에 당이 올라 기분이 좋아진다는 착각도 하게 만들 수 있어. 설탕은 싼 값으로 구매자의 감정을 조절할 수 있는 가장 효과적인 재료지. 별 영양가는 없지만 말이야. 그러니 디저트는 달콤하기만 하면 돼."

주연이 판매하는 제품들은 경쟁업체들에 비해 유독 달았다. 그저 당과 감미료를 많이 넣었을 뿐이지만 그녀는 '깊고 진한 풍미'로 위장하여 승부를 봤다. 사람들의 혀를 현혹하는 건 훌륭한 재료보다 설탕이었다.

그녀는 디저트를 만드는 일이 결국 삶과 다르지 않다고 믿었다. 내세울 게 없는 사람이라면 설탕처럼 달콤하기라도 해야 했다. 우수한 자신에 비해 원우가 부족한 조건을 갖추고 있다 해도, 그가 최선을 다해서 달콤한 애정을 보여준다면 얼마든지 수용할 수 있었다.

그녀는 설탕의 무게를 재는 저울 위에 사는 심정으로 사랑을 했다.

아침 모닝콜 1g, 꽃다발 선물 5g, 매일 밤 잠들기 전 애정 어린 표현은 10g 추가. 자신보다 모든 조건이 뒤떨어지는 연인이 노력하는 게 좋았다. 일부러 원우를 만났던 이유 역시도 이 점에 있었다. 상대방이 더 달콤한 헌신으로 저울을 맞춰주길 바랐다. 처음부터 동등한 사람을 만나는 건 싱거웠다.

마음의 크기를 비교하고 우위를 가리는 것. 그것은 주연이 가장 좋아하는 형태의 사랑이었다.

욕망을 하나씩 채워줄 때마다 주연은 보상으로 원우의 사업을 도왔다. 원우의 원두 브랜드와 디저트 플레이스의 콜라보를 진행하며 적극적으로 서포트를 했다. 물론 원우가 실수라도 하는 날에는 당장 홍보를 철수하겠다며 엄포를 놓기도 했다. 과정이야 얼마나 삐걱거렸든, 결과적으로 원우의 사업은 주연의 도움 덕에 성장했다. 그녀는 자신을 대단히 공정한 사람으로 여겼다. 저울을 쥔 사람답게 요구와 보상이 정당하니 원우가 더 큰 사랑을 속삭이는 걸 당연하다 판단했다.

그러니 그가 떠날 줄은 몰랐다.

"감히 네가 나한테 헤어지자고?"

'감히'라는 말이 쉽게 나올 만큼 주연은 진심으로 원우의 무게를 얕보았다. 하지만 원우는 저울 위에서만 사는 사람이 아니었다. 오랫동안 참으며 주연에게 몇 번의 기회를 줬었다. 슈가-하이 상태가 돼버린 주연이 그 기회를 잘 판단하지 못했을 뿐이다.

결국 원우는 양품 원두 사이에 섞인 결점두를 솎아버리듯 훼손된 마음을 걸러냈다. 그렇게 주연은 원우의 경계선 밖으로 추방당했다. 그녀가 만든 당분 범벅 디저트는 오랜 시간이 지나도 상하지 않았지만, 원우가 선물해준 원두들은 보란 듯이 상해버렸다. 그 어떤 방부제로도 산패를 영원히 막진 못했다. 살아있는 마음이란, 이처럼 쉽게 변질되기에 소중한 것이었다.

헤어진 후 그녀는 오히려 보란 듯이 관계에 탐닉하며 살았다. 더 어리고, 더 준수하고, 더 헌신적인 사람들을 마구잡이로 만났다.

천연 당분을 맛보고 나면 그제야 인공 감미료의 맛이 텁텁하다는 걸 알게 된다. 퇴근 후 마주할 때마다 그에게서 풍겼던 오묘한 원두 향기가 각별했다는 점을 깨달았을 때는 이미 늦어버렸다. 어떤 사람을 만나도 자신을 버텨준 원우만큼 진득하지 않았다. 더러는 저울질에 이골이 나 달아나기도 했다.

항상 본인이 아래에 있을 거라 믿었던 그 저울은, 사실은 오래전부터 원우의 노력 때문에 기울어진 지 오래였다.

그러다 보고야 말았다. 합정의 한 카페에서 원우가 웬 여자와 단둘이서 커피를 마시는 모습을. 여자 쪽으로 푹 기울여진 원우의 상체와 안절부절못하는 미소는 분명 자신이 과거에나 보았던 모습, 한때는 소유했던 것이었다.

"헤어진 지 얼마나 됐다고!"

주연은 치가 떨렸고, 손도 떨렸다. 낯선 여자와 앉아 있는 원우가 미웠다. 아직도 난 네 마음을 돌릴 생각이나 하고 있는데 너는, 나보다 한참이나 뒤떨어져 보이는 상대를? 그녀는 저울에서 한사코 내려오질 못했다.

자신의 그간 행적도 별반 다를 게 없었지만 그건 중요치 않았다. 경쟁사에 레시피를 도난당하더라도 이토록 화가 날까, 주연은 그가 밉다 못해 뒤통수가 얼얼했다. 연인이었던 시절 보여주었던 그 많은 설탕들은 다 무엇이었을까. 황망한 마음 속에서 오직 분노만을 원료로 삼았다. 하루하루 원우에게 나름의 복수를 하기 위해서 더 치열히 살았다. 또 누군가를 만나고, 애정을 착취하며.

거래처 사장들과 미팅이 끝난 후 늦은 저녁에야 집으로 돌아가는 길. 주연도 결국 만나게 됐다. 원우가 아닌 아라한을 말이다.

납골당에서 곧장 이동한 아라한이 가까스로 타이밍을 맞추었다. 조금 숨이 찼지만 태연한 척 능글맞은 웃음으로 주연에게 준비한 말을 꺼냈다. 헝클어진 장발과 개량한복, 어울리지 않는 헤드셋 그리고 요란한 버튼을 보고 주연은 당연히 상대의 말을 믿지 않았다. 둘 사이를 치열히 채워나가는 볼레로 리듬 속에서 그녀는 이성적으로 대꾸하려 노력했으나 쉽지 않았다.

"헤어진 자를 미워하고 있지 않은가. 이대로 그가 다른 사람을 만나도 좋은가?"

그럴수록 아라한은 익숙하게 상대의 마음을 쿡쿡 쑤셨다. 옆구리를 쥐어짜면 울컥하고 신물을 뱉어내는 레몬처럼 인간들은 아라한의 신통력에 묵혀둔 미움을 들키고야 말았다. 숨기려 해도 미움은 결코 숨겨지지 않는 원료, 끝내 불타오르고야 마는 녀석이었다. 처음엔 도인처럼 보이는 아라한에게서 뒷걸음질을 치지만 결국 감화되고 말았다.

"그에게 3천만 원어치의 불행을 내려주겠네. 자네 마음에 큰 상처를 남기고 새출발을 해버린다면 억울하지 않겠는가. 하루 이틀 만난 사이도 아니고 말이야."

"왜 하필이면 3천이에요? 3억은 안 되나요?"

"패기가 남다르도다."

서서히 손을 뻗는 주연에게 아라한이 호탕히 웃었다. 껍데기 같은 칭찬과 함께.

주연은 언제나 자신이 이성적이고 합리적인 판단을 한다 믿었으나 아라한 앞에서만큼은 감성에 따라 움직였다. 새로운 여자와 행복을 그려갈 남자를 상상하면 배가 아팠다.

'고작 네 주제에, 너 따위가!'

저울 균형이 한참 기운 사람에게 이리도 목을 매는 꼴도 우스웠다. 비참한 불행을 선물해주고 싶었다. 손을 뻗었다. 버튼의 이름이 선명히 보였으나 그녀 역시 이름의 의미를 고민하지 않았다.

손을 올리고 누르기 직전, 주연이 불현듯 멈추었다. 그리고 아라한의 행색을 다시 훑어보았다. 땅 위에 사는 사람에게서는 느껴지지 않는 신묘함이 있었다.

"근데 저는……."

"왜 그러느냐? 얼른 누르지 않고."

"천주교인데 괜찮을까요?"

아라한이 황당한 표정으로 실소를 터트렸다. 간혹 이런 고민을 하는 인간들이 있긴 했다. 얼마나 오랫동안 고민하든지 결과는 마찬가지였지만.

"네가 행하는 모든 일이 네가 믿는 신의 계획이니라."

그가 능글맞은 표정으로 눈썹을 씰룩거렸다. 어리석은 인간을 희롱하는 일에 특히나 탁월한 아라한이었다.

주연이 동화된 얼굴로 고개를 끄덕였다. 마음을 잡지 못하고 힘들어하는 자신을 위해 신이 구원자를 보내주다니! 그녀는 감사한 마음이 들기까지 했다. 매사 당차고 자신감 넘치는 CEO도 사사로운 미움 앞에선 허약한 인간이었다.

그녀가 꾹.

버튼을 눌렀다.

저 멀리서 마구니들이 단내를 맡고 주연에게 달려들었다. 아라한은 그 모습을 눈에 담고 익숙하게 등을 돌렸다. 주연이 그런 아라한을 향해 외쳤다.

"배신당한 제 사랑을 위해서 꼭 가슴 아픈 불행을 부탁드립니다. 반드시요!"

아라한이 발걸음을 잠시 멈추어 고개를 옆으로 슥 돌렸다. 주연을 다시 쳐다볼까 하다 괜한 일이다 싶어 행동을 멈추었다. 그러곤 묵묵히 앞을 향해 나아갔다. 어차피 버튼을 눌렀으면 끝이었다. 주연과 가타부타 말을 섞고 싶지 않았다.

네 마음은 사랑이 아니라 오만이고 모서리가 모두 낡아버린 집착이겠지, 그리 생각하고 말았다.

인간은 언제나 쓸모없는 집요함 때문에 팔자를 망치는 존재들이었으니.

***

주연의 회사에선 치즈에클레어 레시피 보강으로 말이 많았다.

에클레어는 고급스러운 이미지가 있어 판매 단가가 높은 편이라 특히나 신경을 쓰는 라인업이었다. 클래식한 초코로만 승부를 보다가 제품 차별화를 위해 치즈에클레어 레시피를 개발했으며 출시가 코앞이었다.

이번엔 운이 좋아 출시 전에 손이 큰 바이어와 선주문 구두계약까지 진행하며 보장된 성공 가도를 달리는 중이었다. 하지만 경쟁사 디저트 업체에서 하필이면 비슷한 시기에, 유사한 제품을 출시할 거라는 소식이 들려왔다. 작정을 한 것인지 가격은 주연의 제품보다 간발의 차로 더 저렴한 수준이었다.

이에 바이어 측이 먼저 곤란함을 표현했다. 주연의 회사와 비슷한 제품이 나온다면 당연 원계약을 그대로 유지하기 어렵다는 논조였다. 어떻게든 레시피에 차별화를 둬 치즈에클레어를 한층 더 업그레이드시켜야 했다.

직원들과 며칠간 이어진 회의에서 주연은 같은 주장만 반복했다.

"되직한 치즈 맛을 살짝 줄이고 단맛을 보강합시다."

그녀는 언제나 디저트의 제1원칙을 단맛에 두었다. 디저트는 곧 스위츠(sweets)이기도 했으니까.

"이미 달콤한 맛이 강점인 초코에클레어가 있는 데다가 달기만 하면 치즈가 첨가된 의미가 없다고 봅니다."

직원들은 대부분 반대했다. 치즈의 맛을 살리길 바랐다. 꾸덕한 식감을 강화하기 위해 크림 안에 고다치즈를 첨가하는 게 어떠냐는 의견이 이어졌다.

"한국에서 음식으로 대박 치려면 딱 두 가지죠. 달거나 맵거나요. 그렇다고 치즈에클레어에 불닭소스를 뿌릴 순 없는 노릇이니 달게 갑시다."

주연에겐 철학을 빙자한 고집이 있었다. 그녀는 이상하리만치 단맛에 집착하는 경향이 있었다. 혼자 디저트를 만들던 시절부터 진한 달콤함에 특히나 노력을 기울였던 그녀였기에 본인의 색을 잃지 않길 바랐다. 직원들의 생각이야 어떻든 본인이 대표고 최고 결정권자이니 수용해주길 강요했다.

모두가 곁눈질로 눈치를 살피며 CEO의 말에 난색을 표했다. 그나마 가장 힘이 있는 편인 제품개발 파트장이 다시금 그녀를 말렸다.

"그럼 레시피를 치즈 맛 강화, 단맛 강화 두 타입으로 만든 후에 결정하는 건 어떨까요? 제가 생각하기에도 치즈에클레어를 달게 만드는 건 조금 시장성이 떨어지는 선택이 아닐까 합니다. 치즈에클레어라는 아이덴티티도 떨어지고요."

주연은 자신과 파트장의 위치를 저울질해보았다. 회의실에 앉은 모든 사람 중 파트장의 직함에 가장 많은 힘이 있긴 했으나 그래봤자 파트장이었다. 대표인 자신에게 감히 주제넘게 훈수를 둬서는 안 되는 위치였다.

요즘 내가 바깥으로 자주 나돌긴 했구나, 나를 개차반으로 보네, 어떡하면 모두가 보는 앞에서 파트장의 기를 꺾을지 궁리했다. 파트장 개인이 미워서는 아니었다. 본인들의 위치를 알지 못하는 직원들에게 본때를 보여줄 필요가 있을 뿐이었다.

저울은 주인의 손 밖에 있는 세상은 절대 보질 않았다.

"파트장님. 우리 회사에서 제일 잘 팔리는 제품이 무엇이지요?"

예상하지 못했던 질문에 파트장이 잠시 뜸을 들이다 대답했다.

"초코에클레어와 딸기마카롱입니다."

정답이었다.

"그걸 누가 만들었지요?"

이번에는 고민 없이 즉답했다.

"모두가 함께 만들었습니다."

오답이었다. 주연이 티가 나게 한숨을 뱉고는 눈을 마주치지 않고 얘기했다.

"서운하네요. 오리지널리티는 제가 개발했죠. 이 회사는 처음부터 지금까지 제 노력으로 일궈왔습니다. 직원분들이 항상 힘써주고 도와주는 거 당연히 저도 잘 알지만, 적어도 제 신조까지 바꾸지는 말아주셨으면 해요. 디저트는 말이죠, 달아야 해요. 마약처럼 달게 만들어서 혀를 감아버려야 한다고요. 치즈에클레어 단맛 보강해서 레시피 수정해주세요. 다음 회의 때 테스트 제품 가져와주시고요."

그녀는 항상 당찼다. 그러니 누구도 그녀에게 토 달지 않았다. 다시 심기를 거슬렀다간 몇 배는 더 날 선 문장이 튀어나올 게 뻔했다. 모두가 얼른 주연에게 인사를 남긴 뒤 본인들의 자리로 달아나버렸다. 상석에 앉아 직원들이 황급히 나가는 뒷모습을 볼 때 그녀는 자신이 가진 무게를 실감했다. 자고로 대표로 사는 건, 틀린 말과 행동으로도 사람들을 조아리게 하는 단맛이 있었다.

모두가 나가고 난 뒤 주연이 연인에게 전화를 걸었다. 비록 원우만큼은 아니지만 가볍게 만나는 상대치고는 제법 외모가 봐줄 만하고, 나이도 어린 상대였다. 언젠가 원우가 본다면 충분히 질투를 할 만한 재목이었다. 그 용도가 실현되는 날까지만 저울에 탑승을 허가해준 임시 연인이었다.

상대가 전화를 받자마자 주연이 기다렸다는 듯 일화를 쏟아냈다.

"방금 회사에서 불쾌한 일이 있었어. 속상해서 연락했는데 들어줄 수 있지?"

"그럼. 누나 목소리 들을 수 있으면 내가 더 좋지."

주연은 방금까지 마음에 담아두었던 모든 감정을 토해냈다. 남자는 한꺼번에 어마어마한 짐덩이를 전달받으면서도 지친 내색 하나 하지 않았다. 늘 반복되는 대화 패턴이었다. 감정받이를 잘 해내는 덕에 그는 주연보다 조건이 좋지 않아도 임시 연인 자리를 꿰찰 수 있었다.

"정말 속상했겠다. 우리 누나 매번 힘들어서 어떡해."

중간중간 걱정 어린 공감으로 반응해주는 의무도 곧잘 이행했다. 주연은 전화 한 통에 화장실을 다녀온 듯이 개운해졌다. 이게 진짜 사랑이야, 오늘은 상대에게 후한 보상을 내리리라 결심했다.

"끝나고 저녁 먹을까? 시간 괜찮으면 영화도 보고."

남자가 애교를 가득 섞어 대답했다.

"너무 좋지! 영화 안 봐도 돼. 난 오늘 누나한테 있었던 나쁜 일들 다 위로해주고 싶어. 이참에 내가 회사로 갈까? 나 만나러 오는 것도 피곤할 텐데 그냥 회사에 있어. 괜찮다면 대표실도 구경해보고 싶어. 누나가 얼마나 멋있을지 직접 보고 싶어. 괜찮지? 응?"

칭얼거림이 묻은 말끝에는 주연을 향한 동경과 사랑이 녹아 있었다. 주연의 신념처럼 달콤함이란 혀를 감아버리는 마약과 같았다. 주연은 사랑을 받을 때보다 사랑을 확인할 때 더욱 기뻤다. 상대가 가진 마음의 크기를 재단할 때, 또 그것이 언제나 본인의 기대치를 상회할 때 가장 만족스러웠다.

귀엽기는, 주연은 자신이 해야 할 몫을 성실히 해내는 임시 연인이 기특했다. 단지 원우의 질투를 유발하기 위해 곁에 둔 상대치고는 알아갈수록 예쁜 구석이 있었다.

그녀는 방문을 허락했다. 대신에 말하지 않은 조건이 있었다. 절대 빈손으로 방문해서는 안 됐다. 마음을 얻고 싶다면 최소한 꽃다발 정도는 들고 와야 합격이었다. 고약한 사고방식이지만, 주연은 본인이 매번 지불하는 밥값에 비해 저렴하게 측정한 기대치라며 이를 철회할 마음이 없었다. 과연 상대가 합격할 수 있을지 내심 기대했다.

통화를 끝낸 뒤 원우의 SNS를 염탐했다. 실연을 당한 후 생겨난 습관이었다. 아무리 끊으려 해도 그를 훔쳐보는 일을 끊을 수가 없었다. 잘 먹고 잘 사는 꼴을 봐봤자 속만 쓰릴 걸 알면서도 꾸준히 관찰했다. 내게도 이제 너만큼이나 괜찮은 연인이 있다고, 주연은 지고 싶지 않다는 초조함을 느꼈다. 엄지손톱 끝을 앞니로 조금씩 씹었다.

죄송합니다. 결함 제품 모두 회수하고 시정조치 하겠습니다.

주연이 눈을 크게 뜨고 가장 최근 게시물에 새겨진 글귀를 반복해서 읽었다. 원우네 회사에서 납품한 원두에 결함이 생긴 바람에 대량 리콜 사달이 벌어졌다. 반가운 소식에 주연은 그간의 답답함이 해갈되는 듯 기뻐했다.

'드디어 네게도 불행한 일이 생기는구나!'

한때는 사랑했던 사람임에도 그녀는 자신을 버린 사람이 곤란해지는 일이 즐거웠다. 게시물 댓글은 족히 천 개가 넘어갔다. 작은 업체에서 이 정도 리콜이라면 못해도 3천만 원 이상의 손해가 확실했다. 그날, 아라한이 간절함을 듣고서 바람을 이뤄줬으리라. 버튼을 꾹 눌렀던 촉감이 손끝에 남아 있는 듯 아른거렸다. 주연은 손을 모아 자신이 믿는 신에게 잠깐의 기도를 올렸다.

"감사합니다. 제 마음을 알아주셔서!"

내심 원했다. 원우가 지독하게 힘들어하는 와중에 자신을 다시 떠올려주기를, 여태껏 만났던 그 어떤 연인보다도 유능하고 멋있던 자신을 그리워해주기를. 주연은 이제라도 원우가 초췌한 모습으로 돌아온다면 받아줄 의향이 있었다. 리콜 처리를 하려면 돈도 만만찮게 들 텐데 얼마 정도 도와줄 수 있을지 속으로 견적을 내보기도 했다. 아무튼 어려운 상황을 이겨내지 못하고 나약하게 쓰러져주기를 바랐다. 이왕이면 자신 쪽으로.

픽.

고작 네 주제에 나를 떠나다니, 주연은 신에게 기도를 하면서도 들켜선 안 되는 미움을 자꾸 읊었다. 그럴수록 자신의 등에 찰싹 붙은 마구니들이 신나 한다는 사실은 평생 알지 못할 것이다.

***

직원들이 모두 퇴근한 후 약속대로 사무실을 방문한 연인을 보자 주연은 환한 웃음을 감추지 못했다. 그가 사 온 탐스러운 꽃다발 덕이었다.

"그냥 빈손으로 놀러 오지."

마음에도 없는 소리였지만 천연덕스럽게 자애로운 척을 보였다. 남자는 더 좋은 꽃을 사 오지 못해 미안해했다. 주연은 완벽히 시험에 합격한 상대에게 구비된 디저트를 내어주려 탕비실로 들어갔다.

커피 원두가 들어 있던 찬장을 여는 순간, 불청객이 보였다.

"아직 안 치웠네……."

하필이면 원우네 회사의 커피 원두가 아직도 남아 있었다. 바디감이 묵직하기에 달콤한 디저트와 함께 먹으면 궁합이 잘 맞았다. 과거에 원우는 자신이 공들여 로스팅한 원두커피와 주연이 만든 디저트를 조합하는 일이야말로 플레이팅의

화룡점정이라며 사랑을 속삭인 적이 많았다. 그럴 때마다 주연은, 어쩌면 둘이 운명이 아닐까 하는 생각을 하기도 했다.

이제는 달아나버린 운명을 회상하며, 또 저울질할 수 없는 상대를 떠올리며, 그 상대가 얼마 전 만났던 여자를 생각하며. 주연은 출처를 알기 어려운 불쾌함에 휩싸였다. 당장이라도 원두를 버리려는데 뒤에서 인기척이 느껴졌다.

"내가 할게. 누나 피곤하잖아."

주연이 일그러졌던 얼굴을 서둘러 풀었다. 그녀는 자신을 대신해서 디저트를 식기에 올리고 플레이팅하는 상대를 물끄러미 바라봤다. 보면 볼수록 자꾸만 지난 사람이 떠올라 괴로웠으나 통제가 어려웠다. 원우가 누구보다 불행해지길 바라는 마음과 그가 돌아오길 바라는 마음이 거세게 충돌했다.

꽃까지 챙겨 회사로 달려온 현 연인을 보며 품을 마음은 아니었다.

"이게 초코에클레어랑 딸기마카롱이지? 누나네 회사에서 만든 디저트 중에 제일 잘 팔리는 거잖아."

"맞아."

남자는 주연의 마음을 전혀 읽지 못했는지 시종일관 즐거운 얼굴이었다. 탕비실에 준비된 슈가파우더와 각종 시럽으로 플레이팅을 하는 모습이 예사롭지 않았다. 주연은 남자의 장기를 눈여겨보았다.

"플레이팅 배운 적 있어? 잘하네."

"누나한테 어울리는 사람이 되려고 유튜브에서 플레이팅 영상을 자주 봤거든."

칭찬해달라는 듯이 해맑게 웃는 상대 덕분에 주연은 복잡한 마음을 덜어냈다. 자신을 누구보다도 사랑하는 데다가 이 정도로 달콤할 줄 아는 녀석이라면 좀 더 오래 저울 위에 올려놓자고 다짐했다. 그건, 앞으로는 지나간 불행이 아닌 행복에만 집중하자는 자기암시이기도 했다.

그녀의 표정이 서서히 좋아졌다.

"혼자 공부까지 했어? 나한테 물어보지."

그녀는 한 톤 높아진 목소리로 고마워하며 남자를 와락 끌어안았다.

"그럼 오늘 누나가 내 1일 파티시에가 돼주라. 사실은 나 있지……."

남자가 디저트 위에 슈가파우더를 마저 뿌려 모든 준비를 마쳤다. 완성된 플레이팅을 주연에게 내밀며 말했다.

"언젠간 누나를 위해 세상에서 제일 달콤한 디저트를 만들어주고 싶어. 방법을 가르쳐줘."

이거지, 이게 나에게 어울리는 마음이지, 주연이 크게 기뻐하며 고개를 끄덕였다. 이제 쌉싸래한 커피는 잊을 때가 됐다. 적어도 오늘만큼은 자신에게 헌신할 줄 아는 사람을 위해 고민을 비울 필요가 있었다.

함께 디저트를 먹으며 주연은 현재 위치까지 오르기 위해 쌓아왔던 방법들을 포상처럼 알려주었다. 독보적인 풍미를 만드는 과정을 남자 역시 행복한 얼굴로 경청했다. 회사 밖 사람에게 레시피를 알려준 건 처음이었으나 어차피 별 영향력이 없는 상대일 뿐이었다.

귀여운 얼굴로 고개를 끄덕이며 집중하는 연인. 그 말똥한 모습이 주연에겐 사랑스러웠다. 누나는 디저트의 신이라는 둥 역시 대단한 사람이라는 둥 간만에 들어보는 칭송도 즐거웠다. 의외로 단순한 구석이 있는 그녀라 타인의 살가운 칭찬에는 무장해제 돼버리곤 했다.

이왕 으스대는 김에 더 즐겨보자는 마음으로 오늘 회의 안건이었던 치즈에클레어도 꺼내 와 만드는 방법을 알려주었다. 시종일관 존경이 담긴 표정으로 자신을 바라보는 연인의 눈빛이 너무나도 달콤하여, 자신도 모르는 사이에 마음의 빗장이 풀렸다.

드문드문 원우의 얼굴이 떠오르는 것을 꾹 참아가며 눈앞의 연인에게만 집중했다. 정말로 디저트 가게를 방문한 학생과 파티시에처럼 둘만의 은밀한 상황극이 야심한 시간까지 이어졌다.

***

한편 며칠 뒤 아라한은 수보리와 다시 만났다.

일전의 약속처럼 오늘은 수보리가 먼저 뚝불을 사겠다며 식사를 제안했으나 아라한이 식사 시간을 늦추자 요청했다. 기일에 납골당에서 준혁이 했던 말이 신경 쓰인다는 이유에서였다.

잠시 그의 집에 들러 어떤 일이 있는지 살피겠다는 말을 남겼고, 수보리는 함께 가도 괜찮겠냐 물었다. 아라한은 개인적인 일에 수보리가 동행한다는 것이 썩 내키진 않았으나 그녀가 밥을 사주기 위해 과업 수행까지 미루고 찾아왔기에 수긍했다.

둘은 함께 준혁의 집으로 이동하여 늦은 저녁에나 도착했다. 혼령 상태로 들어가 살펴본 준혁의 집은 예나 지금이나 초라하기만 했다. 오래된 먼지와 곰팡이에서 풍기는 눅눅한 냄새가 났다. 전과자 신분이므로 웬만한 기업에는 취업이 불가했기에 그는 마트 물류 창고에서 비품을 정리하고 쓰레기를 치우는 비정규직으로 일했다. 생계를 유지하기 어려워 주말에는 건설 현장에 나가기도 했다. 닥치는 대로 고혈을 짜며 버텼다.

마침 퇴근한 그가 부엌에 앉아 있었으나 얼굴에는 일상의

보람이라곤 전혀 보이지 않았다. 괴로움이 짙게 밴 퀴퀴한 얼굴로 늦은 저녁 식사를 하고 있었다. 식은 된장찌개와 겉이 누레진 밥, 김치와 콩자반이 전부였다. 노모가 잠에서 깨지 않도록 씹을 때마저도 안간힘을 다해 숨을 죽였다. 아라한이 혼령 상태로 그런 준혁을 물끄러미 응시했다. 아무리 살아도 남들처럼 살 수 없을 삶, 이것은 마땅한 인과응보였다.

아라한이 그를 뒤로하고 방을 살펴보려 하자 수보리가 뒤따라 들어갔다. 높낮이가 맞지 않는 책상과 낡은 의자, 인간이었을 때 보았던 가구들이 그대로 남아 있는 방이 오히려 어색하게 느껴졌다. 세월이 많이 흘렀으나 준혁의 시간은 여전히 멈춰 있었다.

그는 왠지 모를 이끌림에 책상 서랍 첫 번째 칸을 열었다. 잡동사니를 다 덜어내자 구석에 흰색 편지 봉투가 하나 보였다. 손끝에 닿은 직감이 반갑지 않았다.

"자네 괜찮겠는가?"

수보리가 아라한을 걱정하며 말리려 했으나 아라한은 조용히 봉투 안에 곱게 접힌 종이를 한 장 꺼냈다. 거기엔 노모를 향한 미안함과 저지른 일에 대한 죄책감이 모두 담겨 있었다. 활자 하나하나에 메마른 후회가 가득하여 둘은 마음이 착잡하였다. 더 보기가 어려웠다.

얄궂게도 기억이란 시간이 지날수록 미화되는 특성이 있

었다.

젊고 궁핍했던 시절, 트럭에서 파는 전기통닭구이 한 마리를 5천 원에 사 와 밤새도록 회포를 나누던 사이였다. 현재는 초라한 안주뿐이지만 미래에는 소고기에 와인을 마시는 날이 올 거라며 함께 위로하던 때가 있었다.

어째서 소중했던 순간들이 고작 3천만 원 앞에서 먼지처럼 사라진 건지, 사라지다 못해 자신이 죽어버리고야 마는 결과를 낳은 건지 비통했다. 몇 번을 되풀이해도 부족함이 없을 만큼.

날이 바짝 선 미움의 결을 십수 년에 걸쳐 다듬노라면 그 끝에는 결국 지우지 못한 그리움이 남았다. 선량한 인간이었던 아라한이 차마 버리지 못한 마음이었다. 어찌하여 신은 불쌍한 인간을 희롱하는 악취미를 가진 걸까.

성불을 위해 세존의 과업을 수행하고 있으면서도 아라한은 세존에게 경외심이 들지 않았다. 여전히 뜻을 모를 존재였다. 또 다른 한편으로는 죄책감이 들기도 했다. 결국 그런 세존을 따라 인간에게 업을 주는 일을 하고 있으니 말이다. 그는 금희가 버튼을 눌렀던 순간부터 줄곧 마음이 갑갑했다.

죽은 순간부터 아라한이 된 지금까지. 그는 언제나 명쾌하지 못한 마음으로 견뎌왔다. 아무리 혼령 상태로 도시를 가르며 날아도 자유로워지지가 않았다.

답답함에 준혁의 집에서 나온 아라한이 수보리를 넌지시 불렀다.

"수보리. 묻고 싶은 것이 있네."

"무엇인가?"

"자네는 수행의 길을 걷고 난 이후 세존을 본 적이 있는가?"

수보리가 어두워진 얼굴로 아라한을 바라보았다. 모든 존재는 세존을 보지 못했다. 그들이 선택받는 순간에도 세존이란 음성이 들려오는 빛 덩어리일 뿐이었다. 수보리는 감히 대답하지 않았다. 그러자 아라한이 홀로 말을 이어갔다.

"영혼을 마구니로 바꾸는 일, 극락정토로 성불시키는 일, 모두 세존이 하고 있다네. 허나 우리는 그의 얼굴조차 모른다네. 죽어서도 신은 자신만의 놀이를 하고 있다는 생각이 드네."

"아라한."

수보리는 그의 얼굴에서 큰 비통함을 보았다. 눈동자에 서려 있는 미련과 한이 결코 적지 않았다. 손을 잡아 위로하고자 했으나 선불리 사족을 붙이기가 어려웠다.

"세존은 사실 인간을 미워하는 존재인가? 분명 미움을 품은 인간에게 업을 내려야 하는 것은 맞지만 어째서 세존 스스로 하지 않고 나에게 맡긴 건가. 왜 누군가에게 힘든 시련을 주는 일을 맡겼느냔 말이야! 그러고선 얼굴 한번 내보이지 않는다네. 만일 내가 죽지 않고 그냥 머리가 조금 파이는 정도로 끝이 났다면, 버튼을 누르려는 자들을 마음먹고 타일러 말릴 수가 있다면, 결국 아무도 고통받지 않았겠지? 왜 세존은 섭리를 그리 이끌지 않는가. 나를 비롯한 모든 인간을 괴로움의 구덩이로 몰고 있다네. 정녕 우리가 따라야 할 신이 맞는지 모르겠다네."

"그런 생각 말게. 자네가 하는 일은 매우 중요하다네. 인간들은 알아야 하네. 선과 악, 복과 업은 어쩔 수 없이 균형을 유지해야 하네. 어느 한쪽에 치우치지 않는 게 우주의 섭리고 곧 자연이라네. 우리는 질서를 유지하는 존재들이야."

수보리가 아라한의 손을 꽉 쥐었다. 그녀의 온기가 떨고 있는 아라한에게 진심 어린 위로로 전해졌다.

"그리고 믿으시게. 자네가 일찍 삶을 마친 이유는 서둘러 극락정토로 가기 위함일 걸세. 가는 길이 더욱 아름답기 위해서 때로는 비극이 필요할 수도 있다네."

아라한은 수긍하지 않았다. 오히려 서글픈 표정으로 되물었다.

"내 동생은? 정아는 어디로 갔단 말인가? 나는 죽은 후 동생을 만난 적이 없네. 이 모든 게 나를 위한 일이라면 어째서 나는 정아의 장례식장에서 영혼조차 보지 못했단 말인가? 자네는 누군가에게 복을 주는 과업을 수행하는 중이니 내 마음을 모를 걸세!"

수보리가 그를 와락 끌어안았다. 아라한이 품을 벗어나기 위해 잠시 저항하였으나 이내 수보리를 함께 안고 어깨에 얼굴을 파묻었다. 어린아이처럼 흐느끼다 마음을 들키고 싶지 않았는지 가까스로 숨을 죽였다.

그간 아라한은 오랜 시간 동안 과업을 수행하며 홀로 견뎌야만 했다. 삶과 죽음을. 형체 없는 무거움과 스스로가 피워낸 수많은 의문들을.

"자네의 슬픔을 어찌 모르겠는가? 허나 우리는 믿어야 한다네. 비록 보지 못한다 하더라도 신은 언제나 우리가 가장 사랑하는 모습으로 존재할 걸세."

준혁의 집에 있는 동안 배어버린 퀴퀴한 집 냄새가 모두 사라질 때까지 아라한은 고개를 들지 못했다. 스스로가 불쌍한 마음, 준혁의 처참한 생이 슬픈 마음, 동생이 그리운 마음, 모든 감정이 실타래처럼 뒤엉켰다. 단단해진 미련이 그의 존재보다 더 큰 돌이 됐다.

오직 등으로만 느껴지는 수보리의 따뜻한 온기만이 겨우 그를 달랬다. 살아생전 동생과 할머니가 살던 집에서나 느꼈을 법한 그리운 온도였다. 기억 속 존재들의 품에 안긴 기분이 들었다. 다행히 그의 울음이 무한하지 않아, 조금씩 잦아들었다.

"실컷 울었으니 이제 배가 고플 걸세."

수보리가 장난스러운 말로 분위기를 바꾸려 했다. 오랜만에 울어 마음이 조금은 후련해진 아라한이 축축하게 젖은 그녀의 어깨를 놓아주었다.

마주 본 그녀의 얼굴이 자꾸만 동생과 겹쳐 보였다. 점점 동생의 잔상이 더 오래 남았다. 아라한이 축축한 뺨을 쓰다듬고 눈을 비비고서야 온전한 수보리를 보았다. 그는 자신이 과연 동생을 많이 그리워하고 있음을 짐작했다.

"울고 난 뒤에 뚝불을 먹으면 내 것보다 더 맛있을 걸세. 부러운걸."

"놀리지 말게!"

"흐하하. 자네는 귀여운 구석이 있다네."

"됐네!"

아라한은 눈물을 흘렸다는 사실이 부끄러워 얼굴이 빨개졌다. 농담을 던지는 수보리와 그 옆에서 손사래를 치며 도망가는 아라한이 서서히 준혁의 집에서 멀어졌다.

친구의 편지에서 느꼈던 찝찝함이 와중에도 아라한의 발끝을 쫓았다. 아라한은 애써, 준혁 같은 겁쟁이가 마지막을 준비할 리가 없다고 믿었다.

그저 괜한 편지일 뿐이라고.

***

며칠간의 방황을 끝내고 그는 결국 억지로라도 입꼬리를 올렸다. 광대들의 슬픔은 오직 웃음으로만 감출 수가 있었다. 괜히 너스레를 떨고 장난기를 부려보며 아라한은 계속해서 참았다. 항상 그랬듯이.

그리고 시기가 도래했다.

주연을 한 번 더 만나야 했다. 은휘와 금희에게 그러했듯 버튼을 누른 기억을 지워야 했기 때문이다. 늦은 밤 그녀의 사무실로 찾아갔다.

퇴근하지 않은 주연은 무엇에 미련이 남았는지 떠나지 못하고 휴대폰만 보고 있었다. 텅 빈 회사 복도는 고요하기만 했기에 방 안에서 들려오는 그녀의 한숨 소리가 고스란히 울려 퍼졌다.

"딱 맞춰 왔네."

복도를 채운 허망한 탄식에 아라한은 짐작이 틀리지 않았음을 확신하며 혼잣말을 했다. 그리고 노크도 없이 집무실 문을 열었다. 주연이 불을 모두 꺼놓은 채 홀로 창밖의 달을 응시하다 그를 보았다. 아라한은 오른손을 들어 친구라도 보듯이 인사를 건넸다.

주연이 보고 있던 휴대폰을 책상에 엎어놓고 아라한을 향해 다가갔다. 며칠 못 본 사이 눈가가 퀭하게 파여 있었다.

"제가 뭔가를 잘못했나요? 어째서 제가 벌을 받은 걸까요?"

모든 일은 세존이 만든 '운명'이라는 얄궂은 이름하에 벌어졌다. 그러므로 버튼을 누르는 순간부터 오늘의 결과는 이미 계획된 일. 원우가 불행해지길 바랐겠지만, 운명은 주연의 복수를 위해 원우를 불행으로 몰아넣지 않았으리라.

원우는 결함 원두를 모두 리콜했다. 지역신문 기자와 진행한 인터뷰를 통해 진심 어린 사과와 개선 의지도 표현했다. '눈먼 이익보다 청렴을 택한 청년.' 불량을 감추지 않고 투명하게 밝힌 정직함은, 전화위복이 돼 소비자들의 신뢰를 샀다.

이 소식이 지역민들에게 퍼지고 또 온라인에 포스팅되면서, 소비자를 최우선으로 생각하여 모든 시정조치를 감행한 원우를 향한 '돈쭐' 세례가 이어졌다. 리콜 때문에 큰 손해를 봤으나 이 금액이 모두 메워지고도 남을 만큼 단기간에 매출이 크게 늘었다. 어쩌면 사업이 휘청일 수도 있는 사건이었는데 길이 남을 미담 정도로 승화됐다.

원우의 위기 극복은, 주연에겐 더 큰 불행이었다. 승승장구하는 원우를 보자 그가 돌아오지 않으리란 확신이 섰다. 물론 원래부터도 원우는 주연에게 돌아갈 마음이 없었으나 이제야 주연이 정신을 차린 셈이었다. 하지만 헤어진 애인이 크게 성공하는 정도로 주연의 업보가 청산되는 건 아니었다.

그녀의 업보는, 지극히 그녀만을 위한 불행으로 청산돼야 했으니.

"벌? 나는 그대에게 아무것도 준 게 없다네. 오늘의 아름다운 밤하늘 말고는!"

아라한은 마음이 전혀 즐겁지 않았으나 억지로 히죽히죽 웃었다.

그리고 허락도 없이 창문을 활짝 열었다. 깜깜한 실내로 창밖의 달빛이 환하게 쏟아졌다. 아름답지 않냐며 주연의 곁을 빙빙 돌며 깐족거렸다.

차가운 바람이 조금씩 들어왔다. 밤하늘의 달빛과 별빛을 받은 아라한의 옆모습은 매끄러웠다. 높은 콧대의 경계선이 허연빛을 받아 반짝였다. 하지만 주연은 그의 이목구비를 보아도 이제 그가 신비롭지 않았다. 장난을 치는 모습에 약이 오르지도 않았다. 이미 망연자실한 상태였다.

"감히 나보다 못한 사람들이 나한테 이런 상처를 줄 수 있다는 게 말이 안 돼요."

주연의 업보는 원우를 털어내기 위해 감정받이로 이용한 사람. 즉 그녀의 임시 연인이 바로 그녀의 업보였다.

그는 처음부터 주연에게 의도적으로 접근했다. 달콤한 사랑을 속삭이는 상대가 아니었다. 주도면밀하게 행동하여 어떻게든 주력 제품의 레시피를 훔쳐야 했던 산업 스파이일 뿐이었다. 오랫동안 디저트 업계에서 주연의 회사를 꺾지 못한 경쟁사가 전략적으로 행동한 결과였다. 그녀가 상대의 입지에 따라 쉽게 방심한단 사실은 이미 많은 이들에게 간파당한 점이었다.

주연은 스스로가 저울의 눈금을 판가름한다 믿어왔지만, 사실 그녀 역시도 누군가의 저울 위에 올랐었다.

경쟁사는 주연의 회사가 치즈에클레어 레시피를 보강하여 출시하기 전, 동일한 레시피를 그대로 적용한 디저트를 염가에 먼저 출시했으며 메인이었던 초코에클레어와 딸기마카롱의 풍미도 고스란히 카피했다.

이 모든 일은, 그녀가 연인을 그저 아무것도 모르는 파티시에 지망생 정도로만 치부해서 벌어졌다. 그가 사 온 꽃다발이 시들어버리기도 전에 주연은 자신이 으스대며 레시피를 알려주었던 대가를 치러야 했다. 신메뉴 초기 시장 선점에 실패하자 바이어 측은 약속했던 상황과 다르다며 구두계약을 파하겠다는 입장을 피력했고 주연은 울며 겨자 먹기로 손해를 감수해야만 했다. 더군다나 주력 메뉴까지 모두 빼앗겨버려 매출은 빠른 속도로 감소했다.

경쟁사 전략기획팀장의 사촌이라더라, 아니다, 경쟁사 사장이 돈을 주고 고용한 전문가라더라, 뒤늦게 위기를 맞이한 몇몇 직원들은 주연을 위로하기보다 온갖 소문으로 답을 대신했다. 억지로 저울 위에 올라야만 했던 사람들에게는 오랜 시간 동안 만들어진 악의가 있었다.

그중에서도 파트장이 가진 악의의 힘이 컸다. 순식간에 주연을 무책임한 경영자로 내몰았다. 대표라는 자리는 막대한 권력뿐만 아니라 막중한 책임도 가져야만 했다. 정말로 저울의 주인이라면 고장 난 저울을 고치는 것 역시 감당할 몫이 아니던가. 경쟁사 쪽으로 완전히 기울어져버린 상황을 어떻게 타개할 거냐며 압박했다.

그들 중 몇몇은 주연 몰래 경쟁사가 헤드헌팅을 해주면 좋겠다는 말을 하기도 했다. 앞이든 뒤든 저마다 악감정을 드러내며 이번 사태를 통해 주연이 죄책감을 느끼길 바랐다.

하지만 그녀의 허탈함은 다른 곳에 뿌리를 내렸다. 중요한 레시피를 도난당한 것보다 더욱 그녀를 슬프게 하는 것은.

"한 번도 진심이었던 적이 없었다니?"

연인이 저울 위에 올려두었던 달콤함이 모두 인공 감미료라는 사실이었다. 순수한 사랑은 없었다. 연인이 보여준 건 그저 주연을 방심시켜 레시피를 훔치기 위한 쇼에 불과했다.

언제부터 가짜였을까, 그 녀석은 진심으로 나를 좋아해주는 줄 알았는데, 기억을 되살려 헌신했던 순간을 곱씹어봐도 답이 나오지 않았다. 애초부터 주연은 사랑을 받은 적이 없었다. 돈으로는 환산하지 못할 상처였다. 부족한 사람이라면 응당 사랑으로 헌신하는 게 이치라고만 여겼기에 오히려 그들에게 버림받는 시나리오는 주연의 인생에 없었다. 없어야만 했다.

혹시 원우도 자신을 도구로만 이용하지는 않았을까, 주연은 아라한이 오기 전부터 계속 원우의 SNS를 보고 있었다. 회사가 전무후무한 위기를 맞이한 순간마저도 그녀는 저울에 집착했다. 눈금이 고장 날 리가 없다며 몇 번이나 되뇌었다. 평생 타인의 가치를 셈하며 살아온 주연이 감내해야 하는 업보였다.

열린 창문 사이로 마구니들이 들이닥쳤다. 주연의 흉곽을 쿡쿡 찌르거나 힘껏 내려쳤다. 마음이 아파 눈물을 그렁거리는 얼굴을 볼수록 그들은 더욱 비열한 웃음을 내비쳤다. 아라한은 마구니들과 애써 눈을 마주치지 않았다.

"나를 만난 너의 기억을 지우러 왔도다. 내가 이곳을 빠져나가면 너는 아무것도 기억하지 못하게 되리라. 앞으로는 선한 마음으로 살라."

아라한이 쓰게 웃으며 주연에게 다가갔다. 그의 손길이 닿는 순간 모든 기억이 지워질 예정이었다. 마음이 좋지 않으니 어서 일을 매듭짓고 자리를 떠날 생각이었다. 그때, 멍한 눈동자로 아라한을 응시하던 주연이 한 단어에 자극을 받아 눈에 힘을 줬다.

"선한 마음? 꼭 내가 언제는 악한 마음이라도 가졌다는 듯이 들리네요. 당신이 정말 신이라도 돼요? 그래서 멋대로 나를 판단하는 거예요?"

더 다가가려다 멈춘 아라한이 그녀를 물끄러미 보았다. 몸에 들러붙은 마구니들은 무엇이 그리 재미있는지 주연을 향해 침을 튀겨가며 비웃었다.

"사랑했던 이의 불행을 바라지 않았느냐. 너는 오만, 집착 그리고 미련에 잡아먹혔던 것이다."

증오에 눈이 멀어 신에 대한 두려움조차 잃어버린 주연이 성큼성큼 다가갔다. 이번엔 집착이라는 단어에 발끈한 것처럼 보였다.

"나는 믿었던 사람한테 버림받았어요. 상처가 생겼으니 외면하려 해도 자꾸만 눈이 가고 신경이 쓰이는 건 당연한 일 아닌가요? 어째서 이게 집착이죠? 그렇게 따진다면 왜 나만 억울한 상처를 받아서 미련한 존재가 돼야 하나요? 어떻게 상처 준 사람이 행복하기를 바라나요? 그게 어떻게 가능해요! 나를 아프게 했으니 딱 나만큼만 아팠으면 하는 게 왜 집착이냐고요! 당신이 뭔데요? 신이면 다예요? 그럼 이제 뭘 어떡하실 건데요? 신한테 대들었으니 죽이기라도 할 건가요? 죽이세요. 나도 사람이 아닌 존재가 되면 당신처럼 모든 일에 초연해지겠네요!"

목에 핏대가 설 정도로 혼신을 다해 억울함을 표현했다. 그녀의 한 맺힌 눈을 마주하자니 아라한은 쓴웃음도 나오지 않았다.

자신도 수보리에게 내뱉었던 감정이기에.

그가 품었던 깊은 회의감이 인간의 목소리로 고스란히 뿜어져 나왔다. 분노로 점철된 주연의 숨이 아라한의 버튼 위에 내려앉았다. 그는 차마 그녀를 장난스럽게 대하지 못했다. 타인을 향해 뭉쳐버린 미련과 집착, 세상 사람들은 이것을 '한'이라 불렀다.

모든 마음을 털어내고 극락정토로 성불하겠다 다짐했지만, 쉬이 털어내지 못한 그 마음이 아라한에게도 있었다. 억울하게 죽었으니까 당연하잖아, 무거운 마음을 정당화했던 스스로를 떠올렸다. 그저 버튼을 꺼내 주연에게 보여주었다. 하단부에 새겨진 음각 글자를 손가락으로 짚어 가리켰다. 분명하게 새겨진 'KARMA'라는 글자가 보였다.

"업보에 당하지 않으려면, 분하고 억울해도 미련과 집착을 이겨내야만 한다. 그 마음을 품고 살면 마음에 원망이 남는다. 그럼 누군가를 미워하게 되고 자유로워질 수 없도다."

인간이 아닌 존재로서 마지막 기품을 지켜 진리를 읊어주었다. 주연이 길길이 날뛰며 험한 말을 뱉었으나 아라한의 손이 머리에 닿자 일순간 모든 기억이 지워졌다. 아라한을 향한 분노도 존재한 적 없는 듯 사라져버렸다. 그녀가 두 눈을 다시 깜빡이고 주변을 둘러보았을 때는 이미 아라한 대신에 연분홍 꽃잎 한 장만 남아 있었다.

바람처럼 하늘을 유영하며 아라한은 마지막 말을 남겼다.

"다만 그 꽃잎이 오래도록 남아 너와 미래를 함께할 것이니, 세존은 그 꽃잎을 후회라 부르니라. 그것을 쥐고 살면 너는 다음부턴 더 잘 살 수 있으니 서러워 말라."

다음 사람을 향해 길을 떠나면서 아라한은 마음이 복잡해졌다. 손등의 연꽃이 선명해질수록 커져가는 혼란이었다. 허나 단 한 가지만큼은 확실했다. 그것은.

"나조차도 지키지 못할 말이구나."

인간의 다사다난한 감정이 아라한 자신의 것이기도 하다는 점이었다.

#6

현시욕과 결점두, 원우

아라한은 자주 인간을 원망했다.

자신도 인간이었다지만, 죽고 나서 본 인간들은 하나같이 미련했다. 마음에 미움이 없는 존재는 눈을 씻고 찾아봐도 존재하지 않았기에 누구에게든 버튼을 내밀 당위가 있었다. 그들은 서로 다른 삶 속에서 누군가를 원망하고 미워하며 살았다. 처음 버튼을 내밀었을 때 아라한은 인간이 가진 상처가 흥미로웠다. 이야기를 엿듣고 운명으로 장난을 치는 것이 즐거웠다.

한때는 분명 그러했다.

허나 끝도 없이 되풀이되는 버튼의 릴레이에 서서히 질려갔다. 만약 마음에 미움 한 점 없는 인간을 만난다면 이 회의감도 사라질 텐데, 아라한은 인간 존재 하나하나가 결국 그가 찾아가야 할 숙제처럼 느껴졌다. 한 명에겐 한 세계만큼의 사연이 있었다. 자신을 괴롭혀서, 자신보다 월등해서, 때로는 가질 수 없다면 파괴하겠다는 심리로.

갖가지 이유가 있었다.

누군가에게 미움을 받는 존재가 또 한편으로 다른 누군가를 미워했다. 모든 인간은 처음과 끝이 없는 줄처럼 엉켰다. 수차례 버튼을 누르게 하고 그들에게 KARMA를 보여주는 일을 반복해도 끝이 없었다. 죽은 자신은 어느덧 시간이 흘러 준혁에 대한 증오의 불씨마저 사그라들고 있는데 도통 인간들은 끝이 없었다. 무엇이 이 미움을 반복하는 것일까. 무엇으로 인해 인간들은 이 지긋지긋한 리듬에서 벗어나질 못하는가.

볼레로를 재생했다.

"네가 미워하는 존재에게 3천만 원어치의 불행을 주겠네. 하겠는가?"

아라한은 여태껏 만난 모든 인간의 기억을 지웠다. 그러므로 그는 살아있는 존재들 사이에서 티끌 한 점도 기억되지 않았다. 허나 그의 기억 속에선 만났던 모든 인간들이 살아 숨쉬었다. 처절한 장면들이 순간마다 기지개를 켰다. 원우가 품고 있는 미움을 건드리며 복수를 권하는 이 순간에, 아라한은 역설적이게도 업보를 만들었던 괴로운 장면들을 상기했다.

그래서 더욱 힘을 내 웃어보았다. 원우가 버튼의 이름이 아닌 자신의 미소를 보고 홀리도록. 어쩔 수 없이 반복되는 운명 안에서 또 하나의 어리석은 미련이 업보를 쌓도록 말이다.

"갑자기 왜 음악을? 그나저나 생김새가…… 종교인이신가요?"

"이런들 어떠하리. 저런들 어떠하리."

"예?"

"만수산 드렁칡까지 읊어줘?"

원우에게 버튼을 내미는 순간 아라한은 모든 운명을 읽었다. 궁금하지 않은 인간들의 사연을 퍼뜩 읽어버리는 능력이 싫어졌지만 수행자로 사는 이상 거부하지 못했다. 이 남자 역시 사사로운 사연으로 선량함을 상실한 지 오래였다.

원우는 보기보다 속물인 남자였다.

선망과 동경의 시선을 받는 일이야말로 인생의 궁극적 목표였다. 그는 가진 것을 내비쳐 좋은 평판을 얻을 수 있는 일이라면 뭐든지 해내고야 말았다. 주연의 저울질을 버틴 이유는, 단지 주연이 곁에 두고 싶을 만큼 우수한 조건을 가진 연인이었기 때문이다.

그녀는 디저트를 만드는 자신과 커피 원두를 납품하는 원우가 천생연분이 아닐까 생각했다지만, 자리를 주선해달라 먼저 지인에게 귀띔을 한 사람은 원우였다. 주연이 저울을 들고 서 있던 자리마저 이미 원우가 설계한 것과 다름없었다. 그녀의 짝으로 지내면서 셀 수 없는 도움을 얻어냈다.

그녀는 원우가 한순간에 배신했다고 생각하지만 원우는 '한순간'이라는 단어로 설명이 가능할 만큼 허술한 사람이 아니었다. 그는 오래전부터 수지 타산을 했다. 그래서 주연에게 쏟은 정서적 투자가 손익분기점을 넘은 순간, 가차 없이 돌아섰다.

아라한은 그가 뿜어내는 검은 아우라를 느꼈다. 인간은 버튼을 누르기 전 가장 고약한 기운을 풍겼다.

"보아하니 젊은 분이신 것 같은데 왜 이러고 다니세요?"

아직 아라한에게 홀리지 않은 원우가 어처구니없다는 말투로 비웃었다. 아라한 역시 픽, 코웃음을 쳤다. 원우는 주연의 상상 속에서나 달콤한 사내였지, 실제로 보니 가슴에 야심만 잔뜩 깃든 속물이었다. 누군가에게 상처를 줘서라도 갖고 싶은 건 가져야 하고 이를 통해 우월해진 자신을 드러내야만 하는 사람. 가장 미움받기 좋고 또 누군가를 미워하기 쉬운 타입이었다.

아라한이 하늘을 향해 버튼을 높게 들어 올렸다. 노을로 물든 세상 아래에 금빛이 찬란히 빛났다.

“하늘이 알려줬네. 자네는 꽤 어린 사람을 미워하고 있고만?”

당황한 원우가 뒷걸음질 쳤다. 아라한이 그 모습을 보고 여느 때처럼 광대를 억지로 당겨 올리고는 히죽였다.

“농담이네. 하늘은 무슨? 자네 얼굴에 다 쓰여 있네!”

그러곤 크게 웃었다. 파하하하하. 호탕한 웃음소리가 쩌렁쩌렁하게 울려 퍼졌다.

원우는 당연 웃지 않았고 웬 미친 녀석인가 하는 마음으로 아라한을 응시했다.

아라한 역시 즐겁지 않은 건 마찬가지였다. 원우가 가진 미움도 이전의 인간들과 다를 바가 없었다. 대의도, 그럴듯한 명분도 없는, 지극히 사적인 미움들. 어째서 인간들은 이 작은 미움 하나를 통제하지 못해 인생을 저당 잡히는 걸까, 의심을 품었고 아라한은 그 의심에서 자신 역시 벗어나지 못한다는 점을 알고 있었다.

“사람은 참 얄궂어. 손에 쥐여주면 싫다며 놓아버리지만, 못 가지게 하면 밤잠을 설치고 안달복달하지. 자네가 미워하고 있는 그 여자는 자네 뜻대로 움직여주지 않았지? 전에 만났던 사장처럼 대단한 여자도 아닌데 말이야. 별 볼 일 없는 상대 하나 좌지우지 못 하는 데다가 역으로 멸시까지 받으니 분하지 않을 수 있겠는가? 복수하라. 얼른 불행을 주거라! 이 버튼이 도와주리라."

그의 말이 진언처럼 원우를 홀렸다. 원우가 몇 번 더 저항하고 아라한의 존재를 의심했으나 소용없었다. 실랑이를 벌이며 버텨본다 해도 짧은 저항일 뿐이었다.

버튼을 누르는 순간 아라한은 말로를 보았다. 원우는 가진 것 중 가장 큰 것을 희생하게 될 운명이었다.

인생만사 새옹지마?

버튼은 절대 인간에게 복을 주지 않는다.

행운을 얻고도 누군가를 미워하는 마음을 털어내지 못하면 버튼은 가차 없이 그를 다음 상대로 삼아 더 큰 것을 앗아갔다. 은휘, 금희, 주연 모두에게 그러했다. 원우도 마찬가지일 뿐. 릴레이처럼 이어지는 미움의 연쇄 속에서 버튼은 치열하게 인간을 희롱했다. 반갑게 원우를 찾아온 건 행운이 아닌 마구니들이었다.

아라한은 그의 심장 깊은 곳에서 요동치는 미움을 보며 이번엔 제법 경멸스런 표정을 지었다. 동시에 버튼을 서둘러 주머니에 쑤셔 넣어버렸다. 활력이 더해지는 손등의 연꽃이 원망스러웠다.

과업이 끝나 원우가 떠났음에도 아라한은 그 자리에 가만히 굳어 있었다. 한참 후 돌아서려는 그에게 마구니가 말을 걸었다.

"이 녀석은 욕망 때문에 3일 안에 큰 화를 입을 건데 이번에도 살살해달라고 부탁해보시게."

"됐네. 마음대로 하시게나."

"오호. 가난한 인간을 괴롭힐 때는 살살해달라고 하지 않았는가? 아라한이라는 수행자가 이리도 차별적이어서야, 원."

마구니가 흥미로운 표정으로 아라한을 조롱했다. 더 답을 않자 마구니는 그의 손등에 피어나고 있는 연꽃으로 눈을 돌렸다.

"히야! 열심히 인간에게 불행을 주더니 곧 극락정토로 가겠군. 근데 어쩌나? 자네는 제일 중요한 걸 모르고 있다네."

아라한이 마구니를 노려보았다. 가타부타 말을 자꾸 섞고 싶지 않았다. 그 마음마저 모두 읽은 마구니가 아라한의 코앞까지 바짝 다가와 약 올리듯 속삭였다.

"가난하든 부유하든, 우월하든 열등하든, 모든 인간은 다 똑같다네. 심지어 자네를 죽인 죄 많은 벗마저도."

분노한 아라한이 마구니의 어깨를 팍 밀쳐 쓰러트렸다. 마구니가 땅에 뒹구는 채로 비열하게 키득거렸다.

"내 죽음에 대해 함부로 논하지 말게. 자네처럼 악한 존재들이 뭘 알겠는가."

"으하하하! 역시 자네는 글렀다네. 내 말하지 않았는가? 모든 인간은 다아 똑같다고. 살아생전 나와 자네의 모습이 과연 크게 달랐을 것 같은가? 나를 이리 만든 것이 무엇이라 생각하는가? 자네가 특별한 존재라 세존에게 선택받았다고 생각하는가? 천만에!"

"자네는 악한 존재라 마구니가 된 걸세. 엄한 말 마시게!"

넘어졌던 마구니가 엉덩이를 툴툴 털고 일어났다. 조금은 살기가 서려 있는 눈으로 아라한을 노려보았다.

"악? 그런 허무맹랑한 신화를 믿다니."

그는 고개를 삐딱하게 꺾더니 웃음기를 없앴다. 인간의 것과 비교하지 못할 음침한 기운이 뿜어져 나왔고, 그건 아주 오래 묵은 원한 덩어리였다. 아라한은 겁먹지 않으려 했다.

"자네 마음과 내 마음이 과연 다를까."

"닥치시게! 악한 미련과 집착으로 똘똘 뭉쳐 결국 마구니가 된 주제에!"

"거봐."

"나를 훈계하려 들지 말게!"

"거봐."

"뭘 거봐라는 것인가. 썩 꺼지시게. 꼴도 보기 싫네."

"나를 이리 만든 건 미련과 집착. 자네도 알고 있지 않은가?"

아라한은 숨이 턱 막혔다. 마구니가 그의 속을 훤히 들여다보는 듯 어깨를 으쓱거렸다. 비열함이 가득한 얼굴로 눈 한번 깜빡이지 않고 아라한을 응시하니, 아라한은 순간 등허리를 훑는 공포심을 느꼈다. 두려웠다. 자신을 바라보았던 인간들이 느꼈던 감정을 자신이 고스란히 느끼고 있었다.

죽어서도 준혁을 저주했던 자신과 동생을 잊지 못해 슬퍼하던 일들이 떠올랐다. 다 지난 과거이며 마음마저 희석된 지 오래라 믿었으나 마구니의 차가운 음성에 감히 저항하지 못했다.

서둘러 달아났다.

무서웠다.

마구니가 두려워서인가, 아니었다.

혹시라도 성불하지 못할까 두려워서인가, 그것 역시 아니었다.

아라한은 무서웠다.

마구니가 부리나케 달아나는 그의 등을 계속해서 노려보았다. 아라한은 달아나면서도 발목을 붙잡는 서늘한 한기를 떨치지 못했다. 그는 십수 년 만에 목이 바짝바짝 타드는 갈증을 느꼈다. 항문이 조이는 것 같기도 했다. 너무나 무서웠다.

아라한은 진심으로 서럽고 또 미래가 두려워 털썩 주저앉고 말았다. 그의 개량한복에 흙먼지가 잔뜩 달라붙었다.

* * *

원우가 경리로 일하는 지민을 호출했다. 고객과의 신뢰를 지키는 브랜드라는 미담이 퍼진 이후로 여기저기서 주문이 속출했다. 배송을 맞추기 위해서 생두를 대량으로 추가 주문할 필요가 있었지만 아직 기한이 남아 있었다. 목에 칼이 들어올 정도로 급한 건이 아니었음에도 당장 지민을 불렀다.

"지민 씨, 주문은 넣었어요?"

"밀린 세금계산서 처리하고 주문할 계획입니다."

"지민 씨를 괴롭히고 싶은 건 아니지만 오늘 안에는 완료를 부탁하고 싶네요."

원우가 두 손을 모으고 눈을 살짝 내리깐 지민에게 다가갔다. 공손한 문장에 예민한 말투가 숨어 있었다.

"오늘은 야근 좀 해줘야겠어요. 괜찮겠지요?"

"네."

"하는 김에 결함 발생한 제품들 리포트도 정리해줘요."

그는 팔짱을 끼고 짝다리를 짚었다. 동시에 벽에 진열된 상패나 감사패 등을 어루만졌다. 자신의 위치를 강조하고 싶을 때마다 나오는 행동이었다. 원우는 지민의 대답을 기다리고 있지 않았다. 이미 답을 정해놓고 그 답을 뱉지 않으면 안 되게끔 압박하는 중이었다. 언젠가 주연에게서 배웠던 갑의 모습인데, 그는 자신이 겪었던 것을 고스란히 답습할 줄 알았다.

"리포트는 판매팀 담당이라서요. 대표님 지시가 있었다고 전달하겠습니다."

하지만 지민은 달랐다. 그녀는 원우의 자세와 목소리의 대조가 만들어낸 공격적 뉘앙스를 단박에 캐치했다. 그렇다고 고분고분하게 허리를 숙이지는 않았다.

원우는 지민의 거절에 자존심 상했지만 본성을 들키지 않기 위해 최대한 관대한 얼굴로 다시 한번 말했다.

"아직도 저를 오해하고 있는 거예요?"

지민은 마치 아무것도 존재하지 않는 텅 빈 공간을 바라보듯 공허한 눈빛으로 원우를 응시했다.

"아니요. 전 대표님에 대해 어떤 생각도 하지 않아요. 다른 직원들이나 대표님이나 저에겐 똑같습니다."

아예 생각조차 하질 않았다니, 원우는 그 말이 더 자존심 상했다. 고작 말단 직원 주제에 대표를 업신여기는 태도가 언짢았다. 독대하는 자리임에도 운동화로 갈아 신지 않고 발이 편한 슬리퍼를 신고 왔다는 점 역시 밉게만 보였다. 더 말이 오가지 않자 지민이 가볍게 고개만 꾸벅이곤 자리를 떠났다.

원우는 분을 가라앉히기 위해 거울에 비친 자신을 확인했다. 분노 따위의 질 낮은 감정과 어울리지 않는 귀티가 있었다. 그는 부정한 것을 털어내듯 어깨깃을 몇 번 털어 매무새를 다듬었다. 살짝 삐친 머리칼을 정리했으며 손끝으로 턱선을 매만졌다. 화를 내기엔 아까운 용모였다.

말없이 아직 식지 않은 커피의 향을 맡았다.

***

원래 지민은 원우와 별다른 관계가 아니었다.

어디에나 있는 대표와 직원, 그 데면데면한 관계. 딱 그 정도였다. 하지만 악연이 시작된 것은 원우가 주연을 떠날 계획을 잡으면서부터였다.

"대표님이 너무 착하셔서 여자친구한테 아무런 말도 못 하셔."

직원들이 바라보는 대표란 작자는 지고지순한 민들레였다. 회식 자리에서 연애 이야기가 오갈 때마다 원우는 세상 모든 시름을 가득 떠안은 얼굴을 했다.

"내가 많이 부족한 탓이지."

비단 회식뿐만은 아니었다. 본인의 선한 이미지를 잃지 않기 위해 교묘히 주변 사람들의 동정심을 자극했다. 그의 서글픈 눈동자를 본 사람들은, 저마다 한마디씩 주연을 향해 활시위를 당겼다. 연인 사이의 모든 책임이 주연에게 돌아가고 있음을 확인한 원우는 일방적인 이별을 고하면서도 비난받지 않았다.

"너 같은 남자가 세상에 또 어디 있니? 그런 여자를 몇 년이나 참아줬잖아."

"대표님이 너무 아까워요. 이제는 대표님 브랜드도 잘되고 있잖아요. 더 좋은 사람 만나실 거예요."

그가 세운 모든 계획들은, 오로지 한 점으로 이어졌다. 더 좋은 사람, 더 멋진 사람, 앞길이 창창한 사람. 그는 자신을 완벽하게 만들어주는 '이미지'를 잃고 싶지 않았다. 쌓아 올린 탑이 결코 낮지 않았다. 꼭대기에서 뜻대로 놀아나는 사람들을 바라보며 평판이 주는 자유를 누렸다. 그의 가증스러움을 알고 있는 건 오래된 동창 몇몇이 전부였다.

한 번 선량한 사람으로 인식되면, 칼을 쥐고 있으면서도 피해자 행세를 하는 게 가능했다. 그는 명예와 평판이 단단히 고착되길 바랐다. 이 세상에 더 깊은 뿌리를 내려, 모르는 사람 사이에서 영원히 선하고 좋은 가해자로 살고자 했다.

가진 것을 무엇도 잃고 싶지 않았다.

"대표님, 커피라도 드시면서 하세요."

직원들은 대표의 애석한 표정을 보고 그를 최대한 배려했다. 원우는 직원들에게 개인사를 모두 읊지 않아도, 단지 표정 하나만으로 온정을 얻어냈다. 정성 어린 시선을 만끽하며 그는 친구들과 PC 메신저로 대화를 나누었다.

드디어 디딤돌이랑 헤어졌냐? 역시 이원우 클래스가 남다르네.
곁다리로 만나던 대딩은 어쩔 거냐. 무용과라며.

능력 참 좋아. 죄 많은 boy

차라리 디저트 사장은 나 주면 안 되냐?
나도 이원우가 밟은 절차 좀 고대로 밟게.

네가 가능하겠어? 쟤는 매달 인모드로 얼굴 땡겨 올리는 놈이라고.

평판관리는 필수, 얼굴관리는 선택ㅋㅋㅋㅋ
이것도 능력.

하긴. 너 진짜 능력 있다니까.
특히 그 잘생긴 얼굴 말이야~

무용과 대딩은 밤에 존나 재미없더라.
나무토막은 너네 가져~

원우는 자랑스러운 업적이라도 읊듯 친구들과 타인의 이야기를 읊었다. 대부분 다 비슷비슷한 일화였다. 원우의 영악한 간계에 놀아나 상처를 받거나 손해를 봤음에도 저항 한 번 하지 못한 상대들을 조롱거리로 삼는 일이었다. 정정당당한 승부보다 때로는 반칙을 저지를 때 더 짜릿하듯이, 원우는 주변인을 갖고 놀며 역으로 본인의 평판을 강화할 때 특히 즐거워했다.

선량한 마음 없이도 선한 사람으로 위장하는 그에게 이건 분명한 게임이었다. 혼자만 알고 있기엔 입이 근질근질한 놀잇거리. 그는 가끔씩 으스대고 싶을 때마다 친구들과 서로의 트로피들을 주고받았다. 저열한 족속들의 채팅에는 올라선 안 될 말이나 사진들이 오가기도 했다. 그 꼴이 꼭 쓰레기장 같았다.

키득거리며 메신저 대화에 몰두하다 잠깐 기지개를 켰다. 그러곤 책상 중앙에 놓인 명패를 손끝으로 슥 훑었다. 주연과 이별했으니 이 성공은 이제 완전히 자신 몫이었다. 작은 업체를 꾸리던 청년 창업가에서 엄연한 대표로 우뚝 선 셈이었다. 원우는 스스로의 지능에 감탄했다. 직원이 타준 블랙커피 한 모금을 마시며 배덕한 아침을 즐겼다.

그때부터 운명이 꼬였다.

커피가 문제였다. 원우가 원래 블랙을 즐긴다는 것을 알기에 직원은 그날따라 특별히 샷을 추가했다. 마음이 많이 힘들 테니 진한 커피로 위로를 받길 바라는 배려였다. 넘쳐난 배려가 원우의 미간을 팍 찌푸리게 만들었다. 지나치게 쓴맛이 강해 기호와 맞지 않았다.

"회사에 있는 건 좋은 원두뿐인데 커피 하나도 제대로 못 타다니."

애써 정성을 보여준 직원을 혼잣말로 업신여기며 그는 가볍게 몸을 일으켰다. 탕비실로 가 커피에 첨가할 시럽을 찾았다.

"대표님. 거래처에서 급한 결재 서류가 왔는데 도장 좀 찍어주실 수 있으세요?"

지민이 문서 몇 장을 들고 다급한 얼굴로 원우를 불렀다. 급하다 해봤자 고작 경리의 업무이니 크게 신경을 쏟고 싶지 않았다. 시럽을 찾는 게 더 중요했다. 지민을 보고 상냥한 목소리로 말했다.

"제 책상 서랍 첫 번째 칸에 도장 있으니 처리 부탁해요."

아무리 찾아도 시럽이 나오질 않자 원우는 가장 가까운 자리 직원에게 물었다. 직원은 시럽이 없다고 했다. 왜 없냐고 물으니, 직원이 답했다. 지민 씨가 비품을 주문할 때 이번 달은 소모용품비를 절약하기 위해 시럽 대신 각설탕으로 선택했다고. 탕비실에 자주 오지 않아 모르셨냐며. 원우가 탐탁지 않은 표정을 짓자 머쓱해진 직원이 새로 구입한 원두 포트를 가리켰다.

"최근에 커피머신까지 고장 났잖아요? 수리가 오래 걸린대요. 그동안 임시방편으로 쓰려고 지민 씨가 최저가로 구매한 포트인데요. 이래 보여도 머신이랑 향이 비슷해요. 정말 괜찮더라고요."

원우는 혼자서 혀를 찼다. 명색이 로스팅 원두를 판매하는 회사인데 탕비실엔 싸구려 포트가 있고 시럽은 없다니, 늘 볼품없는 모습으로 출퇴근하더니 탕비실까지 구차하게 바꾸는

군, 지민의 어리석음을 속으로 비난했다.

사장이 아무리 혜안을 가졌다 해도 직원들이 모두 따라오는 것은 아니었다. 좋은 원두 사이에도 결점두가 섞여 있듯이 말이다. 원우는 탕비실 격을 떨어뜨려놓은 지민을 결점두라 여겼지만 비정규직 경리 사원을 향해 속으로 혀를 몇 번 차고 인내했다. 이마저도 관대한 이미지를 구축하는 데 도움이 될 일이었다.

"지민 씨는 정말 알뜰하시네요."

마음에도 없는 가증은 덤이었다.

자리로 얼른 복귀하여 당장 친구들에게 이 일화를 읊어주고 싶었다. 메신저로 입방아를 찧으며 논평하기 좋은 가십거리였다.

"아참, 메신저!"

뒤늦게 깨달았다. 대표실에서 나오기 전 모니터를 끄지 않았고, 지민을 혼자 대표실로 보냈다는 사실을.

한걸음에 자리로 복귀했으나 이미 지민은 도장을 다 찍고 서류를 챙겨 나온 상태였다. 원우가 지민과 눈을 맞추었을 때 지민은 평상시처럼 고개를 숙여 인사하지 않았다.

"지, 지민 씨, 저기, 혹시 컴퓨터……."

지민은 말없이 원우를 지나쳤다. 죽일 가치조차 없는 잔벌레를 피해 가듯.

그때부터 원우는 걱정이 됐다. 혹시라도 자신의 저열한 사생활을 폭로할까 겁이 났다. 대화창을 찍어놓지는 않았을까, 그 짧은 시간 동안 캡처해 USB에 담진 않았을까, 별별 생각이 다 들었다.

지민이 모니터를 보았으리라는 추측뿐인 상황에 그의 걱정은 홀로 증폭됐다. 도둑이 제 발 저리는 꼴이었다. 덤덤한 지민의 얼굴은 그의 두려움을 더 키웠다.

혼자서 온갖 최악의 시나리오를 짜보았다. 어떤 식으로 전개되든 부도덕한 사생활이 오픈되는 일은 그의 평판에 최악이었다. 어떻게 해서라도 지민의 입을 막아야만 했다. 덧붙여, 자신을 추잡스럽다 여길 지민의 판단마저도 다시 바꿔놔야 했다.

원우는 더 이상 아침마다 여유를 부리지 못했다. 회사에서 가장 관심을 주지 않았던 경리 사원의 일거수일투족만 감시하는 처지가 됐다.

지민이 도통 무슨 생각을 하는 건지 읽기가 어려웠다. 원래부터 그녀는 가십 따위에 관심이 없었지만, 말단 사원의 성향을 알 리가 없는 원우에겐 그 무던함마저 위협으로 느껴졌다.

이러한 사유로 원우는 외근을 핑계 삼아 굳이 지민을 회사 밖으로 불러냈다. 본인이 아는 합정 개인 카페 중 제일 메뉴가 비싸고 인테리어가 고급스러운 곳을 선택해 마주 앉았다.

입에 천금 같은 지퍼만 채울 수 있다면 이까짓 다과비 정도는 얼마든지 쓸 수 있었다.

주연이 마침 원우가 웬 어린 여자와 함께 있는 걸 목격한 날도 이때였다. 주연은 원우가 새로운 사랑을 시작한다며 배신감에 치를 떨었으나 그녀는 차라리 다른 배신감을 느껴야 했다.

"지민 씨, 오늘 날씨가 좋지요? 하하하."

원우는 우스꽝스러운 해프닝 정도로 지민이 본 것을 덮어 버리기 위해 최선을 다해 완곡한 대화를 이어갔다. 부드러운 미소 뒤에 평판을 모두 잃을지도 모른다는 두려움을 감춰두었다.

"회사 생활은 어때요? 직원인데 한 번도 단둘이 대화를 못 해본 것 같아서요."

"오늘 외근인 줄 알았는데 면담인가 보네요."

"네. 평범한 면담이라고 생각해줘요."

"하실 말씀이 있으신가요?"

하지만 두려움은 꼭 재채기 같아서, 감추려 할수록 더욱 거세게 드러났다. 원우는 그간 갈고닦아온 처세술을 십분 활용하여 아무렇지 않은 척 이야기를 이어갔으나 지민은 대표와 동행하는 자리가 만들어진 때부터 평범한 상황이 아니란 걸 알았다.

원우의 추측대로, 그녀는 대표의 모니터를 빼곡히 채우고 있던 저속한 대화들을 보았다. 도장을 가지러 간 그 짧은 시간만으로도 수준을 알 수 있을 만큼 대표는 형편없는 인물이었다. 그러나 지민은 이미 오래전부터 눈치를 챈 상태였다. 타인에게 좋은 인상을 남겨주고자 그가 안간힘을 쓰고 있다는 점을, 속이 비다 못해 썩어 있는 강정이란 사실을.

조용함과 무지함은 결코 비례하지 않았다. 회사에서 과묵히 일만 하며 특히나 얌전했던 지민은, 어디서나 티가 안 날 뿐 모든 상황을 다 지켜보는 관찰자였다.

"저는 대표님이 어떤 사람이든 관심 없어요. 월급만 잘 주시면 되니 걱정 마세요."

지민이 라테를 한 모금 들이켰다. 그러곤 원우가 아닌 창밖을 바라보았다. 그녀는 말 그대로 상대에게 큰 관심이 없었다. 그래서 대표를 마주한 자리에서도 움츠림이 없었다.

원우는 '어떤 사람이든' 관심이 없다는 말에서부터 모든 게 들켜버린 기분이었다. 착하고 좋은 사람인 척하지만 실상은 껍데기뿐인 사람, 알맹이는 모두 문드러진 과육. 틀림없이 지민이 꿰뚫어 보고 있었다. 변명이 필요했다.

"메신저 대화창을 본 거죠? 제 친구들이 좀 짓궂어요. 이해해줘요."

"네."

“원래 친구들 중에서 비위 맞춰줘야 하고 맞장구쳐줘야 하는 녀석들 있잖아요. 그 녀석들도 저한텐 그래요. 거기서 오갔던 말이나 여자들 사진 같은 건 전부 그냥 구글에서 퍼 온 거예요. 다 가짜예요.”

“네.”

지민은 계속해서 답이 짧았다. 눈을 반달로 휘며 밝은 얼굴로 말해보아도 그녀는 눈길조차 주지 않았다. 업무가 아닌 말들에는 온통 관심이 없어서 창밖의 가로수만 보는 그녀였다. 원우는 자존심이 상했다.

엄연히 대표가 말을 하고 있는데 이 개념 없는 태도는 무엇이야, 지금 내 약점을 잡았다고 날 얕보는 거야? 그는 순간 마음에 품었던 두려움이 다른 결의 감정으로 전환되는 것을 막지 못했다.

물론 티를 내선 안 됐다. 원우에게 지민은 꼭 시한폭탄 같았으니까.

“요즘 세상이 워낙 민감하잖아요. 연예인이 아니더라도 사생활 문제가 입에 오르내리기도 하고 그래요. 혹시라도 지민 씨가 잘못된 생각을 갖고 있을까 봐 노파심이 드네요. 그날 봤던 거 다 그냥 우리들식 장난이니까 잊어요. 이해 가능하죠?”

정적이 흘렀다. 원우는 말 없는 지민이 무서웠다가 슬슬 짜증이 나기 시작했다. 말단에게 이런 대접을 받는 게 믿기지 않았다. 과거 주연에게 굽신거렸던 일이 떠올랐다. 지민은 주연과 비교가 불가능할 만큼 가진 게 없는 상대였다. 마음 같아선, 함부로 말하고 다니면 가만두지 않겠다고 경고라도 하고 싶었으나 체면을 생각해 참았다.

"우리 회사, 갈수록 잘되고 있어요. 조만간 마케팅팀을 키워볼 생각인데요. 정규직 자리 하나 마련하려는데 지민 씨가 한솥밥 먹으면서 성장했으면 좋겠네요. 어때요? 내 말 이해돼요?"

원우는 듣고 싶은 답이 있었다. 그 말을 듣기 전까진 같은 말을 몇 번이고 반복할 작정이었다. 입을 꾹 다물어주겠다는 말을 듣지 않으면 신경이 쓰여 미칠 지경이었다.

그 후로도 '이해'라는 단어가 몇 번이나 반복되고서야 지민이 창밖 가로수에서 시선을 거두었다. 원우와 마주친 두 눈이 공허했다.

"대표님."

원하는 답은 하나였다. 그래, 어서 입 다물겠단 말을 해, 그러면 정규직 딜 정도는 해줄게, 그는 대답하지 않았으나 약간의 기대가 서린 얼굴로 지민을 응시했다.

"가로수에서 나뭇잎이 떨어진다거나 이 카페의 라테가 유독 달다거나 하는 걸 제가 이해할 필요가 있을까요?"

"네?"

"제 이해랑은 무관하죠. 해석하고 말고 할 영역이 아니라 인지로 끝나버리는 일이에요. 대표님이 어떤 사람인지 그냥 받아들이기만 할 뿐이에요. 이해가 아니라 인지로 끝이요. 대표님은 저한테서 잃을 게 없으세요. 저는 대표님을요."

분명 원한 대답이 아니었다. 원우가 마른침을 꿀꺽 삼켰다.

"좋은 분이라고 생각한 적이 없어요. 그러니 너무 걱정 마세요. 놀랍지 않았으니 누군가에게 말할 일도 없어요."

대화는 여기서 끝이었다. 회사로 복귀하는 차 안에서 둘은 한마디도 더 나누지 않았다.

누구에게도 말하지 않을 거라는 말이 고맙지 않았다. 원우는 비로소 마음에 꺼지지 않는 불꽃 하나를 심었다. 명예에 집착하는 그에게, 사생활을 모두 알려버리겠다는 말보다 더 치명적인 말은, 가진 명예와 어울리지 않은 사람임을 알고 있다는 사실적시였다.

애초에 문제를 누가 초래했는지는 중요하지 않았다. 그가 가진 사회적 지위를 깡그리 무시해버리는 공허한 눈빛부터가 치욕이었다. 악취가 진동하는 알맹이를 들켜버린 건 본인이면서도, 그 사실에 분개했다. 썩은 속을 멋있게 여겨주지 않는 지민을 증오했다.

백미러로 몇 번이나 지민을 흘겨보았으나 그녀는 정말로 관심이 없어서 원우를 훔쳐보지도 않았다.

어떻게 명색이 대표에게 이럴 수가 있나, 내가 젊은 창업가라 무시하는 것인가, 핀트가 엇나간 오판을 거듭했다. 처음으로 겪어보는 합당한 응대이자 원한 적 없던 주제 파악이기도 했다.

달리는 차의 창 너머로 무수한 가로수들이 보였다. 바람에 은행나무 잎이 추락할 때마다 원우는 어금니를 깍 깨물었다. 향조차 없는 결점두 따위에게 당한 일치고는 고약한 분노가 남았다.

* * *

커피 잔이 빈 잔이 됐을 때는 퇴근 시간 무렵이었다.

원우가 직원들에게 그만 퇴근하라며 선심을 베풀었다. 직원들은 바쁜 와중에도 워라밸을 지켜주려 애쓰는 원우에게 고마워했다. 모두가 컴퓨터를 끄고 가방을 챙기는 사이 지민은 망부석마냥 자리에 앉아 업무에 몰두했다. 옆자리 직원이 지민의 팔을 건드리며 집중을 흩트렸다.

"지민 씨, 대표님이 퇴근해도 된대요. 안 가세요?"

지민은 흐리게 웃고 말았다. 오전에 원우가 말한 업무가 끝나지 않았다. 조금만 더하고 갈 테니 걱정 말라며 동료 직원을 먼저 보냈다. 모두가 한바탕 왁자지껄하게 우르르 사무실을 빠져나가자 원우가 그녀에게로 다가갔다.

“커피머신 수리 맡긴 거 아직인가요? 포트가 너무 싸구려네요.”

원우는 건수를 잡았다는 듯 포트를 지적했다. 직원들은 그럭저럭 괜찮게 생각한다고 하나, 그가 보기에는 원두를 너무 거칠게 분쇄해버려 향을 손상시키는 싸구려였다. 추출할 때도 드리퍼 품질이 우수하지 못해 부드럽게 걸러지지 않았다. 어쩌면 지민에 대한 미움이 투영된 불만일 수도 있었다. 하여간 마음에 들지 않았다.

지민은, 자신이 원우의 눈 밖에 났다는 걸 알았기에 A/S 센터에 독촉하겠단 답을 남기고 대화를 더 잇지 않았다. 원우는 보란 듯이 포트에 물과 원두를 넣어 전원을 켰다. 싸구려 장비답게 요란한 소음이 발생했다.

“사 와도 꼭 이런 걸.”

지민은 원우의 혼잣말이 신경 쓰였으나 대꾸하지 않았다. 어서 업무를 마무리하고 이 공간에서 벗어나야겠단 생각뿐이었다.

한편 원우는 거들떠보는 시늉도 안 하는 그녀가 괘씸해 견딜 수가 없었다. 고작 사생활 좀 봤다고 혹여나 자신을 하찮은 사람 취급하는 건지 억하심정이 생긴 지 오래였다.

고요한 사무실을 왱왱거리는 소음으로 채우는 포트를 바라보며 생각에 잠겼다. 오히려 잘된 일일지도 몰랐다. 커피머신도 엄연한 회사 자산인데 관리에 소홀한 책임을 물어 자를 수 있지 않을까, 꼬투리를 잡아 그녀를 내보내고 싶었다. 농담으로라도 지민이 직원들에게 그날 본 메신저 대화를 얘기한다면 낭패였다.

물론 한 사업체를 꾸려가는 준수한 자신과 아무에게도 주목받지 못하는 지민 중에서, 누구도 지민의 말을 믿어주지 않을 거란 믿음도 있긴 했으나 안심하기엔 그의 걱정이 자꾸만 천 리 길을 앞서갔다. 리스크는 싹을 자르고 싶었다. 그런 자신이 왜 하필이면 그날 지민을 대표실에 홀로 들여보냈는지 이해되지 않았다. 꼭 운명이 농간을 부린 것마냥 비현실적인 상황이었다.

비현실이라, 그는 문득 아라한이 떠올랐다.

버튼을 눌렀는데 지민에겐 별다른 불행이 일어나지 않았다. 이상한 이야기로 사람을 꾀는 사기꾼에 불과했던 걸까, 원우는 소음이 점점 더 커져가는 커피포트와 지민을 번갈아 보았다. 3천만 원어치, 하다못해 3만 원어치의 불행이라도 생겨야만 했다. 하루빨리 저 싸구려 포트와 결점두를 회사에서 솎아내고 싶었다. 자신이 일궈낸 우수한 향을 다 망쳐버리기 전에 말이다.

그때 지민의 휴대폰이 울렸다.

모니터만 보고 있던 그녀가 휴대폰을 들어 액정을 확인했다. 원우 역시 벨 소리에 무의식적으로 지민의 휴대폰을 바라보았다. 발신자는 엄마였다.

"엄마, 나 아직 회사야. 응. 어?"

그녀의 성격과 빼닮은 무던한 목소리가 이어졌다. 그러다 끝음이 유독 높은 되물음 소리가 들렸다. 원우는 통화 내용이 궁금했다. 들어보려 했으나 커피포트의 소음이 지나치게 컸다. 하여간 싸구려들은 도움이 안 됐다. 참다못해 탕비실에서 한 걸음 벗어나 팔짱을 끼고 지민의 뒤통수를 쏘아보았다. 통화 내용이 좀 더 선명히 들렸다.

"오빠가? 그게 무슨 말이야? 천천히 말해봐."

무언가 일이 생긴 듯 보였다. 그녀의 목소리는 좋은 사건을 말하는 톤이 아니었다. 맥락을 알지 못했으나 원우는 이왕이면 그녀에게 나쁜 일이 생기길 바랐다.

"보증을 섰다니. 내가 돈이 어디 있어 엄마. 그것도 3천씩이나……."

원우의 눈이 커졌다. 가족에게 어떤 사정이 있는지는 모르겠으나 돈 문제임이 틀림없어 보였다. 입에서 똑똑히 나온 3천이란 액수가 유독 명확히 들렸다.

아라한이 약속한 것은 진짜였다.

지민에게 돈 문제라면 분명 큰일이었다. 여태껏 자신을 업신여기고 무시했던 대가로 딱이었다. 그는 말로 표현 못 할 즐거움을 느꼈다. 어떤 유희에서도 느끼지 못했던 희열이었다. 권선징악! 이 모든 일은 그녀가 자초한 불화라고 믿었다.

전화를 끊은 지민이 우왕좌왕하며 마저 남은 일을 처리하려 했다. 초조하게 다리를 떠는 모습에선 얼핏 보아도 당황한 기색이 역력했다. 원우가 팔짱을 끼고 그 모습을 즐거이 바라보았다. 덜덜터덜. 커피포트는 거칠게 흔들렸다. 곧 분쇄된 원두가 추출될 참이었다.

마지막 업무를 끝낸 후 지민이 황급히 컴퓨터를 끄고 가방을 챙겼다. 곧장 집으로 가려는 그녀 앞에 원우가 팔짱을 낀 채로 다가갔다. 실수할 게 뻔한 어린아이의 몸짓을 방치하듯 그의 표정엔 악랄한 여유가 있었다.

"대표님. 마무리 다 했으니 퇴근해보겠습니다."

지민이 숄더백을 어깨에 메고 의자에서 일어났다. 원우는 자신을 피해 가려는 지민의 동선을 파악하고 앞을 막았다.

"집에 문제라도 생겼나요. 듣자 하니 돈 문제?"

올려다본 그의 얼굴에는 불쾌하기 짝이 없는 즐거움이 있었다. 지민은 그와 게임을 하고 싶지 않았다.

"개인 사정입니다. 가보겠습니다."

오로지 즐거움을 위해 죽이기 전 벌레의 다리를 하나씩 떼는 순수악이 원우에게 있었다. 지민이 감히 달아나지 못하게

끔 앞길을 몇 번이나 방해했다. 아라한의 약속도 이행됐겠다, 하늘이 자신의 편이라고 믿었다. 감춰온 불꽃을 해방할 때였다.

"지민 씨, 내 사생활 좀 봤다고 날 깔봤죠?"

"그런 적 없습니다. 비켜주세요."

"급하시겠지. 가족이 빚보증을 잘못 섰나요? 안됐네요."

그녀가 원우를 노려보았다. 분노가 서려 있는 눈이었다. 그 눈빛을 본 원우는.

"꼴좋기도 하고."

더 이상 속내를 들키는 일을 부끄러워하지 않았다. 그는 지민이 알아버린 졸렬한 모습을 훤히 보였다. 모든 평판이 사라진 나체였다.

"지민 씨를 못 믿는 건 아니지만 날 대하는 태도가 너무 괘씸해서 말이죠. 우리 거래 하나 할까요? 내가 3천 빌려줄 테니 내일부터 회사 나오지 말아 줄래요?"

"저한테 왜 이러세요."

"혹시라도 이상한 소문 내고 다니면 어떡해요? 지민 씨가 너무 신경 쓰인다고요."

"네. 저도 이런 곳에서 더 일 못 하겠네요. 그만두겠습니다."

원우는 그녀의 성급한 분노를 가소로워했다.

"지민 씨가 그만두는 게 아니라 해고죠. 고급 로스팅 원두를 판매하는 내 자존심이 있지. 회사에 싸구려 포트를 들여놓질 않나 촌스러운 각설탕을 놔두질 않나. 아주 사무실 품격을 떨어트리려고 작정했지……. 빚도 생겼는데 회사까지 잘려서 어떡해요? 내일부터 우리 다시는 보지 맙시다. 그리고 혹시나 하는 말인데 입방정 떨고 다니면 가만 안 둘 줄 아세요. 내가 어떤 사람인지 알죠? 아무도 지민 씨 말 안 믿을걸."

덜덜덜덜.

커피포트 소음이 원우의 감정을 따라 더욱 거세졌다.

지민은 무방비로 상대의 증오를 잔뜩 받아냈다. 온몸에 구정물이 튄 것 같았다. 예전부터 느꼈던 대표의 악의를 정면으로 마주하게 돼 한편으로는 속이 시원하기도 했다. 이딴 치사한 회사, 안 나오면 그만이었다. 하지만 그녀를 찝찝하게 만든 구석이 있었다. 나갈 때 나가더라도 그 부분만큼은 짚어야 했다.

"대표님, 착각 마세요. 대표님 사생활이 어떻든 저는 처음부터 자기 평판을 위해 남을 이용하는 대표님을 좋은 사람이라고 생각하지 않았으니까요."

지민이 원우를 한쪽으로 거칠게 밀치고 그대로 퇴장했다. 원우는 마지막까지 지지 않는 지민이 역겨웠다. 좋은 사람이 아니라니, 결점두 주제에 선을 넘고야 마는 상대에겐 비웃음도 아까웠다. 하지만 이걸로 지민을 회사에서 솎아냈다. 이제 거슬릴 존재는 없었다.

털털털털.

당장 싸구려 포트부터 갖다 버리고 싶었다. 추출할 시간이 한참 지났음에도 계속해서 버벅거리는 포트 쪽으로 다가갔다.

"싸구려 수준이 아니라 맛이 간 쓰레기였네."

포트 콘센트를 아예 뽑아버리려 고개를 숙여 눈높이를 맞추었다. 그 순간.

펑.

포트가 화염을 내뿜으며 폭발했다. 파편과 뜨거운 물이 일제히 원우의 얼굴 쪽으로 튀었다.

"으아아아악!"

그가 고통스러워하며 얼굴을 감싸고는 바닥을 굴렀다. 119를 부르고 싶었으나 그럴 수가 없었다. 거칠게 갈린 원두 가루가 뜨거운 물과 섞여 눈에 들어갔다. 앞이 보이질 않았다. 고통 속에 비명을 질렀으나 사무실엔 아무도 없었다.

마지막으로 남아 있던 지민을 쫓은 건 바로 자신이었다.

***

아라한이 원우의 마지막을 보기 위해 계단을 올랐다. 동시에 누군가 큰 발소리를 내며 황급히 내려오고 있었다. 계단

너비가 좁았기에 아라한은 다급해 보이는 그녀가 서둘러 계단을 내려갈 수 있게끔 벽에 바짝 붙었다.

여자는 고맙다는 말을 할 여유도 없는 상태였다. 아라한이 허겁지겁 내려가는 그녀를 물끄러미 바라보았고 단박에 알아차렸다. 스쳐 가는 여자는 다음 버튼 주자인 지민이었다. 이상하게도 낯이 익었다.

"버튼 때문에 생긴 불행은 곧 극복될 테니 걱정 말고 조심히 가라고."

아라한이 지민의 등을 보며 혼잣말을 남겼다. 발을 구르는 소리가 모두 사라지자 한 문장을 덧붙였다.

"어차피 버튼을 누르면 더 큰 불행을 겪게 될 테니."

곧바로 원우가 있을 사무실로 향했다. 문밖에서 이미 비명을 들었다. 아라한은 소리가 새어나지 않게끔 사무실에 들어서자마자 문을 꽉 닫아 잠갔다. 앞을 보지 못하는 원우는 발소리를 듣고 지민이 돌아왔다 착각해 소리쳤다.

"119 불러! 빨리!"

아라한은 말없이 쪼그려 앉아 원우를 바라보았다. 데굴데굴 구르는 그의 어깨를 잡아 멈춘 다음, 얼굴을 감싸 쥔 손을 확 뺏어 펼쳤다. 화상을 입은 얼굴이 새빨갛게 달아올랐다. 원우는 눈을 감은 채 뭐 하는 짓이냐며 비명을 질렀다. 아라한은 참혹한 광경을 보고도 아무런 동요 없이 그의 눈꺼풀을 위아래로 잡아당겨 눈을 뜨게 만들었다.

"내가 누군지 보이느냐?"

힘겹게 뜬 눈 사이로 아라한을 본 원우가 헛발질을 하며 그에게서 벗어나려 했다. 어째서 그가 지금 이곳에 있는지 영문을 몰랐다. 무엇보다도, 괴로워 죽을 것 같은 자신의 모습을 보고도 차분한 아라한이 섬뜩했다.

아라한은 커피포트를 이리저리 흔들며 장난을 치고 있는 마구니들을 발견했다. 그들이 했던 경고처럼 원우는 버튼을 누른 지 3일 만에 그야말로 큰 '화'를 입었다.

"왜 이러십니까? 살려주세요! 으으으."

영문을 알 리 없는 원우가 계속해서 신음했다.

"얼굴이 이리됐으니 이제 준수한 이미지를 자랑하지 못해 어찌할꼬."

아라한은 무던한 표정으로 원우의 뒤통수를 쓰다듬었다. 기억을 지울 차례였다. 원우는 정수리에 닿은 따뜻한 체온을 받아들이지 않고 길길이 날뛰었다.

"안 돼! 얼굴에 문제 생기면 당신 가만 안 둘 거야!"

원우는 두려움에 빠져서도 보이는 것을 잃고 싶지 않다는 집착에 따라 움직였다. 좀비처럼 온몸을 휘두르는 탓에 아라한이 몇 대 얻어맞기도 했다.

꼴사나운 난투가 이어졌다. 마구니들이 간만에 볼거리가

생겼다며 키득거리며 손가락질했다. 아라한은 그들과 놀아 주고 싶지 않았다. 아라한이 원우의 뺨을 힘껏 내리치자 그가 휘청거리며 쓰러졌다.

쓰러지는 와중에 그는 본능적으로 균형을 잡기 위해 잠시 눈을 떴는데 순간 거울에 비친 본인의 얼굴을 보았다. 거울은 있는 그대로의 모습을 원우에게 비춰주었다.

"내 얼굴이? 으아아아!"

그가 절규했다. 고통스러워서인지 비통해서인지 알 수 없었다. 아라한은 끝까지 보이는 모습에 집착하는 원우가 징그러웠다. 서둘러 그의 머리칼을 다시 쓰다듬으며 기억을 지웠다.

외로운 비명이 사무실을 계속 채웠다. 마구니 패거리가 원우의 비명에 맞춰 춤을 추었다. 아라한은 그 모습을 보는 것이 즐겁지 않아 서둘러 사무실을 빠져나갔다.

손등을 바라보니 수보리의 손등과 다를 바 없이 연꽃이 생생히 빛났다. 성불이 임박했다. 불행에 고통스러워하는 인간들의 비명을 좀 더 견뎌야만 했다. 다음 차례는 지민이었다. 스쳐 지나가듯 읽은 그녀의 운명 역시 기구하기만 했다. 저마다 가련하고 초라한 인간의 사연이 더는 흥미롭지 않았다. 아라한은 서둘러 헤드셋을 껴 동생의 연주를 재생했다.

끈질긴 리듬의 반복이었다.

대체 마지막 순간까지 몇 걸음이나 남은 걸까, 그는 이제 벗어나고 싶었다.

인간이 인간을 미워하듯, 아라한도 인간이 미웠다. 그럴 때마다 그의 심장은 인간의 것처럼 뛰었다. 마음속에 아직 잔불을 남겨놓은 채로, 완전히 연소되지 못한 응어리를 인식했다.

무뎌졌다 믿었는데도 사라지지 않은 감정이었다. 그는 징그러운 인간과 자기가 닮았다는 걸 자각하는 순간마다 괴로웠다. 헤드셋을 꾹 눌러 귀를 파묻었다. 동생이 살아생전 남겼던 엉성한 음들이 반복됐다.

그리웠다.

돌아가고 싶었다.

눈을 감으면 펼쳐질 꿈처럼, 어느 날 아무런 이유 없이 과거로 돌아갈 수 있을까. 꿈은 가끔, 이뤄질 거란 희망보다 결코 이뤄지지 않으리란 좌절로써 끈질긴 생명을 얻었다.

'미련과 집착. 자네도 알고 있지 않은가.'

마구니의 말이 아라한의 온몸을 집어삼켰다. 그는 저항하고자 주먹을 꽉 쥐었다. 손톱이 손바닥을 파고들 만큼 더욱 힘을 줘 쥐었다. 마구니의 말에 분노를 멈출 수가 없는 건 그의 말이 터무니없어서가 아니었다. 오히려 그 반대였다.

수보리의 따뜻한 품이 필요했다.

***

아라한은 서울역으로 향했다.

한밤중임에도 서울역 택시 승강장에는 긴 줄이 이어져 있었다. 추위를 이겨내기 위해 사람들은 일행과 찰싹 붙어 차례를 기다렸다. 누군가의 얼굴에는 늦은 밤을 닮은 피로가, 누군가의 얼굴에는 여행을 앞둔 설렘이, 또 누군가의 얼굴에는 보고 싶은 상대를 향한 사랑이 있었다.

아라한은 저마다의 감정으로 뭉뚱그려진 풍경을 잠시 둘러보았다. 그의 머리에 재빠르게 각자의 운명이 스쳐 지나갔다. 모두의 마음 안에는 서로 다른 행복과 불행, 사랑과 분노가 공존했다. 인파 속에 미움으로부터 완전히 자유로운 존재가 없다는 것이 아라한을 비통하게 했다.

운명은 미움을 쥔 자들을 위해 대신 복수해주지 않는다. 그러니 줄을 선 모든 이들은, 살면서 한 번쯤은 아라한을 만날지도 몰랐다. 그가 성불하지 않는 이상.

아라한은 서울역으로 들어가 플랫폼을 살폈다. 여러 탑승구 중 수보리의 영적 기운이 느껴지는 8번 탑승구로 내려갔다. 거기엔 마지막 기차를 기다리며 땅을 살피는 수보리가 있었다. 아라한이 숨을 죽이고 살금살금 다가가 그녀의 등을 두드렸다.

"요즘도 서울역에서 돈을 줍는 겐가?"

수보리는 놀란 기색 없이 미소 지었다.

"오는 줄 알고 있었다네. 자네 덕에 쏠쏠하게 벌고 있지. 여기는 정말로 노다지야."

수보리가 주머니를 뒤적거리더니 두 손에 동전과 지폐를 잔뜩 담아 보였다. 아라한은 푼돈을 성실히 모으는 수보리가 퍽 귀여웠다. 천진하게 웃는 낯이 아무리 보아도 동생과 자꾸만 닮아갔다. 그 얼굴이 의아했으나 아라한은 티를 내지 않았다.

"수보리 자네가 이렇게 농땡이를 부리다니. 성불은 내가 더 빨리할지도 모르겠네."

그는 손등을 내밀어 생명을 머금기 일보 직전인 연꽃을 보여주었다. 수보리가 재빨리 자신의 손등도 옆에 갖다 대 비교하더니 입을 활짝 벌리며 기뻐했다.

"언제 이렇게 피었단 말인가? 축하하네. 아라한이 먼저 간다면 심심해서 어쩌나."

"전세가 역전됐네."

"다음 차례는 어떤 인간인가?"

"20대 청년일세. 이전 인간이 누른 버튼 때문에 불행을 받게 됐는데 아마 내일쯤 행운을 얻어 상쇄가 될 거라네. 그때 나타나서 버튼을 누르게 할 참이네. 오늘 스치며 보았는데 어린 시절부터 오라비를 미워한 것 같더라고. 빤한 이야기에 빤한 상대이지."

더 말해봤자 입만 아프다는 표정이었다. 수보리가 그의 표정 뒤에 숨어 있는 본심을 보고선 가까이 다가갔다.

"그런데 왜 기뻐하지 않는가?"

그녀가 아라한의 차가운 뺨을 어루만졌다. 천진했던 얼굴이 한순간에 걱정이 역력한 표정으로 바뀌었다. 아라한은 가까이 다가온 수보리의 얼굴을 보자 마음이 심히 혼란스러워 얼른 손을 떼 한 걸음 뒤로 물러났다.

"실례였다면 미안하네."

수보리가 무안함을 숨기고 사과했다. 그녀는 서둘러 손을 감추었고 아라한은 말을 아꼈다. 조용한 두 숨결이 허연 김으로 피어났다.

먼발치에서 환한 불빛이 보였다. 차가운 밤공기를 잔뜩 실은 기차가 들어오고 있었다. 둘의 곁으로 쏜살같이 바람이 스쳐 갔다. 수보리가 날리는 머리카락을 잠시 손으로 묶어두며 말했다.

"오늘 서울역에서 볼 마지막 사람들이라네."

그녀가 주머니를 두드리곤 엄지와 검지를 맞대 돈 모양 사인을 보냈다. 분위기를 바꿔보려는 장난이었다. 아라한은 그녀를 한참 바라보았다. 동생뿐만 아니라 이제는 준혁도 떠올랐다.

"수보리. 내게도 알려주시게나."

"무엇을?"

"자네는 용서하는 인간에게 복을 주는 일을 하고 있지 않은가."

"그렇지."

"누군가를 용서하는 인간이 세상에 있긴 한가?"

기차가 도착하고 문이 열렸다. 마지막 승객들이 짐을 들고 우수수 하차하기 시작했다. 수보리는 군중 속에서 흔들림 없이 자신의 손등을 보여주었다.

"이 꽃을 피울 만큼 많다네."

아라한은 자신들을 지나쳐 에스컬레이터와 계단으로 향하는 사람들을 물끄러미 보았다. 그들에게서 결이 다른 운명이 읽혔다. 모두에게 미움이 있었다.

"그런데 어찌하여 내 눈에는 미련과 집착으로 뭉쳐진 미움밖에 보이지 않는 것인가."

"그거야 자네가 업보를 주는 버튼을 갖고 있으니 그렇지 않겠는가?"

"아니라네. 저들의 마음을 읽어보시게. 모두가 미움을 품고 있다네."

"내게는 그리 보이지 않는다네."

아라한이 풀리지 않는 문제를 보듯 수보리를 바라보았다. 그녀는 개의치 않고 출구로 향하는 사람들을 가리켰다.

"보시게나. 아라한, 저들이 모두 똑같은 운명을 산다고 생각하는가?"

"그렇지 않네. 운명은 모두 다르다네."

"맞아. 저리도 많은 운명이 존재한다네. 만약 모든 존재가 미움만으로 살아간다면, 어찌 각양각색의 운명이 존재할 수 있겠는가?"

아라한은 부정하지 못했다.

찰나에 읽은 운명은 참으로 다양했다. 아름다운 여생과 비참한 말로가 공평히 섞여 있었다. 허나 아라한이 나타나 버튼을 내미는 순간 모두가 불행해질 게 빤했다. 마음에 미움의 티끌 하나 없는 이는 없었으니까. 결국 운명이 얼마나 다양한지는 무용한 이야기였다. 아라한은 마음만 먹으면 이 세상 모든 인간을 마구니의 손아귀로 밀어 넣는 게 가능하다고 생각했다.

"아라한."

수보리가 그의 공허한 시선을 다시 붙잡았다.

"자세히 보아야 예쁘고 오래 보아야 사랑스럽다는 시도 있지 않은가. 마음 그릇에 측은지심을 담으면 저들은 풀꽃이 된다네. 비록 버튼을 내밀어야 한다 해도 자네의 마음마저 버튼에 집어삼켜지지 마시게나. 자네가 정우로 살았을 때 가졌던 그릇을 잃지 않았으면 해."

모든 인파가 하차한 뒤 텅 빈 기차의 내부 조명이 소등됐다. 광활한 공간에 적막이 채워졌다. 수보리가 뒤를 돌았다. 그러곤 바닥에 떨어진 동전을 샅샅이 찾아다녔다. 백 원짜리 하나라도 주울 때면 어김없이 "심 봤네!" 큰 소리를 외쳤다. 아라한은 그녀의 뒷모습을 보며 말없이 발걸음을 옮겼다.

열심히 돈을 줍던 수보리가 떠나는 그를 향해 소리쳤다.

"아라한!"

그가 뒤를 돌아봤다. 반짝이는 동전들을 손에 쥔 수보리는 분명 미소를 짓고 있었다.

"자네도 꽃이라네."

그는 고개를 갸웃거렸다.

"볼수록 아름다운 존재. 나는 나를 믿는 만큼 그대도 믿고 있다네!"

아라한이 잠시 멈춰 수보리를 응시했다. 정말로 자신도 꽃 같은 존재가 될 수 있을까, 아라한은 선뜻 그 말에 동의하기가 어려웠다. 그러나 고개를 끄덕이지 않고서는 버틸 수가 없었다. 누군가에게서 믿는다는 말을 들어본 것이 과연 얼마 만이던가. 그는 심장이 뭉클해지는 걸 감추기 위해 서둘러 고개를 숙여 발걸음을 재촉했다. 수보리의 음성이 아무리 멀리 떠나도 사라지지 않고 그를 위로했다. 새벽을 향하는 칠흑 속을 걷고 있음에도 혼자가 아니라는 생각이 들었다.

그녀의 말은, 분명 들어본 적이 있던 말이었다.

#7

용서, 지민

"누군가의 장난에 놀아나는 것 같아."

지민은 요 며칠 롤러코스터를 타는 마음이었다. 대표의 패악질에 진절머리를 느껴 그만두겠다고는 했으나 당시에는 객관적으로 따져보면 퇴사할 처지가 아니었다. 오빠가 잘못 섰다는 빚보증은 3천만 원이었다. 3천이라 하면 어떠한 금액인가. 요즘 세상에 3천만 원으론 집 한 채를 사지 못한다. 이제 막 대학에 입학한 동생의 4년 치 학비와 교육비의 합계에도 미치지 못할 금액이리라. 30,000,000. 길게 늘어진 0의 개수와 달리 그 용도가 무한하지 않았다. 누군가에겐 차 한 대 처분하면 금방 만들지도 모를 금액이기도 했다.

문제라면 지민의 가정에는 집, 학비 그 무엇으로도 충당이 불가한 그 3천조차 없다는 점이었다.

집 안에 웬 벌레가 한 마리 있었다.

그는 모친과 지민을 오랫동안 끈질기게 괴롭혔다. 가족들이 힘겹게 모아놓은 통장 잔고를 야금야금 갉아먹었다. 어떤 날에는 뒷자리 0을 통째로 떼먹기도 하고 또 어떤 날에는 앞자리 숫자를 갉아먹었다. 대체 언제부터 벌레와 함께 살았을까. 어린 시절을 회상하노라면 그때에도 벌레는 있었다.

세상 사람들은 불행한 가정을 바라볼 때 특별한 계기를 찾고 싶어 한다. 집안에 불현듯 들이닥친 서사 같은 것들 말이다. 하지만 햇볕이 잘 들지 않는 그늘 아래에서 식구들은 더 이상 원인을 찾지 않았다. 지민은 그녀의 최초부터 빛을 많이 보지 못했다. 눅눅한 집에 곰팡이가 피고 벌레가 들끓는 건 오래된 현상이었다.

천둥번개처럼 집안을 뒤흔드는 형제의 고성은 곧 재앙이었고, 가장 건장한 사람의 가장 무분별한 위력은 재난이었다. 지민은 목소리가 큰 애벌레와 날 때부터 줄곧 함께였다. 진작 그를 내쫓지 못했던 모친의 유약함은 딸에게까지 전이되는 바이러스였다. 가족의 고혈을 먹고 오동통하게 자라나는 녀석을 보며 그녀들은 바랐다. 차라리 나비라도 되기를. 하다못해 나방이라도 돼 날아가기를.

허나 벌레는 변화하지 않았다. 시도 때도 없이 바깥으로 기어나가면서도 수일이 지나면 어김없이 돌아왔다. 벌레가 긇는 집에서 지민은 가짜 장녀라는 누더기를 입어야만 했다.

그녀가 사회에서 1인분 몫을 해내는 꼬마 어른이 됐을 때 오빠의 횡포는 심해졌다. 집 안을 뒹굴며 모든 걸 무너뜨렸다. 지민과 모친 그리고 동생은 오랜 시간을 고통 속에 살았다. 지민은 애벌레가 쥐도 새도 모르게 사라졌으면 좋겠다고 하늘에 빌고 또 빌었다. 어떻게든 없애버리고 싶다 생각한 적이 한두 번이 아니었다. 이런 상황에서 최선을 다해 일상을 사는 일이야말로 참혹한 짓이었다. 무너진 구석을 고쳐놓으면 어김없이 또 애벌레가 균열을 만들었으니.

그래서 지민은 3천만 원짜리 불행을 듣고 회사에서 나와버린 그날, 차라리 개운했다. 황급히 집으로 향하는 발목에는 희망 한 점 남아 있지 않았다. 세상에서 제일 순수한 불행이 있다면 곧 자신의 것이라 믿었다.

그러니 다행이지 않았겠는가. 이제 열심히 살 필요가 없어졌던 것이다. 모친과 동생이 모두 좌절해버려도 좋겠다는 생각이 들었다. 전부 포기하면 편해, 홀가분해지리라 믿었다. 그런데.

"2등이라고?"

"응. 하필 2등."

"세상에! 신이 우릴 돕나 보다."

"아니지. 이건 도운 게 아니라 갖고 노는 거야."

"씁! 그런 말 하면 못써."

생뚱맞게 복권에 당첨됐다. 등수는 2등이며 액수는 세금을 다 떼니 3천이 조금 넘었다. 지민에겐 헛웃음이 나오는 우연이었다.

다른 사람의 손에 들어갔다면 밝은 미래를 상상하는 데 쓰일 귀한 돈이었겠으나 지민과 모친에겐 미래가 없었다. 당장 오빠가 가져온 빚을 처리해야 했다. 그럼에도 모친은 닭똥 같은 눈물을 몇 줄기 흘리며 기뻐했다. 지민을 개운하게 했던 순수한 불행은 어정쩡한 희망에 완전히 상쇄당했다.

"재수가 있으려다 말았니? 기왕이면 1등이 될 것이지."

오빠는 고맙다는 말 한마디 하지 않았다. 익숙한 홀대였으나 그날만큼은 지민도 분이 풀리지 않아 큰소리를 쳤다. 장성한 동생이 자신과 똑 닮은 천둥소리를 내는 것을 보고 오빠는 상욕을 뱉곤 나가버렸다. 아마 할머니나 삼촌 댁으로 갔으리라. 길어도 3일 안에 돌아올 뒷모습이었다. 평상시였다면 어깨를 잡아 뜯으며 반항을 말렸을 모친이었지만 그날은 잠자코 자식의 출가를 지켜봤다.

아들의 모습은 실망스럽긴 했으나 놀랍지는 않았다. 모녀는 익숙하다는 듯이 금세 평정을 되찾았다. 긴 세월 끝에 갖게 된 일종의 내성이었다.

"우민이 오면 닭볶음탕 해 먹자. 남은 돈으로 가까운 데 가서 외식이라도 할까?"

"외식은 무슨. 돈 아껴. 나 재취업하면 가자."

"그래. 괜한 말 해서 미안하다."

"누가 사과하래? 걱정 마. 나 일 하나는 잘하니까. 날 모셔갈 회사는 운 좋은 거야."

지민이 부엌 수납장에서 장바구니를 꺼냈다. 빚을 갚는 데 당첨금을 거의 다 썼지만, 먼지처럼 남은 돈이 조금 있었다. 식구들과 닭볶음탕 한 그릇 정도는 잔뜩 먹을 수 있었다. 당첨은 당첨이니 그녀도 기분을 내고 싶긴 했다. 복권 당첨이 아니라 공짜 닭볶음탕 당첨된 셈 치자, 지민은 모친 대신 저녁 장을 보러 집을 나섰다.

유난히 밤길이 어두웠다. 희뿌연 안개가 앞으로 나아갈수록 더욱 짙어졌다. 내일 비가 오려나 보다, 개의치 않으려 했으나 이상하리만치 고요한 골목길이 낯설었다. 늘 다니던 길임에도 조금씩 두려워졌다. 장바구니를 두 손으로 꼭 쥐었다. 하필이면 동네에서 가장 염가로 식자재를 판매하는 마트가 꽤 멀었다.

땡전 한 푼이라도 아끼기 위해 지민은 차가운 밤안개를 헤쳤다. 그 안개가 인도해준 것은 마트로 가는 길이 아닌 아라한이었다.

"장 보기엔 시간이 꽤 늦었도다."

"뭐, 뭐예요!"

점점 다가오는 실루엣이 영락없는 도인이었다. 개량한복, 덥수룩한 장발. 지민은 얼마 전 심심풀이로 읽었던 인터넷 도시괴담이 생각났다. 어쩌고 살인마, 저쩌고 사이코패스, 뭐 그런 호러물이었다. 어쩐지 요즘 큰일이 자꾸 생기더니 죽으려고 그러나 보다, 지민이 다리에 힘을 주고 버텼다. 몸이 벌벌 떨렸으나 뒤돌아 가진 않았다.

아라한의 아우라가 그녀를 서서히 홀렸다.

"오라비가 네 인생을 괴롭게 하지 않았느냐. 복수할 기회니라."

아라한이 그녀 앞에 우뚝 섰다. 어두운 밤 유일하게 빛나는 버튼을 내밀었다. 어김없이 볼레로가 재생됐고 지민은 당혹스러움을 감추지 못했다. 아라한은 상대가 품고 있는 미움을 단박에 읽어 자극했다.

지민은 오빠를 미워했다. 미움은 본래 예민하며 말캉하다. 건들면 금방이라도 터질 풍선껌처럼 쉽게 부풀어 오른다. 하지만 터지지 못한 미움은 증오가 된다. 증오는 말캉하지 않다. 그것은 단단한 돌로 변해 어떤 충격에도 쉽게 깨지지 않는다.

아라한은 지민의 마음속 검은 돌을 보았다.

버튼이 강하게 요동쳤다.

버튼은 얼른 상대의 증오를 타고 들어가 복수심을 불러일으키고, 크나큰 업보를 내리길 원했다. 마구니들이 냄새를 맡고 모여들기 시작했다. 그녀가 버튼을 누르길 기다리는 중이었다. 사방에서 다리를 쭉쭉 펴고 튀어 오를 준비를 했다. 몸, 어깨, 심장, 눈, 어떤 곳이든지 관계없었다. 서둘러 고통을 주고 싶어 했다.

아라한은 야비한 마구니의 얼굴을 피해 지민만을 바라보았다. 하필이면 그녀가 최근에 겪은 불행이 빚보증이었다. 준혁이 떠오르지 않을 수가 없었다. 전혀 상관없던 두 손가락이 맞붙는 듯이 어떠한 중첩이 느껴졌다.

지민의 인생은 풍족하지 않았다. 허나 금희 때도 보았듯 가진 게 없는 자라고 꼭 청렴하지는 않았다. 아라한은 괴로워하면서 동시에 지민을 한심하게 바라보았다. 속마음으로 진언을 외우며 버튼을 더 가까이 내밀었다. 모든 설명이 끝났다. 이제 지민이 업보를 쌓기만 하면 됐다.

그녀가 장바구니를 쥐고 있던 손 하나를 풀어 내밀었다. 눈이 달빛에 반짝였다. 과연 살아있는 인간다웠다. 그리고 그녀는.

"헛소리하지 마세요."

버튼을 쳐냈다. 뜻밖의 당찬 행동에 아라한이 버튼을 놓쳤다. 그가 허리를 숙여 버튼을 줍고는 지민을 노려보았다.

"이런 무례한 인간 같으니라고."

"차라리 돈으로 줘요."

그녀가 옆을 쌩하니 스쳐 지났다. 아라한이 황당해하며 재빨리 뒤를 쫓았다. 잰걸음으로 앞질러 다시 길을 가로막았다.

"가더라도 누르고 가거라. 네 마음속에 미움이 요동치지 않느냐?"

"뭐 하는 사람이에요, 아저씨?"

"아저씨?"

젊은 나이에 죽은 아라한이었다. 절대 아저씨로 보일 리가 없었다. 나름 호감형 외모라는 자부심이 있는 그였다. 지민의 건방진 행동에 말문이 막힌 아라한이 허, 참, 감탄사를 몇 번 뱉고선 다시 버튼을 내밀었다.

"네 오라비에게 응당한 불행을 주기 위해선 지금밖에 기회가 없다. 이 버튼을 누르지 않으면 너는 평생 오라비에게 복수할 수 없으리라."

"실험 촬영인가? 유튜브 해요?"

"이리도 눈치가 없는가. 영적 존재니라. 지금은 네 마음의 소리만 듣거라."

"내 마음이 관심 없다네요."

지민은 한사코 버튼을 누르지 않았다. 몇 번이고 회유해도 돌팔이 도인 취급하며 무시해버렸다. 이쯤 되면 안달이 나는 쪽은 아라한이었다.

"일단 눌러보라. 네게는 덤으로 복도 조금 주겠느니라."

지민의 미움은 다른 이들의 것과 달리 제법 정당해 보였다. 그의 오빠가 악독하기 그지없는 구제 불능이었기 때문이다. 아라한은 처음으로 복수가 정당해 보이는 상대를 위해 흥정까지 했지만 먹히지 않았다. 친근하게 이름을 불러도 소용없었다. 보다 못한 지민이 장바구니를 휘두르며 아라한을 쫓으려 했다. 장바구니를 피하며 뒷걸음질 치다 아라한은 볼품없이 엉덩방아를 찧었다.

"어떻게 마음을 읽었는지 모르겠지만 관심 없으니까 가요, 좀!"

이상했다. 분명 형제가 없어지길 바라면서 왜 버튼을 누르지 않는 건지 아라한은 알 수 없었다. 씩씩거리면서 앞으로 나아가버리는 지민을 바라보았다. 마구니들은 좋다가 말았다며 어둠 속으로 사라졌다. 고요한 길 위, 달빛이 어정쩡한 자세로 앉아 있는 아라한을 비추었다. 그의 손등에 새겨진 연꽃만이 밤중에도 훤하게 빛났다.

진언에 홀리지 않은 존재를 만나버렸다. 실패했음에도 기분이 짜릿했다.

묘한 쾌감이었다.

***

어김없이 찾아온 아침의 온도가 평상시보다 조금 낮았다. 직장인들은 한 손을 주머니에 찔러 넣고선 몸을 움츠렸다. 반대편 손에 통일이라도 한 듯 김이 펄펄 나는 커피 한 잔을 들고 분주히 움직였다.

지민은 얼마 전까지 자신과 다름이 없었던 모습들을 송장처럼 멍하니 바라보았다. 항상 사무실에서나 맡던 커피 냄새를 카페에서 맡으니 기분이 울적했다. 새로 갈 회사는 커피와는 아무런 상관이 없는 곳으로 찾아보자고 다짐했다.

자몽티를 한 입 마시곤 노트북을 켰다. 차 한 잔으로 빈속을 달래는 게 아쉬웠으나 스콘 하나가 4천 원이니 감히 먹을 수가 없었다. 그녀는 물끄러미 디저트 진열장을 보다 얼른 고개를 돌렸다.

"막막하네."

지원서를 쓰기 전 마른 손을 맞부딪쳤다. 종이를 비비듯이 사삭거리는 마찰음을 몇 번 내고는 서둘러 키보드 위에 손가락을 조준했다. 자, 집중해서 빨리 끝내자고, 그녀는 전의를 가다듬고 취업 사이트에 접속했다. 높은 연봉순으로 정렬해서 최상단부터 쭉쭉 훑어 내려갔다.

석사 이상, 경력 5년 이상, 외국어 능통자, 뭐라 뭐라 많기도 한 조건들. 오랜만에 발을 디딘 취업 시장은 결코 만만하지 않았다. 일단은 공통 자소서부터 작성해보기로 했다.

"재취업이라. 과연 중생들에게 험준한 시대로다."

아라한이 불쑥 튀어나와 맞은편에 앉았다. 방금 막 들어왔는지 그에게선 아침 공기 냄새가 났다. 지민이 깜짝 놀라며 정체를 살폈으나 어젯밤 본 이상한 도인이라는 것 말고는 정보가 없었다. 단지 차이점이 있다면 이번에는 머리를 묶었다는 것 정도였다.

"어제 그?"

"내 다시 너를 찾아왔도다."

"그 아저씨?"

"아저씨라니!"

아라한이 지민을 노려보았다. 사내치고는 나름 장발이긴 하나 묶기엔 무리가 있던 기장이라 그는 애처롭게 만들어진 머리꽁지를 의식적으로 만지작거렸다. 한눈에 보아도 달라진 점을 알아달라는 손짓이었다. 아저씨라는 표현을 상당히 신경 쓰고 있었다.

지민은 어째서 개량한복을 입은 도인이 자신에게 새로운 스타일을 뽐내는 건지 상황이 받아들여지지 않았다.

"버튼을 누르지 않았으니 기회를 주고자 다시 왔도다."

아라한이 지민 앞에 다시 나타난 목적은 두 가지였다.

첫째, 그녀를 다음 순서로 점찍은 이상 버튼을 누르게 만들고 싶었다. 버튼을 누를 사람은 이 세상에 차고 넘쳤지만, 계획한 순서를 물렸던 적은 없었다. 어젯밤은 무엇 때문인지 영력이 약해 지민을 홀리지 못했다고 여겼다. 미워하는 대상이 분명하면서도 버튼을 누르지 않는 인간이 흥미로운 점도 있었다. 그러니 확인을 할 필요가 있었다. 정말로 상대에게 복수할 마음이 없어서 버튼을 누르지 않은 것인지 아니면 그저 우연이었는지.

둘째, 본인이 아저씨가 아니란 점을 인지시켜주고 싶었다. 첫째 목적만큼이나 중요했다.

지민은 갑자기 카페에 붐비던 인파들이 마법처럼 빠져나가는 광경을 보았다. 아라한이 나타난 뒤로는 백색소음까지 멎어 들어 꼭 다른 세상에 내던져진 것 같았다. 그가 금빛 버튼을 내밀자 급기야 배경음악까지 바뀌었다. 분명 빌보드 팝송이 나오던 카페에 별안간 볼레로가 재생됐다.

어젯밤 그가 한 뚱딴지같은 말을 기억하고 있었으나 지민은 현실주의자였다. 아무리 생각해도 그녀에게 이건.

"버튼 안에 카메라 있죠?"

유튜브 촬영밖에 더 되지 않는 상황이었다.

"카페까지 섭외했나 봐. 대박이다. 저 출연료 줘요?"

아라한은 그녀의 반응이 의아했다. 마음에 미움을 품고 있으면 영력에 현혹되지 않을 리가 없었다. 오기가 생겨 잔재주를 부렸다. 검지를 시계 반대 방향으로 회전시키니 지민이 마셨던 자몽티가 다시 새것처럼 채워졌다. 오른쪽으로 돌리니 먹었던 대로 양이 줄어들었다. 테이블에 놓인 미니 화분에 손을 대자 작은 꽃이 피었고 손을 떼니 온데간데없이 사라졌다.

점차 지민의 눈이 커졌다. 연출이라고 하기에는 아무런 트릭이 보이지 않았다. 컵을 들어 티를 확인했으나 어떤 장치도 없었다.

마지막으로 손가락을 까딱하니 지민의 노트북이 꺼졌다.

"어라?"

"내 존재를 의심하지 말거라."

그가 두 팔을 활짝 벌려 과시하는 자세를 취했다.

"아씨! 자소서 저장 안 했는데 뭐 하는 짓이에요? 미친 아저씨네!"

지민은 아라한의 마법에 감탄하려다 꺼진 노트북을 보고 짜증을 참지 못했다. 노닥거리면서 서류를 몽땅 날려버려도 괜찮은 상황이 아니었다. 우연히 만난 낯선 이의 기교에 박수를 쳐줄 정도로 낭만을 즐길 사람 또한 아니었다. 억울한 표정으로 노트북을 다시 켰지만 이미 작성해놓은 서류는 날아갔다.

아라한을 흘겨보며 눈앞에 나타나지 말라 경고했다. 어젯밤부터 왜 자신에게 이상한 소리를 늘어놓느냐 따지기도 했다.

재주에 놀라지 않는 인간은 처음이라 아라한은 난처해하면서도, 지민의 반응이 괘씸했다. 그가 쾅– 하고 테이블을 내려치니 밝았던 아침 카페 전경이 순식간에 어둠에 휩싸였다. 그가 분노했다. 사실은 또 아저씨란 소리를 들은 게 제일 화가 났다.

"너에게 기회를 주고자 왔거늘 인간 주제에 나를 의심하는 게야?"

"갑자기 왜 이러세요?"

그제야 지민이 주변을 살폈다. 분명 오전 아홉 시를 살고 있었는데 밤 아홉 시보다 더 짙은 어둠이 세상을 삼켰다. 거리를 지나가는 행인은 한 명도 없었다. 카페 안에는 점원, 손님 누구도 남아 있지 않았다. 그가 테이블을 내려치는 바람에 간신히 묶어두었던 꽁지머리가 슬금슬금 풀렸다. 다시 어젯밤처럼 긴 머리칼을 한 사내가 됐다.

지민은 억울했다. 요 며칠간 정말로, 이상한 일이 자꾸만 벌어졌다. 재수가 없는 게 분명했다. 이 남자가 저승사자라면 이제는 죽겠구나 싶은 마음이 들었다. 그래, 차라리 지금 죽는다면 다행일지도 몰랐다. 힘들게 재취업할 일도 없거니와 갑갑한 현실과도 영원히 이별할 수 있으니까.

다만 집에 남겨둔 닭볶음탕이 아쉬웠다. 그게 마지막 식사였다면 더 많이 먹을걸. 지민은 마지막 순간에 닭볶음탕이 떠오르는 게 우스웠지만 아무튼 겸허하게 눈을 감았다.

"무슨 생각을 하는 것이냐? 네 목숨 따위 한 트럭으로 줘도 안 가진다."

아라한은 지민의 속을 읽으면 읽을수록 어처구니가 없었다. 자신이 어떤 존재인지 이제 눈치를 챘을 텐데도 원하는 행동을 하지 않았다. 아침부터 괜한 일에 힘을 써버린 게 후회되긴 했으나 정신을 가다듬고 버튼을 다시 가리켰다. 그는 여러 번 설명하는 걸 싫어했다.

"너를 이리 만든 놈이 밉지 않으냐? 운명이 너를 돕는 기회는 흔치 않도다. 어찌 잡지 않을 수 있겠느냐?"

황금색에 연꽃 장식이 덕지덕지 붙어 있는 버튼과 카페의 어둠이 버무려져 제법 을씨년스러운 풍경이 완성됐다.

"제 마음을 다 읽을 수 있나요?"

"그래."

"저는 오빠한테 그런 식으로 복수할 생각이 없어요."

"내게 거짓을 고하지 말라. 그가 사라져버렸으면 좋겠다 생각한 적이 많지 않았느냐."

"그렇죠. 그냥 마음이 그랬죠. 정말로 죽길 바라는 건 아니었어요."

"걱정 마라. 죽이지 않는다. 다만 3천만 원어치의 불행을 줄 것이다."

아라한은 지민의 운명을 내다보았다. 그녀가 버튼을 누르면 오빠 성민에게 큰 병이 생겨 당장 응급실로 이송될 것이다. 그로 인한 치료비의 총합이 3천이리라. 물론 형제에게 주어질 불행이지만 동시에 지민의 업보가 될 것이기도 했다. 이 가정의 불행은 꼼짝없이 가짜 맏이의 몫이 되니까.

그녀에게 예정된 업보는 이것과 더불어 더욱 막중해질 책임감이었다. 오빠의 아픔을 보고 느낄 통쾌함은 짧디짧았다. 버튼과 그녀를 번갈아 보았다.

시간문제였다.

"모두가 평온한 아침을 시작하는 와중에 너는 여기에서 한숨으로 하루를 시작하는 이유가 무엇인지 알라. 단지 네 상황이 어려워서가 아니다. 너를 이리 만든 오라비를 잊지 말아야 한다. 가족을 갉아먹은 상대를 언제까지 봐줄 수 있겠느냐? 복수하라. 네가 겪어온 고통을 돌려주어라. 네 운명이 나를 불렀도다."

아라한이 진언을 걸었다. 지민의 눈동자가 흔들렸다. 그녀는 버튼 위에 손을 올려 촉감을 느꼈다. 차갑고 단단했으며 또한 매끈했다. 정말로 황금의 표면을 만지는 기분이었다. 그렇게 손에 살짝 힘을 주었으나.

"어제도 말했지만 저는 안 누를래요."

그대로 버튼을 밀어 아라한에게 되돌려주었다. 아라한은 재차 진언이 먹히지 않는 상황을 겪으며 고개를 꺾었다. 납득이 어려웠다. 진언을 걸고, 다시 또 걸었으나 한사코 거절당했다. 그녀는 오빠를 미워하고 있다는 사실을 인정했지만 버튼을 누를 마음이 없다는 말을 되풀이했다. 아까까지만 해도 아라한의 재주에 놀라던 얼굴이 이제는 초연했다.

"네 몸과 마음에 남은 상처가 내 눈에는 다 보이니라. 진심을 속이지 말라."

"꼭 내 마음을 다 아는 듯이 말하시지만 역시 신은 없나 보네요. 아저씨조차도 내 마음을 완전히 읽지 못하는 걸 보면."

"뭣이?"

이번에는 아저씨란 단어에 발끈한 게 아니었다.

"어떻게 가정을 쑥대밭으로 만든 오빠를 안 미워할 수가 있겠어요? 알아요. 우리 오빠는 다른 집 오빠들처럼 자상해지거나 책임감 있는 사람으로 살기엔 글렀어요. 저도 아는데요. 그렇다고 오빠한테 불행을 줘서 복수할 마음은 없어요."

아라한은 그녀의 목소리에서 진심을 느꼈다. 속내를 숨기는 가증이 아니었다. 미움에 사로잡혀 사는 인간들은 꼭 전쟁 통에 내몰린 병사들 같아서 어떻게든 적진에 포탄이 내려지길 바랐으나 지민은 눈앞에 쥐여준 무기조차 거절하고 있었다.

맥이 풀려버렸다.

싸울 의지가 없는 존재의 감정은 뒤흔들 수 없었다. 테이블을 내려쳤던 주먹이 풀리니 다시 카페엔 아침의 빛이 돌아왔다. 언제 그랬냐는 듯 점원이 커피머신을 켜고 에스프레소를 내렸다. 익숙한 대기가 지민을 감쌌다. 어둠과 번갈아 찾아온 빛은 좀 더 높은 온도로 느껴졌다. 분명 어제보다 추운 아침임에도 말이다.

"어찌하여 그리 생각하느냐."

아라한이 물었다. 지민은 조금 머뭇거리다 답했다.

"엄마가 슬퍼할 테니까?"

돌아온 아침을 확인하고선 다시 노트북을 열었다. 방금 겪은 일로 인해 손이 덜덜 떨렸으나 그녀는 애써 아무렇지 않은 척을 했다. 가짜 맏이에겐 해야 할 일이 있었다. 얼른 취업을 해 가족을 책임져야만 했다. 그러니 놀라운 일과 서글픈 일 사이에서 멈춰 있을 여유가 없었다.

아라한이 조용히 일어나 의자를 정리했다.

"흥미롭도다. 우리는 불시에 다시 만나자꾸나."

그는 곧바로 카페를 떠났다.

***

봄 다음 곧바로 가을이 올 리는 없었다. 대낮에 달이 뜰 일도 없었다. 모쪼록 그럴 일은 없었다. 아라한이 내민 버튼을 끝내 거절하고야 마는 결과 역시 인간에겐 해당 사항이 없었다. 아라한은 지민이 마지막에 남긴 말이 어떤 의미인지 와닿지가 않았다. 하지만 풀지 못해 포기하고 싶어지는 문제는 아니었다. 풀이 과정을 알아내서라도 반드시 답을 보고 싶었다.

아라한으로 살며 처음으로 맞이한 연구 대상이 싫지 않았다. 자신을 아저씨라 부르는 고약한 인간에게 그는 흥미를 느꼈다.

아라한은 인간이 보지 못하는 영적 상태로 지민의 일상을 지켜보았다. 백수가 된 그녀는 딱히 설명할 게 없는 일상을 살았다. 다른 백수들과 차이가 있다면 가족에게 걱정을 끼치지 않기 위해 집이 아닌 밖에서 대부분의 시간을 보냈다. 평일엔 제한 시간이 없는 카페에서 오랫동안 서류를 작성했고, 저녁엔 허기를 채우러 편의점으로 향했다. 컵라면과 김밥으로 끼니를 해결하는 모습이 익숙해 보였다. 심야 시간에도 PC방으로 향해 취업 공고를 탐색하기도 했다.

주말에는 한식집에서 아르바이트를 했는데 원우네 회사에서 잘리기 전에도 일손이 부족하다는 호출을 받으면 적은 시급이나마 받기 위해 종종 투잡으로 일을 했었다. 콩나물 반찬과 계란말이를 서빙하는 모습을 목격했을 때, 그제야 아라한은 어째서 지민이 낯익은지 알아차렸다. 그는 여태껏 차례차례로 인간을 불러낸 버튼이, 이번만큼은 다른 의도를 가졌을지도 모르겠다는 의구심에 빠졌다.

왠지, 마지막과 처음이 닿아 있는 건 아닐까 하는.

그 외에 지민의 일상에는 다른 흥미로운 점이 없었다. 밋밋한 삶이었다. 돌 같은 미움과 증오를 품었으면서 이토록 평범하게 사는 게 신기하기까지 했다. 보통의 인간들은 미워하는 이가 생기면 틈이 날 때마다 상대를 상상하며 이를 부득부득 갈거나 상대가 잘 사는지 못 사는지 근황을 염탐했다.

헌데 지민은 구차하지 않았다. 대상이 형제라 그런가, 아라한은 그녀의 감정 날것 그대로가 궁금했다. 초인도 아니거니와 한낱 인간인 주제에 이토록 초연해선 안 됐다. 그래서 종종 심술을 부렸다.

지갑에서 지폐 한 장을 몰래 빼 없애버렸다. 그러면 지민은 편의점에서 사 먹을 김밥 하나를 포기했다. 두 장을 빼내면 라면도 포기했다. 속내에 별다른 동요는 없었다.

'왜 나는 이런 식으로 살아야만 해. 나만 힘들 순 없어.'

아라한이 원한 답이지만 실현되지는 않았다. 아라한은 가끔 지민이 즐겨찾기에 추가해놓은 기업 공고를 화면에서 감춰버렸다. 늦은 밤 축 늘어진 어깨로 귀가하는 그녀를 슬쩍 밀어 넘어뜨리기도 했다. 모범 답안이 나오게끔 상황을 만들어도 지민은 벨질 않았다. 손을 빙빙 돌려 그녀의 마음을 은근히 흔들어놓아도 들려오는 속마음이 단출했다.

'오늘 재수가 없나 보다. 하긴 내 인생은 늘 그랬지.'

지민은 잠들기 직전에나 며칠 전에 만난 아라한을 상상했다. 인간이 아닌 게 확실했으나 분명 인생에 도움이 될 리는 없을 존재, 지민이 내린 평가였다. 아라한은 그 평가를 엿들으며 뾰로통해졌다. 졸지에 재수 없는 악인이 된 기분이었다. 하는 행동으로 미루어보아 부인하지 못할 사실이긴 했다.

지민이 악한 마음을 먹질 않으니 운명 역시 바뀌지 않았다. 아라한의 심술에도 불구하고 그녀는 중소기업 서류 전형에 합격하여 면접 기회를 얻었다. 아라한은 지민이 늘 들르던 카페에서 평상시와 다름없이 그녀를 기다렸으나 오지 않았다. 그는 이참에 지민의 가족들 모습을 보고 싶어 몰래 집을 방문했다. 주거침입죄에 저촉받지 않는 존재라 입퇴장이 자유로웠다. 몰래 들어간 집이 좁디좁았기에 그녀를 찾는 일은 식은 죽 먹기였다.

지민은 거실에서 면접용 정장을 다렸다. 부엌에는 모친이 있었고 동생과 오빠는 아직 돌아오지 않은 듯 보였다. 아라한은 무례한 손님이 돼 집 구석구석을 살폈다. 그녀의 일상만큼이나 별 볼 일 없는 내부였다. 노랑 장판이 발바닥에 은근히 달라붙었다. 안방 쪽 체리 몰딩은 이 집이 얼마나 오래됐는지를 가감 없이 보여줄 만큼 색이 바랬다. 가구들은 하나같이 20년도 더 된 연식을 자랑했다.

아라한은 살아생전 자신이 살았던 집이 겹쳐 보였다.

짧은 감상을 마친 뒤 그는 지민과 모친 사이에 가부좌를 틀었다. 정면에 보이는 벽에는 그녀가 매우 어린 시절 찍은 가족사진이 걸려 있었다. 불행과 미움이 가득한 집임에도 가족사진이 존재하는 것이 신기했다. 아라한은 쓴웃음을 뱉고는 사진 속 어린 여자아이를 보았다. 대충 빚어놓은 떡처럼 귀여운 것이, 묘연히 익숙했다.

"너무 긴장하지 말고 늘 하던 것처럼 하고 와."

"응. 하던 대로 합격하고 올게."

모친이 지민에게 담백한 응원을 전했고 지민은 자신감이 가득 찬 답을 전했다. 둘의 얼굴은 모두 고단해 보였으나 밉지 않았다. 그러던 중 모친의 휴대폰에 짧은 진동이 울렸다.

8시에 갈 거니까 저녁 차려놔.

지민은 휴대폰을 든 모친의 표정만 보고도 무슨 내용인지를 단박에 눈치챘다. 그녀는 며칠 전 만났던 아라한을 떠올렸다.

"엄마. 나 닭볶음탕 재료 사러 갔던 날에 저승사자 비슷한 도인을 만났어."

"도인?"

지민은 계속해서 다리미를 좌우로 움직이며 정장을 다렸다. 뿜어져 나오는 스팀 사이에서 태연한 얼굴로 기억을 복기하는 중이었다.

"응. 사람 아닐지도 몰라. 이상한 소리 하던데."

"너 복권 당첨되게 해준 신령님인가 보다."

반은 맞고 반은 틀린 말이었다.

"나를 힘들게 한 사람한테 불행을 주겠대. 3천만 원어치의 불행."

"너를 힘들게 한 사람?"

"응."

"……."

모친은 그저 다리미만 바라보았다. 도인을 만나고 왔다는 딸의 말에 덧붙여 묻는 것이 없었다.

"깃을 더 다려야지."

옷감을 손으로 짚어주곤 한동안 침묵했다. 지민이 그런 대화에 쐐기를 박았다.

"나 힘들게 하는 사람, 그리고 엄마 힘들게 하는 사람."

스팀이 멈추었다. 다리미에선 빨간불이 깜빡였다. 모친이 조용히 일어나 컵에 물을 담아 와 캡을 열고 부었다. 물이 꼴꼴 들어가는 소리가 멎자 집 안은 쥐죽은 듯 조용해졌다.

"나랑 우민이도 이제 다 컸는데 뿔뿔이 흩어질까? 집도 팔고."

모친이 지민의 손에서 다리미를 가져와 대신 다림질을 시작했다. 뿌연 스팀이 뿜어져 나오며 둘의 시야를 흐렸다. 모친은 지민의 얼굴을 바라보지 않은 채 옷감만 살폈다.

"너희 결혼할 때까지만. 결혼식에 아빠 대신 손잡고 입장할 사람은 있어야지."

"솔직히 말해봐. 마음이 약해서 그런 거지? 결혼이고 나발이고 우리 핑계는 대지 마. 엄마는 안 힘들어? 왜 엄마는 오빠를 계속 봐주기만 해."

모친은 다림질을 멈추지 않았고 허연 스팀이 계속해서 피어올랐다.

"뭘 또 말을 그렇게까지 해."

"내가 지금이라도 그 도인한테 복수해달라고 할까? 오빠 좀 치워달라고 치성이라도 드려?"

모친이 다림질을 멈추었다. 증기가 서서히 걷히고 두 모녀의 얼굴이 선명해졌다. 그녀는 각이 잘 잡힌 재킷을 들어 공중에 탈탈 털었다.

"지민아, 오빠도 한때는 좋은 사람이었어. 아빠가 사고만 안 당했어도 마음이 저리 곪지는 않았을 거다. 미워도 가족인데 난 네 오빠가 잘못되길 바라지 않아. 운때가 안 맞아서 그래. 잘되겠지. 그렇게 믿어야지…… 어쩌겠니."

모친은 조용히 정면의 벽을 응시했다. 테두리에 먼지가 쌓인 가족사진 속 얼굴들에는 웃음이 있었다. 이미 지나온 역사만이 모친의 마음을 겨우 위로했다.

"……가족인데."

"에휴. 말을 말아야지. 도인한테 복수해달란 말도 못 했어. 또 이런 소리 할 것 같아서!"

"어쩌겠어."

"옷이나 줘. 입어보게."

지민이 재킷을 빼앗듯 가져가 입고선 거울 앞으로 향했다. 모친은 아무렇지 않게 다리미 코드를 뽑고 밑판을 치웠다.

"살이 좀 쪘나."

지민 역시 더 이상 버튼에 대한 이야기를 잇지 않았다. 종종 있는 일처럼 그녀들은 능숙하게 대화 주제를 바꾸었다. 저녁 메뉴를 논했으며 식사 후에 어떤 드라마를 볼지 상의했다.

'덤덤한 건 모전자전인가 보군.'

아라한이 자리에서 일어나 모친과 지민 사이를 오갔다. 건빵이 목 안에 채워진 것 같은 일상이 몇 번이나 반복됐는지 감히 짐작 가지 않았다. 어째서 지민이 버튼을 누르지 않았는지 이해가 될 듯하면서도 되지 않았다.

그는 가족사진 앞으로 다가가 한 번 더 바라보았다. 좀 더 이 집에 머무르고 싶었다. 옛날에 살던 집과 비슷해서 그래, 아라한은 쉽사리 단언하지 못할 연민을 느끼며 하염없이 사진 속 어린 지민을 바라보았다.

***

온 가족이 둘러앉은 저녁 식사 자리임에도 수저와 밥그릇이 부딪는 소리만 잔잔하게 반복됐다. 평화로운 적막이라기보단 폭풍전야였다. 밥을 먹는 동안 지민과 동생의 얼굴엔 언짢음이 가득했다.

반면 모친의 얼굴에는 불안함이, 성민의 얼굴에는 조급함이 있었다. 서로 다른 얼굴로 밥을 먹었지만, 그들의 식사 속도는 동일하게 빨랐다. 서둘러 먹고 일어나려는 마음만이 가족의 유일한 공통점이었다. 이들에게는 온 가족이 함께일 때가 가장 위험했다.

메뉴는 맑은 콩나물국이었다. 성민이 밥을 말아 후루룩거리며 먹는 동안 국물이 여러 번 튀었다. 모친은 조용히 휴지로 국물을 꼬박꼬박 감추었다. 지민이 가자미눈으로 그 모습을 흘겨보았는데, 그녀 역시 딸의 눈치가 보여 겨우 운을 뗐다.

"성민아. 우민이 다음 학기 등록금도 마련해야 하는데 돈이 많이 모자라. 우리가 복권 두 번 당첨될 일은 없다고 생각해."

호명된 이는 가족의 얼굴을 거들떠보지도 않았다. 누구 하나 태도 지적조차 하지 않는 걸로 미루어 몇 번이고 되풀이된 광경이었다. 아라한이 부엌 냉장고에 등을 기대고 그 모습을 물끄러미 관망했다. 서로의 마음이 모두 흩어져 후 하고 불면 금방이라도 폴폴 날아갈 모래였다.

"이제 보증은 생각도 하지 말어. 응?"

듣고 있던 지민이 입을 오물거리며 성민을 슥 흘겼다. 하필이면 그 눈이 마주쳤다. 복불복 통나무에 칼을 꽂아버린 셈이었다. 해적 인형 대신 숟가락이 퐁 튀어 올랐다. 성민이 거세게 밥숟갈을 내던지자 거기에 붙어 있던 밥풀이 사방으로 튀었다. 우민 역시 잔뜩 겁을 먹고 휴지를 들어 한 톨씩 주웠다.

"내가 돈 버리려고 보증 섰어? 집구석에 돈 없는 거 내가 몰라?"

다분히 실망스러운 행동거지였으나 역시 놀랍지는 않았다. 그는 자신에게 불리한 대화가 시작될 때마다 이런 식으로 아예 셔터를 내려 차단했다.

"나라고 돈 갖다 버리고 싶었겠냐고. 분명 세 배는 재미 보게 해준다고 했어. 나도 피해자야! 막내가 대학생인 거 여기 모르는 사람이 누가 있어? 어? 나도 알아. 근데 둘째라는 것이 꼭 나를 저렇게 가자미눈으로 쏘아봐야 직성이 풀려?"

지민은 괜한 싸움을 만들지 않기 위해 서둘러 눈빛을 거뒀다. 얼마 전까지는 지지 않으려 독기로 버텼으나 더한 폭풍만 부를 일이란 걸 알았다. 경험으로 그녀가 터득한, 제 복장이 터지는 처세술이었다. 슬슬 입 안에 씹고 있는 음식 맛이 느껴지지 않는 정도가 됐는데, 그럼에도 말을 섞고 싶지 않아 반찬만 꾹꾹 씹었다.

기를 쓰고 무시하는 얼굴이 오빠를 더 자극한단 것 역시 알았지만 이것만큼은 양보가 불가했다.

"돈 돈 돈. 그놈의 돈! 내가 제일 간절해. 집구석 가장 노릇하고 싶은 건 나도 마찬가지야. 제발 온 가족이 똘똘 뭉쳐서 날 벼랑으로 내몰지 좀 마!"

"진정해봐. 작은 회사라도 나가면서 이젠 그냥 남들처럼 평범하게……."

"그만해 좀! 아이 시팔 진짜."

일촉즉발이었다.

모두가 폭풍의 눈 속으로 들어왔다. 한 발짝이라도 더 움직였다간 거친 칼바람에 휩쓸릴 게 뻔했다. 소리를 내지른 성민과 바라보는 가족들 사이의 경계감이 서로의 정수리 끝까지 타고 올랐다. 지민은 그의 횡포에 익숙해졌다고 믿었지만, 항상 이런 순간만큼은 어깨가 단단히 뭉치곤 했다.

이 모습이 끔찍하다 판단한 아라한이 성민의 어깨를 툭 내려쳤다. 영적 기운이 닿자 그가 조금씩 전의를 잃었다. 분노는 잔존했지만 마음에 들끓던 폭력성이 빠르게 해체됐다. 밥상을 시원하게 엎어볼 참이었으나 왠지 오늘은 그러고 싶지가 않았다. 자리에서 일어나 말없이 방으로 들어가버렸다.

쾅.

문 닫는 소리가 역시나 집안 1등이었다. 모친은 문이 제대로 닫힌 것을 확인하더니 다시 밥숟갈을 들었다.

"휴. 오늘은 양반이네."

"그러게. 다행이다."

뼈가 있는 농담에 누구도 웃지 못했다. 그저 조용히 밥그릇에 다시 코만 박을 뿐이었다.

***

식사 후 지민은 드라마를 포기했다. 혹시라도 거실에 있다가 성민과 마주치기라도 하면 그땐 정말 폭풍을 피하지 못하리라. 오늘은 소란이 없었지만 폭풍이 소멸한 것이 아니라, 단지 유예된 것임을 알고 있었다.

피할 수 없으면 즐겨라?

그녀는 차라리 즐길 수 없으면 피하라는 말이 옳다고 판단했다. 방 안으로 들어와 면접 준비용 문서를 확인했으나 글자가 눈에 들어오지 않았다. 언제 겪어도 오늘 같은 상황은 마음을 서글프게 만들었다.

조용히 방으로 들어온 아라한은 지민과 이야기를 나누고 싶었다. 대뜸 존재를 보여주면 평범한 인간이 놀랄 게 분명했다. 번거로웠지만 아라한은 그녀를 덜 놀래키기 위해 창문 바깥으로 이동하여 매달린 상태로 문을 두드렸다.

"뭐야!"

하지만 창밖에서 나타난다 해도 놀라는 건 마찬가지였다. 지민의 집은 6층이었다.

아무튼 아라한에겐 최대치의 배려였다. 그는 어안이 벙벙해진 지민의 얼굴을 확인하곤 창틀에 걸터앉았다. 놀란 지민이 어쩔 줄을 몰라 하자 조용히 타일렀다.

"두려워하지 말거라. 내 인간이 아니니 잠깐 너와 얘기를 하러 이렇게 왔도다."

"여길 어떻게 알고?"

"이미 내가 어떤 존재인지 보지 않았느냐. 불시에 다시 만나자 하지 않았던가?"

"정말 또 나타날 줄은! 그보다도 여긴 내 방인데!"

"놀라게 하여 미안하다. 그렇다면 잠시 나가서 얘기를 하겠느냐? 그 일이 너에게 더 번거롭지 않겠느냐."

사람이 아닌 존재인데 경찰에 신고해도 될까, 아무래도 안 될 것 같았다. 지민은 휴대폰에 손을 뻗으려다 말았다.

"빈손으로 오기 뭣하여 선물을 사 왔도다."

아라한이 주머니를 뒤적거려 버튼 대신 동그란 것 두 개를 꺼냈다. 지민이 쭈뼛거리며 다가가 손만 쭉 뻗어 선물을 받았다.

"이게 선물? 초능력 쓰는 존재치고는……."

스콘 두 개였다.

"이걸 먹고 싶어 하지 않았느냐. 꽤나 비싸더구나."

"그렇긴 한데……."

아라한은 카페에서 지민이 그림의 떡처럼 바라보았던 스콘 두 개를 쥐여주곤 만족스러운 표정을 지었다. 그에겐 수보리와 먹을 한 끼 식사를 포기한 것과 다름없는 큰 지출이었다.

지민은 그가 위험한 존재는 아니라는 생각에 손짓으로 의자를 가리켰다. 그러자 아라한이 정당하게 입장권을 제시한 사람처럼 구렁이 담 넘듯 들어와 착석했다. 지민은 스콘을 먹지 않고 손님을 바라보기만 했다. 먹고 싶어 했던 것까지 꿰뚫어 보고 챙겨 올 정도면 잠시 대화 정도는 나눠도 괜찮겠다는 판단이 섰다.

아라한은 그녀의 감정을 불필요하게 헤집어놓고 싶진 않았기에 본론부터 꺼냈다.

"네 가족의 모습을 보았도다. 네 오라비가 하는 짓을 보니 아무리 생각해도 불행을 주는 게 옳겠도다."

"또 그 얘기네요."

지민은 고개를 숙여 침대 이불에 시선을 묶어두었다. 아라한이 표정을 관찰하기 위해 고개를 꺾어 그녀의 모습을 세심히 눈에 담았다. 지민의 얼굴엔 복잡한 애환이 있었다.

"네 진심을 듣고 싶구나. 너 같은 인간은 처음 보거든."

그녀는 손에 쥔 스콘 포장재를 부스럭거렸다. 함구와 실토 사이에서 고민하는 모습이 보였다.

"말해보라. 오늘 밤 나에게 하는 이야기는 쥐들조차 엿듣지 못하니라."

아라한은 상대가 마음의 문을 열도록 말수를 줄였다. 지민은 입을 꿈질거리다 멈추기를 반복했다. 겨우 고개를 들곤 창밖을 내다보았는데 유난히 밝은 달빛이 방 안으로 쏟아졌다. 아라한은 언제나 달과 함께인 존재였다.

지민이 별다른 도입부 없이 이야기를 시작했다.

"어렸을 때 아빠랑 손을 잡고 마트에 다녀오던 길에 아빠만 교통사고로 돌아가셨어요. 뺑소니였는데 목격자가 있었는데도 일찍 신고하지 않아서 골든타임을 놓쳤다네요. 저는 너무 어려서 휴대폰은 쓸 줄 몰랐고요. 그 후로 오빠가, 엄마가 아껴놓은 아빠 사망보험금으로 이것저것 사업을 많이 시도 했는데 다 잘 안됐어요. 우리는 지지리도 재수가 없는 가족이었어요. 그런데 이미 다 끝난 일일수록, 결과보단 원인에 집착하게 되잖아요? 팀 과제가 망하면 그냥 망했구나 생각하면 되는데 굳이 책임 소재를 찾고 싶은 것처럼요. 오빤 욕받이가 필요했나 봐요. 제가 초등학생 때 이웃집 앞에 쓰러진 남자를 보고 병원에 전화한 적이 있거든요? 아빠처럼 전화 한 통 늦게 했다는 이유로 누군가가 또 죽으면 안 되니까요. 그런데 그 남자는 죽었고, 그때부터 오빠는 저한테 재수가 옴 붙었다고 생각했어요. 아빠 그리고 이웃. 죽은 사람을 둘이나 봤다는 이유였죠. 사주를 봐도 자기랑 합이 좋지 않았대요. 나랑 있으면 사건 사고가 생길 거라나 뭐라나. 하필이면 나도 나긋나긋하지는 않았어서 오빠랑 많이 싸웠어요. 친할머니도 둘째까지 아들로 태어났어야 집이 잘 풀렸을 텐데 하필 중간에 딸이 태어나서 흐름이 막혔다고 했대요. 그런 말을 세상 어떤 형제가 믿겠냐고 비웃을지도 모르지만, 절박하면 다 믿게 되나 보죠. 그런 말들이라도."

아라한은 묵묵히 경청했다. 흔적 없이 사라진 자신의 가정처럼 지민의 가정 역시 세존에게서 복을 내려받지 못했다. 지민이 그의 진중한 얼굴을 보고는 픽 웃었다.

"아저씨 일도 아닌데 표정이 안 좋네. 그냥 뭐, 사업이 잘 안된 게 잠깐 다리를 저는 정도인 줄 알았는데 알고 보니 아예 부러져버린 꼴이었고, 다시는 일어나지 못했고, 그래서 집 안 꼴이 이렇게 됐고, 빤하죠, 뭐. 돈 때문에 망가진 가정? 세상에 차일 만큼 많아요. 그러니 나같이 구박받고 사는 동생은 어딜 가나 있기 마련이죠. 난 견디기 힘들었지만 그래도 어쩔 수 있나. 꾸역꾸역 살아요."

"왜 버튼을 누르지 않은 거냐?"

"저번에 내가 엄마 때문이라고 했었죠? 엄마는 힘든 일이 생기면 꼭 가족사진을 봐요. 이미 다 지난 시절인데 그렇게 본다고 그 시절이 돌아오나? 근데 나도 참 미련한 게, 엄마가 왜 그러는지 이해가 돼요. 행복했던 순간으로 돌아가고 싶어요. 그리고 사실은 무섭기도 해요. 정말로 내가 재수가 없는 여자라서 아빠도 죽고, 내가 딱 현관문을 열고 나오던 순간에 맞은편 이웃집에서도 사고가 난 건지. 아무것도 한 게 없는데도 전부 내 잘못 같아요. 나도 잘 모르겠어요. 하루에도 열두 번씩 오빠의 불행을 바라지만 감히 내가 그래도 되나 싶은 거예요. 그리고 오빠도 나처럼 도망치고 싶겠죠. 아무리 물어도 답이 없는 인생이란 굴레에서……. 에이, 됐어요. 너무 빤한 이야기야. 너무……. 너무 재미없는 이야기야……."

지민이 고개를 푹 숙였다. 허연 달빛도 그녀의 고개를 들어 올리진 못했다. 아라한이 그 모습을 바라보며 어떠한 기억을 떠올릴 듯 말 듯 눈을 질끈 감았다 뜨기를 반복했다. 그러나 결국 떠오르는 것이 없기에 다음 말을 이었다.

"복수를 하면 적어도 네 미움은 해소되지 않겠느냐."

지민은 잠시 고민했다. 그 고민만큼 짧은 침묵이 흘렀다. 그러나 다시 돌아온 답에는 흔들림이 없었다.

"복수는 배턴을 넘기는 일이라고 생각해요. 내가 복수를 하는 순간 배턴이 상대에게 가요. 상대방이 나를 미워할 이유가 확실해지는 거예요. 하지만 내가 배턴을 넘기지 않으면 상대는 날 미워할 이유를 얻지 못해요."

"……."

"맞아요. 제가 솔직하지 못했네요. 버튼을 누르지 않은 건 엄마를 위해서가 아니었어요. 오로지 나를 위해서 누르지 않았어요. 오빠한테 배턴을 주고 싶지 않아서. 나를 미워하는 게 옳다는 당위를 주고 싶지 않아요. 오빠가 죽는다 한들 내가 행복해질까? 내 원망으로 죽었다는 죄책감이랑, 또 내 곁의 누군가가 죽었다는 자괴감만 남겠지요. 내 마음은, 내가 잘못하지 않은 죽음들로 인해서 너무 오랫동안 미움받고 있어요. 저는 정말 힘들어요. 그러니까 아저씨도…… 버튼 같은 걸로 사람을 더 힘들게 하지 말아요. 미움까지 끌어안는 게 저는 차라리 더 편하니까요."

"시대가 복수를 장려하는데 너는 역행하는구나."

아라한은 아무래도 받아들이기 어려웠다. 어찌하면 저리

덤덤한 얼굴로 버틸 수 없는 마음을 논한단 말인가, 그녀의 목소리에는 겹겹이 쌓인 애처로움이 있었다. 그러나 그 사무침 속에서도 영혼이 악하게 물들지 않고 버티는 데는 눈부신 근성이 있었다. 아라한은 그 강인함에 경외를 느꼈다.

미움까지 끌어안겠다는 그녀의 마음이 아라한을 탄복시켰다. 단 한 명이라도 이런 인간이 존재한다면, 그는 기꺼이 요동치는 버튼을 눈감아버릴 수 있었다.

도리어 울고 싶어졌다. 돌아본 지난 일이 후회스러웠다. 아라한은, 더는 수행자로 살 수 없을 것 같은 기분이 들었다. 주머니에서 버튼을 꺼내 책상에 올려두었다.

"네게 이걸 맡기고 가마. 언제든지 마음이 바뀐다면 눌러도 좋다. 허나 내가 돌아오기 전까지 네가 버튼을 누르지 않는다면, 다시는 인간에게 버튼을 내밀지 않으리라. 내가 겪어온 세월의 답을 네게 맡기겠노라."

대뜸 버튼을 줘버리자 지민은 난처함을 표했다. 얼른 버튼을 집어 그에게 돌려주려 했으나 아라한은 이미 창틀에 걸터앉아 나갈 채비를 마쳤다. 할 말을 끝낸 뒤 곧장 떠나려는 뒷모습이 쓸쓸해 보였다.

"다음번에 내가 버튼을 가지러 올 때는 나의 이름을 불러다오. 나는 아라한이도다."

그와 함께 달빛도 어둠 속으로 자취를 감추었다. 지민은 책상에 올려둔 버튼을 멀뚱히 보기만 했다. 아무리 보아도 그녀에겐 누를 일이 없는 물건이었다.

#8

사람과 인연의 매듭

아라한은 무언가를 깨달았다.

지민에게서 확인하고 싶었던 건 어쩌면 스스로의 마음이었는지도 모른다. 미련한 인간뿐인 세상에, 아직은 미련하지 않은 자가 있다는 게 고마웠다. 수보리가 인간들을 대하는 마음이 어찌하여 자신과 다른지도 조금은 이해가 됐다. 어두운 밤길이 이제는 춥지 않았다.

서둘러 앞길을 밝히는 달이 그가 가야 할 장소를 안내했다. 숙명인 버튼 없이 훨훨 날아 떠났다. 1kg도 되지 않는 버튼 하나의 무게가 참으로 무거웠다는 걸 놓고 나서야 알게 됐다. 세상을 다스리는 세존이 감히 엄벌한다 할지라도 그는 지민에게 맡겨두고 싶었다. 이제 스스로의 마음만 정리한다면 긴 긴 의문이 해소될 수 있었다.

그러니 가야 할 곳이 있었다.

서쪽에서 바람이 불어왔다. 보폭을 넓히고 속도를 높였으나 그를 쫓는 바람이 뒤처지지 않았다. 그는 이것이 수보리임을 단번에 눈치챘다.

"어딜 그리 황급히 가는가?"

바람이 그를 따라 함께 달리는 와중에 서서히 정돈됐다. 공기의 움직임이 형상을 드러냈다. 아라한은 수보리를 확인하고선 앞을 향해 계속 나아가며 대답했다.

"오랜 악연에게 가는 길이지. 확인하고 싶은 게 있네."

"그래? 뭔지는 몰라도 흥미가 생기네. 내가 같이 가도 되겠는가?"

"마음대로 하시게나."

천진한 수보리와 함께 마치 여행을 가듯 밤바람을 타고 멀리까지 날아갔다. 수보리의 머리칼이 뒤를 향해 곧게 휘날렸다. 그들이 지날 때마다 가로수가 미세하게 흔들렸다. 즐비한 건물과 빨간 신호등도 아라한의 갈망을 멈추진 못했다. 고요한 도시가 숨을 죽이면 은밀한 마음들이 주인공이 됐다.

아라한은 적막 속에서 지민이 한 말을 상기했다. 복수는 배턴을 넘기는 일이라는 말, 여태껏 누군가가 배턴을 넘길 때마다 업보를 만들었다. 아라한은 인간의 미련을 희롱하며 그들이 치열히 달리게끔 했고 그 트랙은 원형이었다. 그러므로 남을 돌고 돌게 하는 동안 자신도 함께 돌고 있었다는 사실을 인지했다. 극락을 위해 아무리 성실히 일해도 필 듯 피지 않을 듯 좀처럼 만개하지 않는 연꽃이 그 증거였다.

성불을 떠나, 아라한은 알아야만 했다.

과연 인간들과 자신이 무엇이 다른지를. 혹은 무엇이 같은지를.

"또 만나러 온 건가."

"그렇다네."

아라한이 준혁의 집 앞에 멈췄다. 그들이 도착하자 새벽바람이 불어닥치며 안방 창문을 두드렸다. 노모가 잠시 잠에서 깨 뒤척였지만 불이 켜지진 않았다.

"내밀한 일에 내가 괜히 끼어든 건 아닐지."

"아니라네. 오히려 깨끗한 마음을 가진 자네가 함께라면 더욱 좋을 걸세."

집 안으로 들어가기 전 아라한은 수보리에게 다가갔다. 예전부터 인간을 향해 정반대의 마음을 품어왔으니, 그가 두 손을 잡고 간청했다.

"오늘 나를 죽인 벗에게 과연 내가 어떤 마음을 품고 있는지 확신을 내리고 싶네. 자네처럼 유능한 존재라면 내 마음이 무엇인지 꿰뚫어 볼 수 있을지도 몰라."

수보리가 살짝 미소 짓더니 금세 반달눈을 만들었다. 그 모습이 동생과 지나치게 닮아서 아라한은 미세하게 움찔거렸다. 수보리 역시 아라한의 손을 꼭 맞잡더니 부드럽게 대답했다.

"감히 나 따위가 도움이 되겠는가?"

"그럼. 자네는 용서를 돕는 존재일세. 나와 정반대지. 나는 오늘 하지 않던 짓을 하러 온 거니 큰 도움이 될 걸세."

"하하하하. 이렇게나 비장하단 말인가? 계획을 알려주게."

수보리가 손을 슬쩍 놓고 귀를 동그랗게 감쌌다. 귓속말을 하라는 시늉을 보이자 아라한이 팔짱을 끼고 진지한 태도로 답했다.

"이제 이승에서 나와 인연을 맺었던 자는 이 녀석뿐이라네."

"그렇지."

"나는 녀석과 벗이었으나 억울한 죽임을 당해 이승을 떠돌았지."

"알고 있네."

"마구니가 그러더군. 내게도 미련과 집착이 있다고. 나는 준혁이 여전히 밉지만, 가엾기도 하고, 또다시 미워지고 마음이 어지럽다네. 과연 내가 진짜로 원하는 게 무엇인지 알고 싶네. 벗과 처음이자 마지막으로 이야기를 나눠보고 싶네. 자네가 내 마음을 읽어주게나."

달빛이 수보리의 정수리에 쏟아지니 영의 외곽을 따라 하얀 아우라가 뿜어져 나왔다. 조명을 받은 한 마리 학처럼 숭고했다. 아라한은 이토록 신성한 힘을 가진 수보리라면 자신의 마음을 판단해주리라 믿어 의심치 않았다.

아라한이 앞장서 집 안으로 들어갔다. 깊은 밤이라 전등 하나 켜져 있지 않았다. 하루가 고단했는지 노모가 카랑카랑하게 코를 고는 소리만 들려왔다. 그는 멈추지 않고 준혁의 방안으로 들어갔다.

이부자리가 둥그렇게 솟아 있었다. 아라한이 한 손으로 확 들춰냈다. 그러나 준혁은 없었다. 대신 일전에 보았던 편지 한 통만 덩그러니 놓여 있었다.

"이건?"

그날 느꼈던 불안함은 기우가 아니었다.

아라한이 서둘러 집 밖으로 날아갔다. 쏜살같이 바람을 가르며 준혁의 자취를 쫓으려 했다. 단걸음에 십 리를 이동하며 그의 기운을 탐색하였으나 잘 느껴지지가 않았다. 사람의 음성이 사라진 도시가 별안간 끔찍하게 느껴졌다.

백지에 물감이 쏟아지듯 아라한의 마음이 복잡하게 번져나갔다. 준혁을 미워했으나 이대로 목숨을 끊길 바란 적은 없었다. 오랫동안 참회를 듣고 또 들으며, 그의 까만 미움은 점차

퇴색됐다. 그 자리를 채운 복잡한 색이란, 하나의 감정으로 단정 짓지 못할 것들이었다.

아라한은 일단 준혁을 어떻게든 찾아야 한다는 생각뿐이었다. 이것 또한 미련이든 그렇지 않든 간에 아라한은 그에게 단명을 허락하고 싶지 않았다.

"자네 친구의 숨결에서 강 냄새가 난다네."

수보리가 아라한을 불렀다. 그녀가 손짓하는 곳은 한강이었다. 둘이 서둘러 준혁의 집과 가장 가까운 한강 방향으로 날아 이동했다. 짙은 어둠 속, 인적이 모두 사라진 마포대교 위에 누군가 서 있었다. 아라한은 심장이 걷잡을 수 없이 뛰고 있음을 느꼈다. 오랜 시간 동안 그가 잊고 지냈던 심박이었다.

대교를 따라 조심스레 걸었다. 먼발치에 보이는 실루엣이 준혁이 아니길 바랐다.

한 걸음씩 다가갈 때마다 지난날에 나누었던 추억이 되살아났다. 걸음마다 자꾸만 떠오르는 이야기들에는 끊임이 없었다. 서늘한 강바람이 어느새 시린 추억으로 변해 아라한의 가슴을 마구 통과했다. 생활비를 벌기 위해 둘이서 물류 아르바이트를 하다 일주일 만에 그만둬버린 기억, 할머니의 장례식장에서 준혁을 끌어안고 울던 기억, 동생이 고등학교를 졸업하던 날 같이 꽃 시장에 가 꽃다발을 골랐던 기억, 아라한은 발을 내디딜 때마다 그 시절의 존재로 돌아갔다.

새까만 강물을 공허하게 바라보는 남자는 준혁이 맞았다.

그가 숨을 깊게 들이마시곤 대교 난간을 두 손으로 움켜쥐었다. 눈을 감고 숨을 뱉자 한기와 섞여 희뿌연 김이 나왔다. 아직 겨울이 당도하지도 않았는데 준혁은 홀로 겨울 안에서 살고 있었다. 그는 이제 인생의 계절을 끝내고자 했다. 손에 힘을 주고 오른쪽 다리를 들어 올렸다. 강 쪽으로 상체를 비스듬히 기울였다.

모든 게 끝나기 직전이었다.

"안 돼!"

아라한이 외쳤으나 들리지 않았다. 그는 지금 영적 존재인 상태였다. 황급히 준혁을 향해 달려가려 했는데 수보리가 그의 어깨를 잡아 세웠다.

"버튼이 아닌 그대의 의지로 인간의 운명을 바꾸어선 안 되네!"

그녀의 표정이 굳어 있었다. 만약 준혁이 스스로 목숨을 끊을 운명이라면 아라한이 이를 말려선 안 됐다. 인간의 운명은 세존이 정하는 것이며 이 운명을 희롱할 수 있는 건 버튼이나 종 같은 세존의 도구들뿐이었다.

아라한이 준혁을 말리면, 한 생명의 운명이 바뀌게 된다. 설령 그게 선한 움직임이라 하더라도 세존의 영역에 감히 도전

하는 일이다. 삶과 죽음은 생명이 품은 가장 원대한 가치. 이것은 오로지 세존만이 결정할 수 있다. 아라한 역시 모르지 않았다.

수보리에게 어깨가 붙들린 아라한은 고민에 빠졌다. 준혁의 상체는 점점 더 강 쪽으로 고꾸라지고 있었다. 끔찍한 순간이 다가오고 있었다. 삶과 죽음은 저울질을 허락하지 않았다. 바람이 한 번 더 뺨을 스치기 전에 결정을 해야만 했다.

어떻게 할 것인가.

따지고 보면 인과응보였다. 사람을 죽인 준혁이 비극적인 삶을 마무리하려는 중이었다. 가슴에 한이 서릴 만큼 미워했던 녀석이니 아라한은 오히려 명복조차 빌어줄 필요가 없었다. 분명 통쾌한 마음으로 구원받지 못할 죽음을 조롱해도 괜찮았다.

당연한 일임에도 당연하게 여기지 못하는 순간이 있다. 한 맺힌 영이 돼 준혁을 쫓아다니면서 그를 저주할 때가 그러했다. 죽음을 염불하면서도 정말로 죽어버리게 하진 못했다. 한을 겹겹이 쌓아 마구니로 타락해버리면 인간을 괴롭힐 수 있을 텐데 아라한은 타락하지도 못했다. 자신의 나약함을 원망하며 미움만 누적했을 뿐이다.

이제는 확신이 필요했다.

성불을 바라는 아라한이 아닌, 한때 사람이었던 그가 품은 진짜 마음이 무엇인지. 그가 바라는 확신은 하나였다. 더 이상 미련과 집착에 고통받지 않을 거라는 단 하나의 확신. 세존조차 알려주지 못할, 스스로 찾아야만 하는 확신이었다.

아라한이 존재를 바꾸어 준혁에게 달려갔다. 얼굴에 주먹을 내리꽂다시피 날려 난간에서 멀리 떨어트려놓았다.

얼굴을 얻어맞은 준혁이 그대로 바닥에 굴렀다. 준혁이 얼얼한 볼을 두 손으로 감싸 고개를 들어 올렸다. 그의 앞에는, 서러운 얼굴을 한 옛 사내가 있었다.

"너, 너는?"

퍼뜩 일어나 아라한에게 다가갔다. 볼 한쪽이 부풀어 올랐지만 고통이 느껴지지 않았다. 준혁과 아라한은 십수 년 만에 서로를 마주 보았다.

"내가 죽었나 보다. 강에 떨어졌나 봐. 죽은 네가 보이……."

아라한이 준혁의 오른쪽 뺨을 세차게 내려쳤다.

"흐읍!"

그러고는 다시 왼쪽 뺨을 내려쳤다. 순식간에 두 방을 얻어맞은 준혁의 얼굴이 새빨갛게 변했다.

관자놀이까지 욱신거리는 통증에 준혁은 눈시울을 붉혔다. 분명한 고통이었다. 죽은 사람에게는 절대 느껴지지 않을 아픔이었다.

아라한이 한 대 더 내려치려다 손을 바닥으로 떨구곤 소리쳤다.

"이 개자식아! 넌 끝까지 네 멋대로지."

"네가 어떻게 내 앞에?"

"날 죽인 걸로 모자라서 너도 죽으려고 하냐? 이 미친놈."

아라한은 준혁과 살결이 닿자 잊었던 분노가 치밀어 오름을 인지했다. 목숨을 잃었던 그날이 함께 떠올라 견딜 수가 없었다.

"내가 그런 일을 저지르고 어떻게 살아가냐? 내 인생은 다 끝났어. 나는 이제 버틸 수가 없어."

준혁이 무릎을 꿇었다. 고개를 땅으로 처박아 참회하듯 흐느꼈다. 아라한은 목구멍을 치고 올라오는 생경한 감정을 꾹 참아냈다. 그의 눈에도 자꾸만 뜨거운 것이 고이려 했다. 입술을 세게 깨물었다. 고개 숙인 준혁의 멱살을 붙잡아 일으켜 세운 다음 그의 등을 난간에 바짝 밀어붙였다.

거칠게 몰아세우는 아라한의 얼굴을 보고도 준혁은 연신 울기만 했다.

"나 같은 건 죽어야 돼. 아무리 말해도 소용이 없겠지만."

"그래 이 자식아! 소용이 없지. 이미 난 죽었으니까."

"날 이대로 밀어. 네 손으로 그냥 날 죽여."

"이 미친 새끼!"

"나한테 복수해. 어서 밀어."

준혁의 눈에서 굵은 눈물이 펑펑 쏟아졌다. 아라한이 손에 힘을 꽉 줘 멱살을 움켜잡았다. 준혁은 숨이 막히는 고통 속에서도 온몸에 힘을 빼고 난간에 몸을 기댔다. 이대로 아라한이 밀어주기만을 바랐다. 아라한이 어지러운 마음으로 이성을 잃은 채 멱살을 쥐고 흔들며 그의 등을 난간에 쾅쾅 부딪게 했다.

아무래도 분이 풀리지가 않았다.

"컥."

아라한은 자신이 무엇을 하는지 몰랐다.

순간 충동적으로 준혁을 끝까지 밀어버리고 싶은 감정이 들었다. 여태껏 마음에 품어온 응어리가 원하는 것, 살인자에게 합당한 결말을 내리는 일이 가능했다. 심연 깊은 곳에서 그를 밀어버리라는 말이 들려왔다. 얼마 전에 마주한 마구니의 목소리였다. 눈앞의 준혁을 바라보았다. 시간이 멈춘 듯했다.

"……한순간도 널 잊은 적이 없다. 정말로 미안하다. 정우야."

수백 번도 더 들은 사과였다. 교도소에서, 납골당에서 그리고 준혁의 집에서. 아라한은 그의 사과를 지겹도록 들어왔다. 깊이를 가늠하지 못할 한밤의 한강이 이따금씩 달빛에 반짝거렸고 준혁의 눈에는 죄책감이 가득 맺혔다. 온 사방이 아라한의 분노를 감춰주려는 듯 칠흑같이 검어졌다. 그는, 오랜만에 자신의 진짜 이름을 듣자 머리가 새하얘졌다.

오래전으로 온 마음이 돌아가고 있었다.

그는 죽으나 사나 정우였다.

손에 힘이 풀렸다. 그대로 놓아주자 준혁이 스르륵 흘러내리듯 난간을 타고 주저앉았다. 아라한은 겨우 생각해냈다. 자신이 여기에 온 이유를.

거창한 대화를 나누고자 했으나 무용한 일이리라. 아라한은 왠지 알 것 같았다. 끝내 악독해지지 못할 자신의 천성이 진정으로 원했던 것은 준혁에게 복수를 하는 일이 아니었다.

"똑바로 살아. 내게 미안하다면."

"왜 날 죽이지 않는 거야."

"너 따위 쓰레기를 왜 죽여. 난 너랑 달라."

"……."

"날 죽인 놈이니 용서한다고 말하진 않겠어. 하지만."

"……."

"넌 죽어선 안 돼."

"……."

"운명이 허락하는 날까지 최선을 다해서 참회하며 살아. 내게 용서를 구하는 마음으로 지금부터는 지독할 만큼 선하게 살아. 내게 미안한 만큼."

정우가 주저앉은 준혁의 머리에 손을 올렸다. 오늘의 기억을 지우기 위함이었다. 준혁은 죽은 친구의 따스한 손길을 느끼며 두 눈을 감았다. 이윽고 손을 뗀 순간 준혁은 잠시 멍한 상태가 돼 아무것도 인지하지 못했다.

정우가 준혁과 눈을 맞추었다. 어차피 자신이 하는 말을 듣지 못할 테지만, 오늘의 만남을 매듭짓기 위해 꼭 하고 싶은 말이 있었다.

"신은 우리가 가장 사랑하는 모습으로 존재하고 너 역시도 신이 만든 운명 속에 존재한다. 그러니 너는 평생 용서를 빌기 위해서라도…… 살아가라."

그가 아라한으로서 배운 가르침이었다.

준혁은 사람을 죽였으니 영원히 구원받지 못했다. 죽은 뒤에는 끝도 없는 지옥 마계로 추락할 운명이었다. 가련한 벗을 위해 정우는 손끝에 힘을 실어 작은 복 하나를 마지막으로 주었다. 평생 참회하며 사는 와중에도 벗이 제명을 다하라 빌어주었다. 그는 정말로 준혁이 미웠지만, 너무나 오래 미워했기에 비로소 행할 수 있었다.

그가 진정으로 원한 것은 준혁을 저주하거나 미워하는 일이 아니었다. 그저 스스로의 마음이 홀가분해지는 것뿐.

자유, 그는 자유를 원했다.

용서하여 비로소 찾게 되는 진정한 구원을.

묵은 마음들을 용서에 태워 날려 보냈다. 잔잔하게 일렁이는 강이 모든 감정을 다 삼킬 기세로 검게 빛났다. 정우는 준혁을 등지고 다시 존재를 감추었다. 수보리 역시 이 모든 상황을 관조하고선 서쪽으로 사라졌다.

준혁이 정신을 차릴 즈음, 그는 마포대교 끝을 향해 그저 밤 산책을 이어갔다. 영문을 알지 못했으나 산책이 하고 싶은 밤이었다.

***

정우는 그 후 수보리를 만나지 못했다. 운명의 뜻을 거스른 자신이기에 수보리가 실망하여 나타나지 않는다 여겼다. 세존이 만든 자연의 규율을 멋대로 바꾸었음에도 준혁을 살린 일이 후회되지는 않았다. 어쩌면 이제는 성불하지 못하는 존재가 된 건지도 몰랐으나 일단은 생각하지 않기로 했다. 이승의 하늘을 마구 휘저으며 밤마다 비행했다. 자유로웠다. 누구도 밉지 않았다. 동생을 그리워하는 마음은 있었으나 지나간 과거를 위해 누군가를 원망하지 않아도 되니 사무침마저도 평온했다. 손등에 새겨진 낙인만이 그가 한때 아라한으로 살았음을 증명하리라.

그는 모든 걸 정리하기로 마음먹었다. 몇 번이고 그를 비췄던 달이 또다시 하늘에 걸린 시간이 올 때에.

***

며칠 뒤, 정우가 먼 길을 날아 지민의 방 창문 앞에 도착하여 내부를 살폈다. 지민은 없었고 책상 위에 올려두고 간 버튼도 보이지 않았다. 지민이 눌렀을 리가 없었다. 살포시 방 안으로 들어갔다. 샅샅이 뒤졌으나 버튼을 찾지 못했다. 그때 방 밖에서 실랑이 소리가 들려왔다. 지민과 성민이 언성을 높이며 싸우고 있었다.

정우는 의아한 마음이 들어 영적 상태로 방을 나섰다.

"함부로 만지면 안 돼. 이리 줘!"

"이 싸가지없는 년이. 이런 게 있으면 나한테 말을 해야지. 버르장머리 없이."

"돌려줘, 빨리!"

성민이 버튼을 품고 나갈 채비를 하고 있었다. 아라한이 들고 있던 때와 달리 버튼은 유독 아름답게 빛났다. 지민이 버튼을 돌려달라 말했으나 막무가내였다. 아무래도 성민은, 필사적으로 뺏기지 않으려 하는 지민의 모습 탓에 버튼이 황금임을 확신하는 것 같았다. 동생의 책상 위 금빛 물체를 보고 눈이 멀어버렸으리라.

"집에 돈이 없는 걸 알면 어련히 갖다 팔 생각을 해야지."

"그게 금인지 아닌지 나는 몰라. 내 것이 아니라니까?"

"금은방에 갖고 가서 금이면 팔아버리고 아니면 줄게, 됐지?"

"내 물건이 아니라고!"

"알 바야? 간수를 잘하던가. 한 푼이 아쉽구만."

정우는 버튼만 회수할 생각으로 존재 상태를 바꾸어 둘 앞에 나타났다. 대뜸 집 안에 서 있는 낯선 남자를 향해 성민이 깜짝 놀라 욕을 뱉었다. 지민 역시 당황했으나 이내 침착하게 성민에게 저 남자가 버튼의 주인이라 말했다. 당장 돌려주라고 타일렀는데도 성민은 아직 정우가 어떠한 존재인지 알지 못했다.

"너 인마! 뭐 하는 자식이야? 갑자기 남의 집에 들어와서는!"

"그 버튼은 네 것이 아니다. 누른 자가 미워하는 대상에게 불행을 주는 위험한 물건이다. 내가 주인이니 내놓아라."

정우는 에너지를 소모하고 싶지 않았다. 오늘까지 지민이 버튼을 누르지 않았으니 그는 불필요한 실랑이 없이 사라지고 싶었다. 버튼을 되찾으면 지민에게 약간의 복을 주고, 인간이 없는 장소를 찾아 멀리 떠날 계획이었다.

그러나 성민은 금빛 버튼을 세게 끌어안았다. 버튼이 인간의 탐욕을 알아차리고 유달리 반짝거리며 빛났다. 한심한 모습이었으나 정우는 서둘러 상황을 끝내고 싶기에 손을 뻗었다. 성민이 그 손을 찰싹 때리며 치우라는 엄포를 놓았다.

"미워하는 대상에게 불행을 준다고?"

"그래. 위험하니 내놓으라 했다."

성민의 얼굴이 변했다. 정우는 그의 심박이 빨라짐을 단번에 느꼈다. 의도하지 않았으나 성민은 자신의 마음만으로, 스스로 홀리고 있었다. 그에게도 미워하는 대상이 있었다. 헌데 눈빛이 향한 곳이 수상했다. 정우가 불길한 기운을 직감하고 시선을 따라 고개를 돌렸다. 거기엔 불안한 얼굴을 한 지민이 있었다. 성민이 괴물 같은 얼굴로 인상을 팍 찌푸리며 중얼거렸다.

"우리 집이 이렇게 된 건 다 쟤가 재수가 없어서 그래. 동생이란 게 날 무슨 짐짝 취급하고 말이야. 사업 쫄딱 말아먹고 마음도 힘든데 벌레 보듯이 대하는 거 나도 서럽고 지쳤어. 가족이고 뭐고 너도 좀 힘들어봐야 내 마음을 알겠지."

"오빠?"

상황이 흘러가선 안 될 방향으로 흘러가고 있었다. 성민이 품고 있는 버튼이 요동치며 그의 미움을 더 증폭시켰다. 정우가 정신을 차리라 거듭 외쳤으나 그는 스스로가 초래한 진언에서 빠져나오지 못했다. 이미 오랜 시간을 미련한 마음에 잠식당한 상태였다. 거실 창문으로 마구니들이 기어들어 오기 시작했다. 삽시간에 집 안이 비열한 웃음으로 소란스러워졌다.

그의 시선 속에서 지민은 몹시 서글픈 표정을 지었다. 그녀는 가족을 위해, 자신을 위해, 버튼을 누르지 않기로 마음을 먹었으나 정작 오빠란 작자는 버튼을 누를 기세였다. 그것도 다름 아닌 동생을 원망하며.

정우는 용납할 수 없었다. 아무리 버튼을 누르게 하는 일이 과업이라 해도, 동생의 용서를 오빠가 물거품으로 만드는 결과를 바라진 않았다. 성민이 저 버튼을 누르면 당장 발생할 지민의 3천만 원어치의 불행은 곧 상쇄될지언정, 장남에게 부여될 업보로 인해 가정의 평화가 박살 날 게 뻔했다.

막아야 했다.

무력을 써서라도 버튼을 뺏기 위해 가까이 다가갔다. 성민은 버튼을 끌어안고 맹렬한 얼굴로 경계했다. 마구니들이 등을 타고 올라와 성민의 귀에 버튼을 누르라 속삭였다. 큰일이었다. 시간을 지체해선 안 됐다. 정우가 다급히 손을 뻗어 버튼을 붙잡았을 때—.

달칵.

성민은 누르고야 말았다.

"뭐 하는 짓이냐!"

"동생에게 복수를 해달라 빌었어."

"네 동생이다. 저 여자는 네 가족이야!"

"열심히 살았는데도 이렇게 된 결과에는 이유가 필요해. 재만 없으면 돼!"

"이런 미친 것을 보았나."

정우가 성민에게서 거칠게 버튼을 빼앗았다. 허나 버튼은 눌러졌고 손등에 연꽃이 빛나기 시작했다. 인간의 업보가 쌓여버렸다. 이럴 수는 없었다. 지민의 말 덕분에 자신은 깨달음을 얻었는데 그런 지민과 그녀의 가정에 큰 불행을 줘서는 안 됐다. 더는 인간을 괴롭히고 싶지도, 희롱하고 싶지도 않았다.

정우는 어떻게든 버튼의 힘을 막고 싶었다. 버튼을 땅에 내동댕이치고 발로 마구 짓밟았다. 버튼은 깨지지 않았다. KARMA. 음각 글자가 더욱 선명히 빛났다. 마구니들이 성민을 둘러싸고 크게 비웃었다. 귀가 찢어지는 웃음이 들려오자 정우는 어쩔 줄을 몰랐다.

지민이 허무한 표정을 지었다. 정우는 그녀에게서 뿜어져 나오는 슬픔을 견디기 어려웠다. 어떤 짓을 저질렀는지 알지 못하는 성민을 향해 매섭게 쏘아붙였다.

"이 어리석은 자야. 너는 네가 만든 삶의 고통을 약한 네 동생에게 모두 짊어지게 하려는 것이냐. 네가 등진 천륜이 네 영혼을 결코 구원하지 않으리라!"

불호령을 치는 정우를 지민이 저지했다. 개량한복 옷자락을 잡아당기며 고개를 저었다.

"그만하세요, 그만……. 내가 감당할게요. 이렇게 된 거 내가 누르는 것보다는 차라리 당하는 게 나아요."

지민이 미움에 잠식당한 성민을 향해 외쳤다.

"나한테 복수하는 걸로 끝내. 이걸로 속이 후련하다면 이제 더 이상 엄마도, 우민이도 괴롭히지 마! 내가 감당하고, 원망도 안 할 테니깐."

지민의 말이 끝나자 갑자기 열린 창으로 폭풍 같은 바람과 빛이 쏟아졌다. 벽에 걸린 달력이 나부끼며 난장판으로 변했다. 인간들과 마구니가 모두 화들짝 놀라 상체를 둥글게 말았다. 정우는 굵은 빛이 쏟아지는 창문을 응시했다. 폭력적으로 쏟아지는 빛이 한 점으로 모이더니 사람의 형상으로 바뀌었다.

수보리였다.

"내 종을 칠 인간을 찾아왔도다."

수보리가 근엄한 얼굴을 하고선 소맷자락에 숨긴 종을 꺼내 들었다. 거침없이 지민에게로 다가가 내밀었다.

"너의 마음이 나를 불렀도다. 네게 큰 시련을 준 자를 용서할 수 있다면 이 종을 치거라. 내가 네 마음을 구원하리라."

"오빠를…… 용서요?"

"이 종을 치면, 적어도 너는 미움에서 벗어날 수 있다."

정우는 복잡하게 흘러가는 상황 속에서 수보리를 바라보았다. 그녀의 얼굴에 아직 빛이 서려 있어 이목구비가 선명히 보이지 않았다.

"내가 오빠를 용서할 수 있을까요."

"선택은 네 몫이다."

"오빠를 용서한다고 해도 내가 재수 없는 여자라는 건 변하지 않을 텐데."

지민은 선뜻 종을 치지 못하고 괴로워했다. 그녀는 사실, 오빠가 아닌 자신을 향한 의심과 나약함으로 인해 오랫동안 슬픔에 갇혀 살았다. 정우는 지민의 옆얼굴을 바라보며 마치 잃어버린 물건을 발견한 듯한 기시감을 느꼈다.

'내가 저 얼굴을 어디서 보았더라?'

그가 눈을 질끈 감고 기억을 더듬었다. 아주 먼 시간을 거슬러, 어떤 계단 위, 절망하는 준혁의 얼굴 옆으로 벌벌 떨면서도 다급하게 전화를 거는 준혁의 이웃집 여자아이가 있었다. 그 아이는, 조금이라도 시간을 지체하지 않으려 구조대원에게 집 주소를 간절히 읊었다.

'어린애가 참 다부지네. 피를 흘리는 내 모습이 무섭지 않나?'

사이렌 소리가 울리는 가운데 끝내 마지막 숨을 내쉬어버린 정우는, 그 여자아이가 자신의 최후라는 것을 깨달았다.

과연 모든 것은 세존이 만든 운명이라, 모두가 연이 닿아 있구나. 그리고 눈을 감으며 생각했었다.

'참 고마운 아이네. 나도 누군가에게 도움을 받을 수 있는 사람이었구나. 언젠가 그 마음을 갚을 일이 있었으면.'

현재로 되돌아온 정우가 지민의 손을 잡아주었다. 물에 젖은 쥐처럼 떨던 지민이 그를 바라보자, 그녀에게도 오래전의 기억이 함께 떠올랐다.

"그러고 보니, 아저씨는……."

"너는 종을 쳐도 된다. 그럴 자격이 있도다."

"하지만 그때 저는 결국 아저씨도 살리지 못했는걸요. 신고를 했지만……. 내가 어려서 버벅대는 바람에……."

"아니다. 너는 그때에도 나를 살렸고, 지금도 나를 살렸다. 그러니 너도 너의 구원을 얻거라."

지민의 눈이 동그랗게 커졌다.

"그날, 이웃이 울부짖던 이름이 기억났어요. 아저씨의 이름은 아라한이 아니라 정우였어요, 그렇죠?"

정우의 손과 함께 지민의 손이 끝내 종을 흔들었다. 청아한 종소리가 울려 퍼졌다. 미움에 지지 않고 운명에 맹세하는 용서. 그 마음이 아름다운 파동으로 퍼져나가자 마구니들이 비명을 내지르며 달아났다. 악한 자들이 감당하지 못할 관용의 물결이 집 안을 꽉 채웠다. 성민은 정신을 잃고 쓰러졌다.

수보리가 종을 친 지민을 가볍게 끌어안고는 오늘의 모든 기억을 지웠다. 버튼을 누르고 업보를 내린 뒤 정우가 인간의 기억을 지운 행동과 같았다. 그러면서 수보리는 눈 맞춤 없이 말했다.

"아라한. 이 여인은 종이 주는 복을 받아 마음에 평안을 얻을 것이다. 허나 버튼을 누른 오라비의 업보는 지우지 못한다. 둘이 한 가족인 이상 오라비의 업보를 없애지 못하면 이 가정의 앞길은 결코 아름답지 못하겠지. 어리석은 인간을 구원하고 싶다면 버튼이 가진 힘을 스스로 없애시게."

정우가 즉시 되물었다. 바라던 바였다.

"어찌 없앨 수 있는가?"

"인간들이 찾지 못하는 깊은 곳에 버튼을 영원히 감추시게. 대신에 그대는 알아야만 해."

"무엇을?"

수보리는 끝까지 지민을 감싼 채로 정우를 보지 않으며 말했다.

"이 버튼을 배반한다면 자네는 세존도 배반하게 되네."

아라한의 존재를 유지하면서 단순히 버튼의 힘을 따르지 않기로 하는 것과 버튼 그 자체를 거슬러 힘을 없애버리려는 것은 전혀 다른 선택이었다.

정우는 이제 정말로 성불이 불가한 존재가 될지도 모르는 선택의 기로에 놓였다. 스스로 준혁의 운명을 바꾼 것보다 훨씬 더 명확한 결과가 있었다. 세존이 준 과업 자체를 등지는 일. 그는 고민하다 연꽃을 바라보았다. 개화하기 직전이었다. 성민이 업보에 짓눌리게끔 놔둔다면, 어쩌면 이대로 끝일지도 몰랐다. 그토록 바랐던 성불이 코앞까지 바짝 다가왔다.

허나 이 가족은 지민이 용서의 종을 쳤음에도 불구하고 형제의 실수로 인해 무거운 불행을 공유해야 할 운명에 놓였다. 만약 아라한이 지민에게 종을 맡기고 떠나지 않았다면 없었을지도 모르는 불행이었다.

결정해야만 했다.

아라한으로 성불하느냐, 죽어 떠도는 혼령으로 남느냐.

지민에게 버튼을 맡길 때 '겪어온 세월의 답을 맡기겠노라' 말했지만 그 답은 결국 자신의 손에 달려 있었다. 정우는 아라한으로 살아온 모든 세월의 답을 선택해야 했다.

바닥에 나뒹굴고 있던 버튼을 집어 올렸다. 음각 글자를 손가락으로 훑어보았다. 그는 직감했다. 이것이 버튼을 느낄 마지막 순간임을. KARMA, 그에게도 업보가 있음을.

"아라한. 신중히 생각하시게. 돌이킬 수 없네. 나는 그대의 성불을 바란다네."

정우는 여전히 자신을 바라보지 않는 수보리를 눈에 담았다. 이것 역시 마지막임을 직감했다.

"죽어서도 내 성불을 바란 자가 한 명이라도 있다는 것을 위안으로 삼겠어. 그대에게 참 많이 고맙다네. 꼭 자네만은 성불하시게."

버튼을 품에 안고 창밖으로 날아올랐다. 마음이 구원받았던 마포대교로 다시 향했다. 준혁과 정아가 떠올랐다. 미련이 남아 이승을 떠나지 못했으나 이제는 아니었다. 스스로의 선택으로 존재하리라. 설령 그것이 서러운 혼령이라 하여도 말이다. 더욱 힘껏 날아갔다. 망설임 없이.

그는 버튼과 함께 수몰을 마음먹었다.

***

강물이 차가웠다.

정우는 눈을 감고 버튼을 꼭 끌어안았다. 죽는 순간에도 보지 못했던 주마등이 스쳤다. 태초부터 지금까지, 그가 겪어온 생명의 시간이 결코 길지 않았으나 수많은 이들이 떠올랐다. 할머니와 정아, 소중한 가족이었다. 단 한 번밖에 연을 맺을 수 없는 가족이란 '천륜'이라는 단어가 아니고선 도저히 설명이 불가한 존재였다. 정우는 어려운 시기에 할머니가 일찍 떠난 게 늘 안타까웠다.

또한 정아의 곁을 지키지 못하고 자신이 먼저 떠난 일은 죽어서도 태연해지지 못할 한이었다. 고난뿐인 삶을 꿋꿋이 버텨내다 외로이 죽었을 정아를 생각하면 심장이 옥죄었다. 숨이 가빠지는 고통이 발끝까지 퍼져갔다. 자신이 끝까지 살았다면 정아는 평범하게 살았을지도 모른다. 풍족하진 못해도 단명은 하지 않았으리라.

정우는 다 구겨진 종이 같은 마음으로 가족을 그리워했다. 아무리 시간이 흘러도 새겨진 주름은 펴지지 않았다.

강물이 온몸을 짓눌렀다.

준혁을 떠올려보았다. 결국 자신의 운명을 이리 만든 자였다. 유년 시절을 함께 보내며 궁핍을 공유했던 유일한 친구, 힘들 때 의지하고 슬픔을 나눠 가졌던 인연이었다. 허나 둘을 지켜주기에 이 세상에 존재하는 숫자의 논리는 잔인했다. 준혁이 만든 빚은 끝내 정우의 빛을 모조리 앗아갔다.

둘은 서로 다른 존재가 돼 평행선을 달렸다. 정우는 준혁을 생각하며 눈을 더 질끈 감았다. 바닥에 머리를 찧던 날, 존재가 바뀌던 순간은 아무래도 잊을 수 없었다. 미웠다. 증오했다. 용서하지 못했다. 마음에 검은 바람이 불었다. 흙먼지가 뒤엉키는 곳에선 눈을 떠도 칠흑 같기만 했다.

강물이 끝없이 깊어졌다.

그리고 아라한이 됐다. 인간들이 가진 미움을 업보로 바꾸어주며 그들이 복수를 통해 파멸하도록 만들었다. 미움에 잠식당한 인간들은 하나같이 앞을 보지 못했다. 버튼에 새겨진 이름조차 알지 못해 어리석은 선택을 했다. 미련과 집착, 그것은 미움의 또 다른 이름이었다. 즐거운 과업을 수행하면서도 왜 심장 한쪽이 저몄던 걸까. 측은지심을 느끼고 싶지 않았으나 부정할 수가 없었다.

정우는 인간을 더 떠올려보았다. 수보리가 말한 대로 들꽃 같다던 존재들을. 그리고 정우는 비로소 알게 됐다. 결국 모든 존재가 자신을 비추는 거울임을. 절대 놓아주지 못할 거라 믿었던 응어리를 놓아주었을 때 그는 비로소 거울 속의 원래 모습을 보았다. 선량함이란 씨앗이 마음에 뿌리를 내려, 결코 그가 완전히 타락하기를 허락하지 않았다. 그 아름다운 천성이 외로운 꽃처럼 남아 늘 그의 가슴 안에 살았다.

한강에는 얼마나 많은 한이 깃들어 있는 걸까.

버튼의 힘이 사라질 때까지 힘을 내 잠수했다. 사람의 손이 닿지 않는 곳이란 이리도 깊어야만 하구나. 정우는 뼈마디를 파고드는 물의 압력을 온몸으로 견뎌야만 했다. 영적 상태임에도 불구하고 몸을 떨리게 하는 한이 느껴졌다. 한강이 거대한 원혼처럼 정우를 삼켰다. 버튼에 감도는 기운이 아주 조금씩 희미해졌고, 어떠한 연쇄도 끊기려 했다.

그는 어두운 물살에 휩쓸리며 잘 보이지 않는 손등 연꽃을 바라보았다. 사방이 온통 검은데도 꽃처럼 화사하게 빛났다.

이제 버튼이 힘을 잃으면 연꽃도 사라지리라. 영원히 성불하지 못하는 존재가 될 것이다.

'볼수록 아름다운 존재라네. 나는 나를 믿는 만큼 그대도 믿고 있다네.'

수보리의 음성이 떠올랐다.

그녀는 왜 자신을 믿어준 걸까, 믿는다면 또 무엇을 믿는다는 걸까.

볼수록 동생을 닮아가 놀라게 했던 여인이었다. 쓸쓸한 혼령으로 이승을 떠도는 와중 수보리를 만난 것에 감사했다. 세존이 허락한 마지막 인연이리라. 만약 그녀의 믿음이 아라한의 성불이었다면 정우는 믿음에 부응하지 못했다. 허나 그녀의 믿음이 이 세상 인간들을 향한 깨달음이라면, 정우는 그 믿음에 부응했는지도 몰랐다.

강물이 더욱 서럽게 울부짖었다. 버튼이 힘을 잃어갈 때마다 정우의 몸에도 기운이 빠졌다. 점점 인간으로 돌아가는 듯 숨이 막히기 시작했다. 후회하기엔 너무 늦어버렸으니 버튼을 더 끌어안았다. 짙어지는 고통에서 아라한으로서의 죽음이 느껴졌다. 죽어서도 또 죽을 수 있는 걸까, 정우는 볼레로를 한 번 더 듣고 싶었다. 얼마 남지 않은 힘으로 버튼을 눌러보았으나 이제 음악은 들리지 않았다. 지겹도록 반복되던 멜로디가 끝이 났다.

곧이어 버튼에 담긴 모든 힘이 사라졌을 때 그는 정신을 잃었다.

***

눈을 뜨니 하늘에는 낮과 밤이 섞여 있었다. 익숙한 노을이었다. 산 걸까 죽은 걸까. 정우는 젖은 머리를 툴툴 털며 정신을 차려보았다. 곧이어 품 안에 든 버튼을 확인했다. 찬란한 황금빛이 모두 소멸됐음을 인지했다. 영겁의 세월이라도 흐른 듯 낡고 부식된 금동에 지나지 않았다.

주변을 살피니 한강 둔치였다. 누가 자신을 건져 올렸는지 양옆을 살폈으나 아무도 없었다. 개와 늑대가 공존하는 오묘한 석양만이 아직 정우의 세상이 끝나지 않았음을 알렸다.

버튼을 땅에 내려놓고 가볍게 발로 밟으니 재가 돼 사라졌다. 모든 일이 끝났다. 이제 성불하지 못한다. 정우는 겸허히 운명을 받아들이기로 했다. 마음이 개운했다.

고개를 뒤로 꺾어 하늘을 올려다보았다. 아득한 고독이 느껴졌다. 괜찮았다. 정우는, 왠지 진심으로 괜찮다 믿었다. 그리고 하늘이 아닌 앞을 다시 바라봤을 때 눈앞에 선 수보리가 보였다.

"정아야!"

정확히 말하자면 정아의 얼굴을 한 수보리였다.

점점 닮아가는 정도가 아닌, 완전한 동생의 얼굴이었다. 정우는 믿을 수가 없었다. 사무치게 그리워했던 대상이 서 있었다. 헌데 어째서 수보리의 행색을 하고 있는 것인가. 그녀가 하얀 오로라를 몰고 가까이 다가왔다. 거대한 빛이 쏟아졌다. 아플 정도로 눈이 부셨다. 그럼에도 정우는 눈을 감지 않으려 노력했다. 그리웠던 얼굴을 놓치고 싶지 않았다. 자신도 모르게 앞으로 다가갔다.

가늠하지 못할 순수가 느껴졌다. 어떤 미움도 존재하지 않는, 그야말로 무(無)의 빛이었다. 그가 절로 탄성을 외쳤다.

"아아!"

거대한 빛 덩어리가 낯설지 않았다. 이 빛은 어디서 본 걸까. 종을 들고 나타났던 수보리에게서 느꼈던 빛. 티끌 하나 묻지 않은 선한 빛. 따뜻하고 아득한 온도였다.

드디어 기억이 났다. 이 빛은 수보리의 빛이자 정우가 아라한이 되던 날 마주했던 빛이었다. 분명 세존의 것이었다.

"아라한은 일어나라."

정아의 얼굴을 한 빛의 존재가 손을 내밀었다. 살결이 닿자 무한한 사랑이 정우의 온몸을 휘감았다. 힘들었던 지난 일을 한꺼번에 위로받는 기분이 들었다.

정우는 참아보려 했으나 감정이 울컥 치미는 것을 막지 못했다. 그리고 앞을 똑똑히 바라보았을 때 그는 최후의 진리를 깨달았다. 신은 언제나 우리가 가장 사랑하는 모습으로 존재한다던 그 말은 진실이었다.

고난을 겪어낸 후, 그 끝에야 찾아오는 신은 분명 정우가 세상에서 제일 사랑했던 모습을 선물했다. 세존의 행위를 지탄하는 모든 순간에 그가 항상 곁에 있었다. 끝까지 자신을 믿겠다 해준 것 역시 결국 세존이었다. 과업을 수행하며 마음이 심란해질수록 어째서 수보리가 동생과 닮아 보였는지 이제야 정우는 이해가 됐다.

세존이 정우의 손을 잡고 상냥하게 말했다.

"그대가 이승에 남아 있는 건 진정한 용서를 배우기 위함이었다. 내 그대의 곁에서 언제나 그대를 믿었으니, 믿은 대로 그대는 험준한 수행임에도 끝내 해내었도다."

정우는 이 땅에 태어나 겪었던 고난에 종지부를 찍었다. 솟구치는 격정을 참아내기 어려웠다. 순간 손등이 타들어갈 정도로 뜨거워졌다. 내려다보니 그곳에는 향기로운 연꽃이 피어 있었다.

"그대는 성불했도다."

끝내 눈물이 터져 나왔다. 소리치며 울어보았다. 세존은 가장 사랑했던 얼굴로 눈을 맞추어주었다. 모든 과거가 포용받았다. 정우는 더 크게 애환을 토해냈다. 세존이 너그러운 미소로 지시했다.

"이제 아라한이 아닌 태초의 존재로서 그대는 영겁의 세월 동안 복을 누리리라."

얼마나 고독한 과업이었던가. 결국 그가 진정으로 이뤄야 했던 일은 세존이 준 버튼을 인간에게 내미는 일이 아니었다. 그 버튼을 스스로 부수고 자신의 마음을 지켜내는 일이었다. 십수 년이 흘러서야 완성된 고행이었다. 진정으로 모든 시련이 종결됐다.

"극락정토로 향하라."

하늘에 섞여 있던 노을이 정확히 낮과 밤으로 나뉘었다. 두 시간의 정중앙에서 한 줄기 빛이 쏟아졌다. 아주 먼 곳까지 이어진 길이었다. 한강 물 곳곳에 윤슬이 일렁이며 찬란한 풍경이 만들어졌다. 정우는 세존의 말에 따라 빛을 향해 나아가다 잠시 멈췄다.

묻고 싶은 게 있었다.

"세존이시여. 그렇다면 정아의 영은 어디에 있습니까?"

세존이 환한 빛으로 타오르며 자취를 감추고 있었다. 그 와중에 마지막 음성이 따스한 강바람을 타고 정우의 귀에 도달했다.

"잊었느냐. 이승에 미련을 가진 혼령만 나를 만나니라. 그대의 동생은 미련이 없었으며 선하기까지 했으니 즉시 성불하기에 부족함이 없었도다. 곧바로 길을 떠나라. 그리운 모든 자들이 이미 그곳에 당도하였는데 어찌 더 기다리게 하겠느냐?"

정우가 환히 웃었다. 모든 번뇌가 눈물에 녹아 사라졌다. 뺨을 타고 흐르는 뜨거운 눈물은, 방울방울 연꽃잎이 돼 세상에 나부꼈다. 그가 꽃향을 풍기며 빛을 향해 나아갔다.

걸으면 걸을수록 더욱 환한 전경이었다.

에필로그

봄의 한강은 따스해서 좋고 여름의 한강은 뜨거워서 좋다. 가을의 한강은 서늘해서 아름답고 겨울의 한강은 차갑기에 그립다. 그러니 사람들은 계절에 멈춰 있지 않고 언제라도 삶을 이어간다.

나현은 그토록 먹고 싶어 했던 푸드트럭의 통삼겹구이를 들고서 수원과 한참을 두리번거렸다. 벤치에 앉으려 했지만, 웬 커피 향을 풍기는 남자가 먼저 혼자 착석했다. 한여름도 아닌데 선글라스로 얼굴을 가리고 있는 남자를 뒤로하고 나현은 먼발치에 제법 좋은 자리를 발견했다. 신나게 달려가려던 찰나 웬 남매와 어머니 한 명이 까르륵거리며 돗자리를 펼치곤 앉았다. 기뻐 마지않는 얼굴을 보아하니 오랜만의 외출인 것 같았다.

결국 나현과 수원은 조금 더 걸어 자리를 잡았다. 대입이 끝난 후 처음으로 놀러 온 한강공원. 나현은 풀더미 속에서 때가 탄 연꽃 한 장을 발견했다. 함께 온 수원이 지저분하니 갖다 버리라고 말했지만, 나현은 고집스럽게 그 꽃잎을 주웠다.

"버려진 꽃잎에 괜히 자아 의탁하는 거 아니지?"

"내가 아무리 1지망, 2지망 다 떨어지고 보험으로 넣어둔 대학에 갔다고 해도 이런 꽃잎으로 자기연민에 빠지지는 않아."

"쿨한 척은."

수원은 나현이 그동안 겪었을 마음고생을 알기에 텀블러에 좋아하는 음료를 가득 채워주었다. 오늘을 위해 연습한 김밥은 결국 이번에도 옆구리가 터지고 말았지만, 나현은 뭐든지 잘 먹는 아이였다. 그래서 수원도 미안함을 느끼지 않았다.

"박수원. 좀 더 머물다가 가면 좋을 텐데."

"그러게."

"나 같으면 그냥 한국에서 대학 다닌다. 뭐 하러 가족도 없는 해외까지 가? 이해 안 돼."

"너 로스앤젤레스에 예쁜 여자들이 얼마나 많은지 아니."

"아, 역겨워."

둘은 서로 투덜거렸지만, 진실로 미워하지는 않았다. 그래서 둘은 웃고 있었지만, 그 웃음 또한 진실한 행복은 아니었다. 오늘 바라보는 한강은 어쩌면 그들이 바라보는 마지막 한강일지도 몰랐다.

휴대폰도 있고, 인스타그램도 맞팔이고, 서로의 이름과 주소도 알고. 모든 것이 연결돼 있었다. 그런데도 인연에 '처음'이라는 것이 존재하는 이상 반드시 어딘가에는 '끝'도 존재했다.

나현과 수원은 오늘 끝을 배우는 중이었다.

노을은 과자처럼 부서지지 않고 녹은 떡처럼 흘러내리려고만 했다. 찐득하게 하강하는 감정이 나현의 마음을 자꾸만 침범해서 그녀는 한숨을 길게 내쉰 후에야 텀블러에 담겨 있는 음료를 마셨다. 평소 좋아하던 체리 맛 탄산수였다.

오늘이 마지막이라면 어떤 말이라도 할 수 있어야만 했다. 상대가 나의 말에 무슨 반응을 보일까 노심초사할 필요가 이제는 없어졌으니까.

그럼에도 나현은 해야 할 말이 잘 나오지 않았다. 직선으로 달리지 못하는 사람들에게는 언제나 곡선의 궤도가 필요했다.

"나 사실 너 때문에 연희랑 싸웠어. 넌 그거 모르지?"

"나 때문에?"

"그래. 너 때문에."

나현은 수능을 치기 한 달 전에 연희와 크게 다투었다.

연희와 수원이 같은 학원에 다니는 바람에 유독 사이가 가깝다는 게 이유였다. 나현은 티를 내지 않으려고 했으나 생각하면 할수록 질투심이 들어 참지 못했다. 둘이 가깝게 지낸다 한들, 연희의 잘못이 아니라는 걸 잘 알고 있음에도 괜한 일에 꼬투리를 잡았다.

너에게 빌려준 체육복이 더러워져서, 네가 나한테 한 말이 불쾌해서, 네가 말을 걸어 수업 시간에 방해가 돼서. 그녀가 쏘아붙였던 수많은 말들은 질투심을 가리기 위한 구차한 가면이었다. 나현도 그것을 알았다. 하지만 그 구차함이라도 표현하지 않기엔 괴로웠다.

나현이 얼룩진 꽃잎을 괜히 빙빙 돌리며 말했다.

"나는 그걸 후회해."

나현의 정수리에 닿은 노을은 그녀의 마음도 모른 채로 가장 높이 솟아 있는 감정을 따뜻하게 데웠다.

나현에게는 수원도, 연희도 모두 소중한 친구였다. 단지 하나는 우정이고 하나는 우정이 아니었을 뿐. 그러니 나현은 연희에게 못된 마음을 다 드러낸 후에야 그 마음으로 자신의 위태로운 감정이 구원받을 수 없음을 깨달았다. 나현은 이제 졸업해버렸고, 더 이상 연희에게 연락하지도 않았다. 먼저 연락을 해 내가 잘못했노라 이야기하는 건 이제 막 스무 살이 된 청춘에게 생각만큼 쉽지 않은 일이었다.

"네가 그걸 후회한다고 할 줄은 몰랐어."

"후회하고 싶지 않았으니까. 그런데 이제는 후회해. 결국 넌 떠나고 나한테는 아무도 남지 않잖아."

그 말에 수원도 고개를 숙였다.

수원은 나현이 자신 때문에 연희와 다툰 것을 이미 알고 있었다. 하지만 그는 용감하지 못해 언제나 감정이 행동 앞으로 나서지 못하게끔 통제했다. 중요한 시험이 얼마 남지 않았으니까, 지금은 안 돼, 내가 저 둘 중 누군가를 더 좋아하더라도 문제를 키우고 싶지는 않아, 나는 제삼자일 뿐이야. 비겁하다는 걸 알면서도 그는 비겁함이 일상을 구해주리라 믿었다.

그 덕에 그는 해소되지 않은 돌 같은 마음을, 나현과 동등하게 짊어지고서 이 자리에 앉아 있다. 김밥 말기를 아무리 연습해도 그 죄책감만은 예쁘게 다듬어지지 않았다.

나현의 손안에 담긴 꽃잎이 주홍으로 물들었다. 어쩐지 연꽃에서 달아난 한 장이 아닌, 꽃잎 하나로 완전한 생명체처럼 보였다.

"후회하지 않고 살 수는 없는 걸까."

"잘못을 안 하면 되겠지."

"잘못을 안 하는 게 쉬울까, 후회를 안 하는 게 쉬울까."

"그건 잘 모르겠어."

수원은 나현에게서 꽃잎을 받아 들고 하늘에 비춰보았다. 투명한 잎 안에 분홍 잎맥이 뻗어나가고 있었다. 마치 오래도록 흘러가는 강의 물줄기처럼.

"얼마 전에 유명 화가의 인터뷰를 봤어. 어떤 일을 저지르고 나면 그 일로 반드시 대가를 받는데, 그렇다고 삶이 다 잘못되는 건 아니래."

"혹시 현대 회화 작가? 병원에 입원하느라 중요한 시기를 다 놓친 작가 말이야."

"응. 근데 병상에서 생각했던 것들을 작품으로 풀어내서 더 잘됐잖아."

"나도 비슷한 얘기를 봤어. 파산했다가 다시 성공한 디저트 CEO 이야기. 그 사람도 뭔가를 후회한 뒤에 깨달음을 얻어서 새로운 도전을 했대."

"그 사람들뿐만은 아닐 거야. 바닥을 찍었다가 다시 일어나는 사람들이."

나현이 허리를 뒤로 살짝 젖힌 후에 두 팔로 등 뒤를 짚었다. 비스듬한 자세로 바라보는 세상이 제법 아름다웠다.

"그럼 우리도 후회를 한 뒤에 더 행복해질 수 있으려나."

수원이 대답했다.

"후회할 일을 반복하지 않으면 그렇지 않을까."

나현은 수원이 들고 있던 꽃잎을 다시 가져왔다. 아직은 해소되지 않은 지점이 있었다.

"왜 굳이 후회해야만 하는 걸까? 처음부터 안 겪으면 좋을 텐데."

"글쎄. 신이 있다면 그것도 나름의 이유가 있겠지."

나현과 수원은 서로를 마주 보았다. 오늘이 지나도 둘은 서로에게 마음을 말하지는 못할 것이다. 노을이 응원한다 해도 마음을 들키는 일을 두려워하는 청춘들에게 용기란 조금의 슬픔과 후회가 더 깃들어야만 생겨나는 가치일 테니까.

하지만.

"그렇다면 난 연희에게 미안하다고 해야겠어."

나현이 김밥 한 덩이를 우물거리며 말했다. 큰 고찰은 아니었다. 그저 기분 좋은 저녁 바람을 따라 무심결에 툭, 뱉은 말이었다.

수원도 얼떨결에 말하고 말았다.

"나도 너에게 미안해. 다 알면서 모른 척해서."

둘은 하늘의 예측을 빗나가는 서로를 바라보았다. 한강과 평행한 바람이 불어와 둘 사이에 있던 꽃잎이 날아올랐다. 다른 공간을 향해 달아난 꽃잎을 둘은 쫓지 않았다.

그저 더 후회하지 않기 위해 노을 아래에서 충실히 살 뿐이었다.

아라한의 버튼

1쇄 발행 2023년 12월 15일

지은이 홍단
펴낸이 배선아
편 집 유민우
디자인 이승은
펴낸곳 고즈넉이엔티

출판등록 2017년 3월 13일 제2022-000078호
주 소 서울특별시 마포구 성지1길 35, 4층
대표전화 02-6269-8166 **팩스** 02-6166-9199
이 메 일 gozknockent@gozknock.com
홈페이지 www.gozknock.com
블 로 그 blog.naver.com/gozknock
페이스북 www.facebook.com/gozknock
인스타그램 www.instagram.com/gozknock

ISBN 979-11-6316-512-5 03810

표지/내지이미지 Designed by Getty Images Bank, Freepik